墓じまいラプソディ

Hakajimai Rhapsody

垣谷美雨

Miu Kakiya

朝日新聞出版

墓じまいラプソディ

松尾家

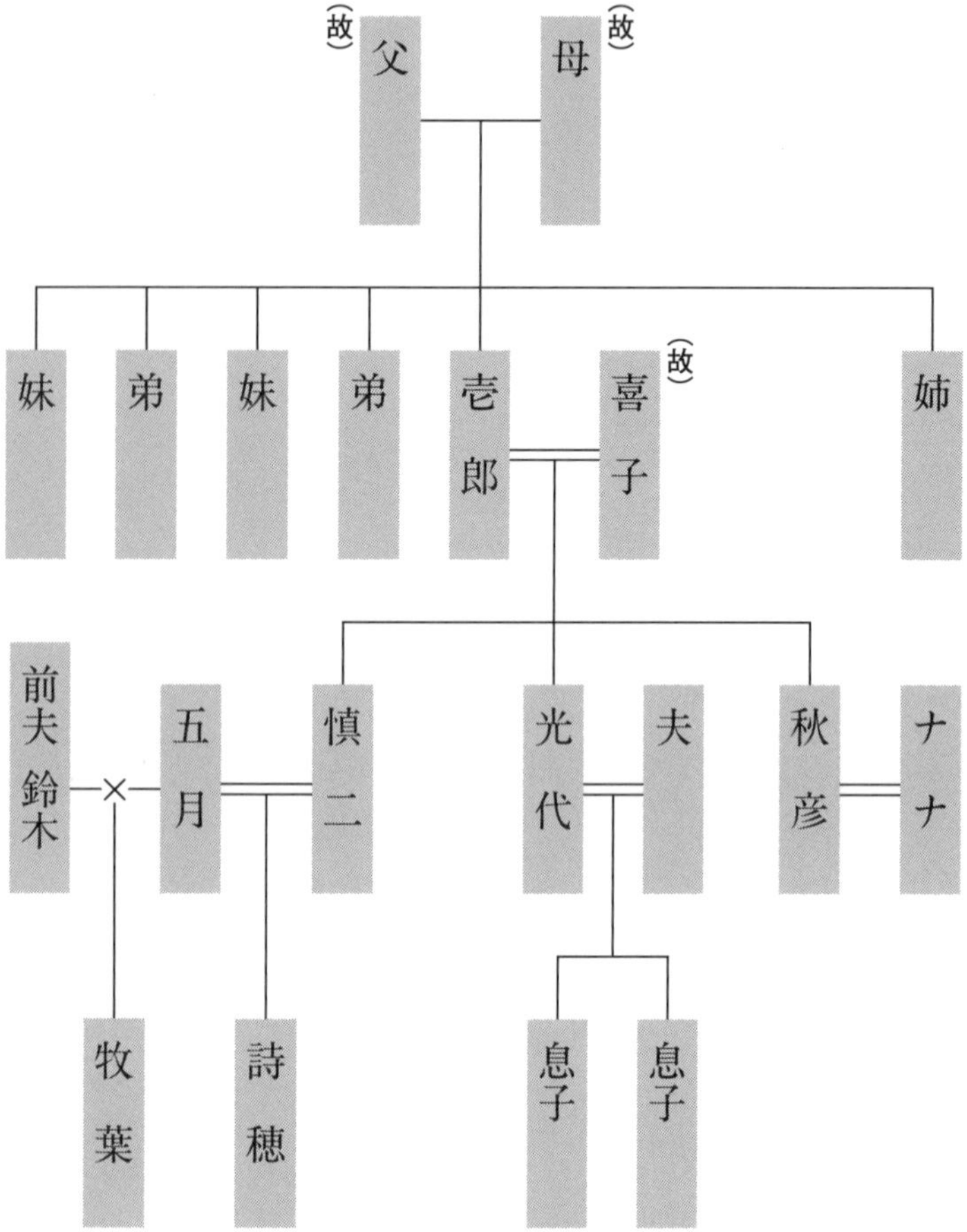

中林家

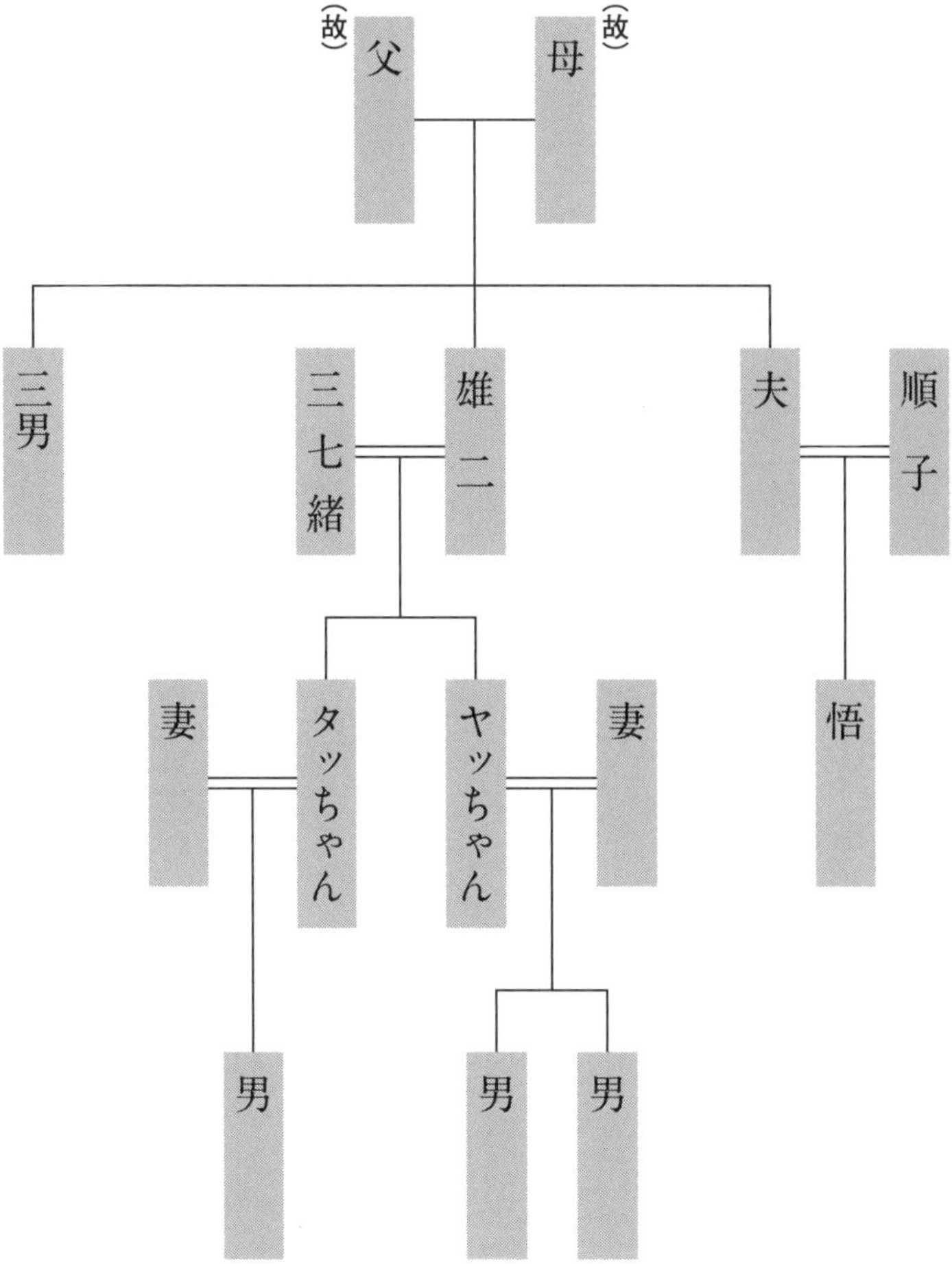

1　松尾《まつお》五月《さつき》　61歳

あれは先週だったか、光代《みつよ》が珍しく私の携帯に電話してきたことがあった。

——もしもし、五月さん？　忙しいとこ電話してごめんね。あのね、香典は最低でも三万円は包んできてちょうだいね。そうじゃないと親戚《しんせき》の手前、父と私が恥をかくことになりますからね。それと香典袋は「御霊前」の方だからね。「御佛前《ごぶつぜん》」は四十九日を過ぎてからの袋だから絶対に間違えないでよ。ほら、今すぐメモ取んなさいよ。袋はどうせ捨てるんだから百円ショップので十分です。それとは別にね、白い封筒に「懐石《かいせき》料理代」と書いて一万円札を一枚入れてきてちょうだい。男の人って、言ってもすぐ忘れるでしょう。だから慎二《しんじ》より五月さんに言っておいた方が確実だと思ったのよ。じゃあ、お願いね。

光代はいつだって持って回った言い方はしない。ズバリ指示してくれるから助かるといえば助かる。長いつき合いの中で、弟の嫁には常識がないとお見通しで、はっきり言ってやらねばと考えているのだろう。だが言い訳をさせてもらえるならば、私は常識がないのではなくて、常識にこだわっていないだけなのだ。まっ、そんなこと言ったところで鼻で笑われるだけだろうから、決して口にはしないけど。

懐石料理のコースメニューはすぐに決まったと光代は言った。地元には懐石料理を出す店は一軒しかないうえに、三千円と五千円の二種類しかないらしい。見栄《みえ》っ張りの舅《しゅうと》が安い方を選ぶわけがないから、時間が無駄にならずに済んだと光代は電話口で笑った。だが私は笑えなかった。夫婦二人分だと一万円にもなるのだから迷惑な話だ。私たち夫婦だけでも三千円のコースに変更してもらうわけにはいかないのだろうか。

そんなことを考えて心の中がモヤモヤしているとき、夫のスマートフォンが鳴った。

「あ、姉ちゃんからだ。きっと母さんの四十九日のことだな」

夫がそう言いながら、スマホを耳に当てたまま隣室に入っていく。

私が熱心に手芸番組を見ているように見えたからか、邪魔にならないよう気遣ってくれたらしい。

「姉ちゃん、本気で言ってんの？　それ、おかしいって」

夫の声が響いてきた。ドアが開けっ放しなので筒抜けだ。声の調子からして、夫が顔をしかめているのがわかる。

いったい何の話をしているのだろう。来月に迫った納骨式のことなら簡単な連絡事項で済むはずだ。義姉と夫が揉《も》める理由など何ひとつ思い浮かばなかった。

私は床に落ちていたリモコンを素早く足の親指で引き寄せてから手に取り、録画ボタンを押してから消音ボタンも押し、隣室の声に耳を澄ませた。

人が言い争ったり罵《ののし》りあったりしているのを聞くと、わくわく感が抑えられなくなるのは昔からだ。

もしかして、四十九日が取りやめになったとか？

まさか、それはないだろう。

新潟行きの新幹線の切符は、昨夜ネットで予約したばかりだ。キャンセル料がかかったらどうしてくれよう。

夫は三人きょうだいの末っ子だ。義兄は私たちと同じ東京暮らしだが、義姉の光代は地元に嫁いだこともあって、実家で行事があるたび取り仕切ってくれる。光代はしっかり者だし、なんといっても地元でしか通じない常識や風習を熟知しているから、みんな頼りにしていた。

「で、親父《おやじ》はどう言ってんの？　えっ、まだ親父には教えてないの？　いくら言いづらいったって姉ちゃん……うん、まあ、確かに言えないかもな」

お義父《とう》さんに言いづらいことって何？　ますます何のことかわからない。だって光代はお父さん子なのだ。映画好きという共通点もあり、子供の頃から父娘《おやこ》二人だけで町の映画館までよく出かけたと聞いた。帰りに必ずソフトクリームを食べるので、夫は「姉ちゃんだけズルイ」と怒って泣いたとか。

父親に可愛《かわい》がられて育ったからか、義姉は嫁いだ先でも舅によく仕えて気に入られたという。

常に裏方に徹し、決して男を押しのけて前に出ることはない。それもこれも父親の教育の賜物《たまもの》だろうか。私のような育ちの悪いガサツな女とはデキが違う。

「兄貴には伝えたのか？　で、兄貴は何て言ってんの？　即答だった？　へえ、兄貴も相変わらずだなあ」

何のことかは知らないが、お義兄《にい》さんは即答したらしい。だったらたいしたことではないのでは？

……つまらない。

光代はいつだって早め早めにと準備万端整える人だ。この前の電話によると、既に料理も予約済みで、お寺や石材店との打合せもとっくに終わっているということだった。

あれ？　だったら今さら何を揉めてるの？

もしかして、お寺の本堂に座る席順とか？　それとも先月の姑《しゅうとめ》の葬式のときのように、またしても焼香する順でバトルが繰り広げられるのか。

そういったどうでもいいことに本気で腹を立てる人間がいる。それを遠目に眺めるのが私は三度のメシより好きだった。

焼香順も席順も初《しょ》っ端《ぱな》は親族だから、それはすんなり決まる。親族以外の参列者が問題なのだ。光代によると、死者とのつき合いの濃淡で決められる部分と、社会的地位で決められる部分があるという。例えば複数の市議会議員が焼香に訪れた場合は、当選回数を調べておかなくてはならないらしい。

——なんでアイツの方が俺より先なんだよ。

そう言って本気で怒り出すバカがいる。たいていは男だが、たまには女もいる。というのも、先月の姑の葬式で、化粧室の窓から私は目撃したのだ。葬儀会館の裏手で、舅の姉がすごい剣幕で舅につっかかっているのを。

——ちょっと壱郎《いちろう》ちゃん、なんで私の花輪が奥の見えにくい場所にあるわけ？　二万もしたのよ。他のはみんな一万二千円の安物なの。花の豪華さが一目瞭然《いちもくりょうぜん》でしょう。私のをもっと目立つ所に置いてちょうだい。今すぐ！

自分が注文した花輪より、よその花輪の方が目立つ位置にあると言って、こめかみに青筋を立てていた。妻を亡《な》くしたばかりの舅が意気消沈していることに舅の姉は気づかないようだった。彼女が夫を亡くしたときは心底せいせいしたからに違いない。連れ合いを亡くして悲しみに襲われる人間がこの世にいることに想像が及ばないのだ。それにしても、九十歳にもなってあれほどの怒りのパワーを炸裂《さくれつ》させられるのだから、彼女はまだまだ長生きするだろう。

葬式や通夜に行くたびに様々な言い争いを見ることになり、笑いを堪《こら》えるのに苦労するのだった。次回はどんなことが起きるだろう。もしかして、もっと笑える風変りな田舎の決まりごとがあったりして……。想像しただけでわくわく感がいや増してくる。結婚以来、夫の実家に行くたびに面白い場面を目撃してきた。それを考えると、今度の四十九日も絶対に欠席するわけにはいかない。今から体調を整えておかなければ。

そんなあれこれに思いを巡らしているときだった。隣の部屋から夫の大声が響いてきた。

「姉ちゃん、なんでジュモクソーなんだよっ」

えっ、ジュモクソーって？

まさか、いま流行《はや》りの、あの樹木葬のこと？

あんなに立派な墓があるのに？

舅は壱郎という名が示す通り長男である。数年前、彼は「松尾家累代之墓」と刻まれた墓の隣に、ひときわ目立つ立派な墓誌を建てた。板状の大理石に、先祖の戒名《かいみょう》と俗名《ぞくみょう》、その下に亡くなった年月日と享年が彫られている。そのうえ墓地のぐるりを大理石の柵《さく》で囲い、総額二百万円以上かかったと聞いた。

役所勤めだった舅は出世して副市長にまで上り詰めたから、親族の中での出世頭だと、会う人ごとに臆面《おくめん》もなく自慢して豪快に笑うメデタイ人間だ。そして去年の暮には、これまた自画自賛の自分史を百五十万円もかけて自費出版し、親戚と近所中に配った。

「困ったことになったよ」

電話を終えた夫がリビングに戻ってきた。

「何を揉めてたの？　四十九日のことでしょう？　で、樹木葬って何のこと？」

私は早く知りたいばかりに矢継ぎ早に尋ねた。

「樹木葬っていうのはね、例えば桜の木の下なんかに……」

「ちょっとシンちゃん、そんなこと誰でも知ってるってば。そうじゃなくて、松尾家には身分不相応なほど立派なお墓があるのに、お義母《かあ》さんをあのお墓に入れないで、樹木葬にするってどういうことかって聞いてんの」

「身分不相応っていう言い方……まっ、いいや。そう、そうなんだ。姉ちゃんが言うには、樹木葬にしてほしいって母さんが遺言を残したんだってさ」

「どうして？」

「うん、それがさ……えっと、その前にコーヒー淹《い》れる。なんか疲れちゃったから。サツキンも飲む？」

「私が淹れたげる」

「えっ、そう？　悪いね。今日のサツキン優しいじゃん」

そうじゃないよ。私の方が手早いからだよ。早く話の先を聞きたいからだよ。

早歩きで（といっても五歩くらいだが）台所に入ると、夫が後ろからついてきた。

「姉ちゃんが言うにはね」

コーヒーを淹れてから話すと言ったくせに、夫は早く話したくてたまらないらしい。

「母ちゃんが病院のベッドで言ったんだってさ。松尾家の墓には死んでも入りたくないって」

「死んでもって……死なないで入ったら生き埋め事件になるけどね」

「え？　ああ、そうか。いや、そういう話じゃないんだって。茶化《ちゃか》すなよ」

「……ごめん」と、思わず沈んだ声が出た。

私はショックを受けていたのだ。だってあれほど完璧《かんぺき》な良妻賢母に見えた姑が、実は舅のことを大嫌いだったってことだよね？　何十年も恨みを溜《た》めて生きてきたってことだよね？

人間というものは、どうしてこうも言いたいことを何ひとつ言えずに我慢して生きているのだろう。姑の心中を察すると、胸が締め付けられるようだった。

姑は着物の似合う上品な人だった。そんなイメージとの落差があまりに大きくて、呆然《ぼうぜん》としながらコーヒーミルのスイッチを入れた。

ああ、もっと姑と仲良くしておくんだった。

まさか姑に親しみを覚える瞬間が訪れるなんて想像もしていなかった。姑の苦悩を知っていれば、私だって微力ながら役に立てたんじゃないか。月に一回くらいは、うちのマンションに泊まりに来てもらえばよかった。それだけのことでもリフレッシュできたはずだ。

挽《ひ》いたコーヒー豆をペーパーにセットして湯を注《そそ》ぐ。

そうか、そうだったのか。嫌っていたとはね。私としたことが、全く気づかなかった。

粉状にした豆が少しずつ膨らんできた。

びっくりだよ。あの姑のこと、私は全然わかっていなかったんだね。

それも、舅と同じ墓に入りたくないとまで思っていたなんて……。

舅のどこがそれほど嫌いだったんだろう。あの世代の男にしては物分かりがいい方だと思うし、姑に対しても横暴なところは見たことがない。明るい単細胞だから陰湿なところもない。もしかして浮気したとか？　いや、それはないだろう。あんなド田舎じゃすぐに噂《うわさ》になるから副市長にはなれないと思う。だったら浪費癖があるとか？　そういえば無用な自費出版といい、立派な墓といい……だけどそれで破産したとか生活に困ったふうでもないから、余裕があってのことなんだろうし。

たぶん、そういうことではないのだ。

人間はそんなに単純なものではない。

見合い結婚だったと聞いているし、もとは他人だった二人が一つ屋根の下で何十年も一緒に暮らすのだから、性格が合わずにストレスを溜めていても不思議ではない。

「今さら樹木葬って言われてもなあ」

「そうよね。お義姉《ねえ》さんの話によると、お寺や料理屋や石材店とも打合せ済みだって」

「そうなんだよ。それなのに姉ちゃんときたら土壇場《どたんば》になって母さんの遺言を言い出すんだからなあ。もう日にちも迫ってるからって、姉ちゃんすごく焦ってた」

義姉の光代は、樹木葬のことを誰にも切り出せずにいたらしい。そうこうするうちに寺からは日取りはいつにするかと問い合わせがあり、料理屋からも懐石料理のパンフレットが送られてきたという。

そんな雰囲気の中で、光代は悶々《もんもん》としていたのだろう。年老いた父親が傷つくのを見たくないばかりに、母親の遺志《いし》を黙殺していいものか、果たして自分は誰にも言わず胸にしまったまま墓場まで持っていけるのか、今言わないと一生後悔するのではないか。そんな自問自答で夜も眠れなくなったという。

そしてとうとう耐えきれなくなり、兄と弟に急遽《きゅうきょ》相談することにしたのだった。

2　松尾詩穂《しほ》　32歳

カフェでは軽妙なジャズがかかっていた。

「ねえ、悟《さとる》、結婚したら名字はどうする？」

「どうするって、何を？」

中林《なかばやし》悟はアイスティーのストローを口にくわえたまま、ぽかんとした顔で私を見た。演技ではなく、本当に意味がわからないようだった。

「だから私たちの名字のことよ。中林にするか松尾にするかってこと」

次の瞬間、悟が息を呑《の》んだのがわかった。

「そこんとこ、悟はどう考えてるの？」

きっと考えたこともないに違いない。私の方が悟の名字に変えて当然だと思っている。いや、そんなこと意識したことすらないのだ。だって結婚したら女が男の名字に変えるのが当たり前の世の中なのだから。

だが世の中の男たちがどうあれ、悟だけは違うのではないか、悟だけはまともな神経を持つ男であってほしい、そういった淡い期待が心の奥底にあった。というのも、セクハラのニュースを聞く度に、悟は憤慨するからだ。

——日本の男がみんな僕みたいな真のフェミニストになれば、欧米から見ても恥ずかしくない国になれるんだけどなあ。

悟を好きになったのは、女性に対してフェアな面があるからだった。だが、結婚が決まってからというもの、二人の力関係が微妙に変わり始めている気がしていた。どことなく悟は偉そうになった。

どうか錯覚であってほしい。私の勝手なマリッジブルーであってほしい。そう祈るような日々が続いていた。

「悟はどう思ってるの？」

悟を真正面から見つめた。表情を何ひとつ見逃したくなかった。

「だって僕……一人っ子だし」と、悟は目を泳がせた。

「うちだって二人姉妹だし、お父さんの実家に立派なお墓があるから継がなきゃならないのよ」

「だけど詩穂のお姉さんは生涯独身を通すって宣言してるんだろ？」

「うん、そうだけど？」

「だったらお姉さんは松尾姓のままで変わらないじゃないか」

「は？　お姉ちゃんの代で終わるじゃん。そもそもお姉ちゃんは松尾家と血の繋《つな》がりもないんだから、お墓を押しつけるわけにはいかないよ」

姉の牧葉《まきば》は母の連れ子だった。母が最初に結婚した男は、妻子に暴力を振るうようなクズで、母は幼い姉を連れて逃げ回った末、やっとのことで離婚に漕《こ》ぎつけた。そしてその数年後に私の父と出会って再婚したのだった。

「詩穂のお姉さんて確か三十八歳だよね。若い頃はさぞかしモテたんだろうな」

「若い頃って……お姉ちゃんは今だってモテると思うけどね」

姉は母にはあまり似ていなかった。似ているのは耳の形くらいだ。姉の父親がどういう人だったのか、私は写真でさえ見たことはないが、姉はきっと実の父親に似ているのだろう。そうでなければ、あんな彫りの深い美人が、扁平顔《へんぺい》の母から生まれるわけがない。きっと若い頃の母は、かなりの面食いだったのだろう。

姉にも結婚寸前までいった恋人がいた。姉が好きになった人は鈴木《すずき》哲矢《てつや》という名前だった。姉の実の父親の名字も「鈴木」だったから、姉は幼い頃「鈴木牧葉」と名乗る日々があった。

今も父親に対する憎しみは消えておらず、同じ名字になったら悪夢の日々を思い出して苦しむのが目に見えると、姉は哲矢に訴えた。だけど哲矢が絶対に名字だけは譲れないと言い張った結果、破談になった。哲矢は三人兄弟で弟が二人いるにもかかわらず、どちらの名字にしようかと迷うそぶりさえ見せなかったという。「俺は長男で墓守だから絶対に譲れない」と言って。

姉の実の父の名字が、もっと珍しいものならよかったのに、「鈴木」では当たる確率が高すぎる。

「名字にこだわるのってどうなんだろ。名前なんて単なるレッテルみたいなもんだから、もっと軽く考えていいんじゃないかな。アイデンティティがどうのこうのっていう女性が増えているみたいだけど、そういうの、僕はピンと来ないんだよね。僕自身『中林』という名字に思い入れがあるわけじゃないしね」

「つまり悟にとって、名字はレッテルみたいなものだから、こだわりがないってことだよね？だったらジャンケンで決めたっていいってことでしょう？　悟がジャンケンに負けたら中林悟から松尾悟になってもいいんだよね？」

「詩穂、どうしちゃったんだよ。なんか今日の詩穂、怖いよ」

そう言って悟は苦笑してみせた。なんとかこの場を茶化して終わらせようとしている。

愕然《がくぜん》としていた。

私はこんな卑怯《ひきょう》な男を本気で好きだったのだろうか。

だが私は、悟を、結婚を、どうしてもあきらめたくなかった。

いま三十二歳。もうすぐ三十三歳。

もうここらへんで決めてしまわなければ先がない。今さら新しい男を探してイチからつき合い始めるなんて、考えただけで気が遠くなる。

交際しても互いに結婚したいと思えるようになる確率の低さ、結婚を決心するまでの長い日々、それらを想像しただけで、その道のりの遠さと面倒臭さに溜め息が漏れた。

「名字を変えたら男の沽券《こけん》にかかわるとか考えてるわけ？」

軽い調子で尋ねながらも、自分の心が悟から急速に離れていくのを感じて、不安に襲われていた。真っ直《す》ぐに進むはずだった人生が、違う方向へ舵《かじ》を切ってしまう。

新居の賃貸マンションの目星がついたので、今日はショールームでカーテンの下見をするために六本木まで来たのだった。ついさっきまでは、カーテンの柄を思い浮かべては楽しい気分に浸っていた。無地がいいか花柄がいいか、明るい色がいいかシックな色がいいか……昨夜から続いていた幸せな気分が雲散霧消していた。

フェミニストを自ら標榜《ひょうぼう》する悟でさえこうなのだ。名字のことでいちいち別れていたら誰とも結婚できない。

あの夏の日……それまでは名字のことなど考えたこともなかった。女は結婚したら名字が変わって当然だと信じて疑わない幼い日々があった。

あれは確か小六の夏休みだった。毎年お盆になると、家族四人で父の実家がある新潟に墓参りに行くのが恒例だった。

――慎二のとこは女の子しかおらんのだから、まったくどうしようもねえなあ。

夕飯のとき、珍しく酔いが回った祖父が突然言い出した。

――このままだと墓を継ぐ者がおらんようになる。ご先祖様に申し訳が立たん。五月さんは身体《からだ》が丈夫そうじゃから、男の子が生まれるまで何人でも産んでくれると信じとったのに。

食卓がシンとなった。女に生まれた自分が価値のない人間のように思えた。その場にいるのが、いたたまれないような気持ちになったのを、今も何かの拍子に思い出すことがある。

祖父には子供が三人いる。上から順に秋彦《あきひこ》、光代、そして私の父の慎二だ。伯父の秋彦は長男なのに、若くしてさっさと婿《むこ》養子に行ってしまったから、松尾の名字を継いでいるのはうちの父だけだ。

――惚《ほ》れた弱みっちゅうもんは、げに恐ろしきかな。子供も持たんと何を考えとるのか。

祖父は、その場にいない秋彦伯父のことを嘆いた。年上の美人にベタ惚れし、「私と結婚したいなら婿入りしてちょうだい」と迫られたと聞いている。秋彦伯父の妻は、七十代になった今でもストレートの黒髪で少女のような雰囲気のままだ。結婚当初から子供は持たない主義だったとかで、今も都心の一等地で夫婦二人で優雅に暮らしている。

――光代んとこは息子が二人おるけど、嫁いで名字が変わったから話にならん。

その日、酒に飲まれた祖父の怒りは、どんどんエスカレートしていった。祖母はいつものように台所と居間を忙しそうに往復していて、落ち着いて席に着くことはなかった。祖父の声は聞こえているだろうに、祖父を宥《なだ》めてくれることもなかった。

——女なんかしょうもない。全く役に立たん。

そう言って祖父は憎々し気な顔つきで、高三だった姉と小六だった私を交互に睨《にら》んだ。その目つきは子供心にも衝撃的で、今も脳裏に焼きついている。そして父が一言も反論してくれなかったことで、初めて父に不信感を抱いた日でもあった。

翌日になって祖父は「あはは、すまんかったなあ」と明るく謝った。

——えろう酔っぱらったみたいでの。

祖父は何も覚えていないだの、冗談で言ったなどと繰り返し言い訳をしたが、その日を最後に、私と姉は新潟の墓参りには同行しなくなった。

だが母は、あのあとも毎年お盆になると父の帰省に同行している。あんなことまで言われたのに母は平気なのだろうか。母は常にポーカーフェイスで、何を考えているのか、娘の私にもさっぱりわからない。

母は横須賀《よこすか》の出身だから、新潟に行ったところで幼馴染《おさななじ》みがいるわけでもないし、舅姑に気を遣うばかりで、疲れるために行っているみたいなものだ。

「詩穂のお父さんの実家って確か新潟だろ？　今さら墓のこと言われても、僕は新潟には行ったこともないしさ」

悟はそう言い、ストローで勢いよくアイスティーを啜《すす》った。

私だって本音を言えば、新潟の墓に思い入れがあるわけではなかった。

「うちの墓は鹿児島にあるんだ」と悟は言った。

「鹿児島には誰が住んでるの？　お祖父《じい》ちゃんもお祖母《ばあ》ちゃんも亡くなったんでしょ？」

「今は誰も住んでない。うちの親父のお姉さんに家の空気の入れ替えを頼んでいた時期もあったけど、伯母さんも歳《とし》を取るし、老朽化で雨戸がガタピシいって伯母さん一人の力じゃ開けられなくなったらしくて、今は地元の不動産会社と管理契約を結んでる。誰も住んでないのにカネがかかるって親父が嘆いてるよ」

「悟はときどきはお墓参りで帰省してるの？」

「小学生のときは毎年夏になると遊びに行ってた。最後に行ったのはお祖母ちゃんの葬式のときかな。もう十年以上も前のことになるよ」

「悟のお父さんは、その家や町をまだ故郷だと感じてるの？」

「どうなんだろうね。墓参りも毎年じゃなくなって最近は三年に一回くらいになってるから、気持ちは薄れてきているのかもしれないね」

「悟自身はどうなの？」

「僕は東京生まれだから鹿児島が故郷って感じはまったくしないよ。夏休みの思い出は懐かしいけどね。だけど、とにかく墓は僕が継ぐことになってるから」

動かせない決定事項であるように言う悟から、思わず目を逸《そ》らしていた。そして私は嘘《うそ》をついた。

「実は私もね、新潟の墓を守っていくよう言われてるの」

「えっ、そうだったの？」

悟は小さな溜め息をつき、残りのアイスティーを飲み干した。

「それは知らなかった……だったら僕も名字のこと、考えてみる」

悟は目を合わせないままそう言った。

「えっ、本当に？　考えてくれるの？」

「……うん、まあ、一応ね」

「ありがとう。さすが悟だね」

「お礼を言うのはまだ早いよ。考えてみるっていうだけだから」

その物言いが偉そうで、悟に決定権があるように聞こえた。だが、そんなことにさえ悟はきっと気づいていないだろう。日頃からフェミニストだと宣言している手前もあり、女の意見を無《む》下《げ》にもできないと考えたのか。それとも単なる引き延ばし作戦なのか。

だが、そんな計算高い駆け引きができる男だったろうか。もしかして私の知らない一面があったのか。

悟に対して疑心暗鬼に駆られたのは初めてだった。

「でさ、僕が考えてみた結果、やっぱり名字は譲れないってなったら、詩穂はどうする？　やっぱり怒るよな？」

「えっ？」

怒って数日間は口をきいてくれなくなるだろう。その程度のことだと考えているのが容易に見て取れた。どうして男は女をこうも舐《な》めてかかるのだろう。

自分の気持ちが悟から離れてしまう。それどころか絶望に変化していく。

いや、そんなレベルじゃない。

だって……嫌いになりそうだったから。

もうすぐ三十三歳になるというのに。

「詩穂のことだから、きっとムクれちゃうんだろうな」

そのときだった。私の怒りが沸点に達したのは。

「ムクれるって何？　馬鹿にするのもいい加減にしてっ。私は真剣に話してるんだよ。もう悟とは結婚しないっ」

大きな声は出していないつもりだったが、隣の男性客が私をちらりと見たのが視界に入った。

「冗談やめてくれよ。僕たちつき合って二年にもなるし、互いの親にも紹介しあったんだぜ。婚約指輪にしたって、うちの親父の知り合いの宝石商にすごくいいヤツを安く紹介してもらうことになってるんだし」

いざ結婚となったとき、「つまらないこと」で揉めて破談になることが少なくないと、雑誌か何かで読んだことがある。結婚式の段取りや新居を決めるときに、互いの親や親戚が介入してくるからだと書かれていた。だが本当は、「つまらないこと」から相手の本音が透けて見えるからではないのか。男が婚約者よりも、自分の親や家を優先すると知ったときに、女の心に不信感が芽生える。悟のような男を、親孝行で優しい人だと捉《とら》える「デキた女」も世の中にはいるらしいけれど、だったら女側の親のことはどうだっていいのか。

「私は婚約指輪なんて要らないって何回も言ったよね？」

「そういう言い方ないだろ。うちの親父が良かれと思ってせっかく手配してくれたんだから」

「どうせ買ってくれるなら、ダイヤじゃなくて普段使いできるルビーがいいって、私、頼んだよね？」

「ルビーなんてダメだよ。知り合いの宝石商に笑われて、恥かかされたって親父が怒ってたよ」

初めて聞いた話だった。悟のお父さんは優しそうに見えたのに、恥をかかされた、なんて陰では言うんだね。

言いようのない不安に襲われていた。「結婚する」というより「嫁ぐ」と言った方がぴったりだ。悟と結婚したいと思っただけで、決して中林家の一員になりたいと思ったわけではない。

婚約指輪でさえ自分の思い通りにならない。まだ結婚生活をスタートさせてもいないのに、悟の親の意見を聞き入れなきゃならない。指輪を嵌《は》める本人である私が我慢しなきゃならない。

「そもそも宝石商って何なの？　テレビドラマで見たことあるけど、アタッシェケースみたいなのをカパッと開けて、この中からお選びくださいっていうアレだよね？」

「さあ、それは知らないけど」

「私は肌が弱いから指輪は滅多に使わない。だから要らないって言ったの。でもどうしてもそれでは気が済まないっていうんなら、ちゃんとしたお店に行って大きなショーケースにたくさん並んだ中から自分で選びたいよ。銀座のデパートとかブランドショップとかじゃなくてもいい。御徒町《おかちまち》の問屋街で十分だから」

「今さらそんなこと言われてもね」

「今さらも何も最初から何度も言ってるじゃない。それに悟、うちのママにも指輪のことで注意されたでしょう？」

思った通り、悟はムッとした表情を晒《さら》して黙った。

私だって三十二歳にもなって母親の意見など持ち出したくはなかった。だけど、悟が自分の親ばかりを大切にするのを見ていると、つい言いたくなった。

悟はうちの母を毛嫌いしている。いわゆる「お母さん」といった枠から外れているし、そもそも常識がない。外見だけは平凡な中年女性なのだが、口を開くと平気で爆弾発言をする。子供の頃から友だちに会わせるのが恥ずかしかった。

そして初対面の悟に向かって、母はこう言って鼻で笑った。

——悟さんて見栄っ張りなのね。世間体なんてどうだっていいじゃない。バッカみたい。詩穂本人が指輪は要らないって言ってるんだから買う必要ないよ。離婚後も詩穂が生活に困らないほどの大きなダイヤの指輪をくれるっていうんなら話は別だけどね。

私は冷めたコーヒーをゴクリと飲み干してから深呼吸をすることで、冷静さを取り戻し、話題を元に戻した。

「指輪のことより名字のことなんだけど」

「どう考えても無理だって。僕が中林から松尾に変わるなんてことになったら、親父はショックで寝込んじゃうよ。母さんは気絶しちゃうかもね」

この期に及んで冗談で済ませたいようだった。ついさっき「考えてみる」と言ったことも忘れたのか。悟は冗談のつもりでも、私には脅迫にしか聞こえなかった。そのことがなぜわからないのか。優しい悟はどこへ消えたのか。

「だったら夫婦別姓にする?」と、私は提案した。

「それってつまり籍を入れないってこと?」と、悟は不安げに目を泳がせた。

「そうなるわね。夫婦別姓が許されてないのは地球上で日本だけらしいけど」

「僕は嫌だよ。きちんと結婚という形を取りたいから」

名字は譲れないが籍は入れたい。つまりそういうことらしい。

……ちっちゃい人間。

悟、あんた、器が小さいんだよ。

自分のことを棚に上げていることはわかっていた。私もちっちゃい人間で、悟と同類なのだろう。だがそれでも、無性に腹が立って仕方がなかった。

「悟って、なんて言うのか……男らしくないね」

「えっ、男らしくない？　そんな言葉はフェミニストには厳禁だろ。それに逆だよ。男が女の名字になる方がよっぽど男らしくないじゃないか」

「そうじゃないよ。男らしい人っていうのはさ、包容力があってね、もっと鷹揚《おうよう》に受け入れるんだと思う。それでさ、いざというときは、弱い立場の女に譲るんだよ」

男らしいとか女らしいとか、そんな言葉が大嫌いで今まで一度も使ったことはなかった。だが今は、その言葉以外に適当な言葉が見つからなかった。そして、もうこれ以上、悟に何を言っても無駄だと思った。

「あ、もうこんな時間だ。詩穂、そろそろ出よう。カーテン見に行かなきゃ」

「カーテン？　ああ、そうだったね。でも……」

「でも、どうした？」

立ち上がりかけた悟が、心配そうに私の顔を覗《のぞ》き込む。

「ごめん。悪いけど今日は帰る」

「どうしちゃったんだよ。詩穂……」

悟が何か言いかけるのを遮《さえぎ》り、私は振り返らず足早に店を出た。

3　松尾五月　61歳

義姉の光代が急遽上京してくることになった。

きょうだい三人で集まり、姑の墓について話し合うことにしたらしい。血の繋がったきょうだいが水入らずで、それも父親を交えずに話し合おうというのだから、次男の嫁である私などが仲間に入れてもらえるはずがない。

それは重々承知なのだが、でもどうしても、私はその話し合いの場にいたかった。部屋の片隅で静かにしているから、なんとか潜《もぐ》り込む方法はないものか。

姑が実際はどんな女性だったのか、舅のことをどう思っていたのか。今までずっと良妻賢母の鑑《かがみ》だと思ってきた姑の本当の顔を知りたかった。

六十年以上もの長きに亘《わた》って我慢を重ねた結婚生活だったのだろうか。もっと早くなんとかならなかったのか。なぜ死ぬ直前になって樹木葬などと言い出したのか。疑問が次々に湧《わ》き上がってくる。

私はといえば、墓にはとんと興味がなかった。先祖のことだけでなく、自分自身もどこに葬《ほうむ》られようが構わないし、そもそも関心すらない。無縁仏にしても散骨にしても、自分には上等すぎるくらいだ。饗饌《ひんしゅく》を買うのがわかっているから誰にも言ったことはないが、本心を言えば、私の遺骨などゴミ箱に捨ててもらってもいいと思っている。だって死後の世界なんてこれっぽっちも信じていないもの。遺骨なんて単なるカルシウムではないか。魚の骨とどこが違うのか。そもそもこの科学の時代において、いまだに霊界を信じる人がいることが信じられなかった。墓石といってもただの石だ。仏壇にしても、区役所の粗大ゴミ一覧の料金表に載っている。

「お義姉さんをうちに泊めてあげたらどうかな」と、私は夫に提案してみた。

「えっ、ここに?」

「だって女一人で東京のホテルに泊まるなんて心細いと思うよ」

「そうかなあ。そういうのを楽しむ女性も最近は多いと思うけど」

「それは都会に慣れている人の話だよ。東京は人も多いし地下鉄は複雑怪奇だし、いくらしっかり者のお義姉さんでも不安に思うに決まってる」

夫の実家がＪＲ新潟駅からすぐの所にあるのならまだしも、特急を乗り継いで二時間近くかかる田園地帯なのだ。人が歩いているのは滅多に見かけないが、鹿が歩いているのは何度か見たことがある。

「言われてみればそうかもな。上京するのは二十年ぶりだって言ってたから」

「お義姉さんに電話してみたら？　『嫁の五月が是非うちにお泊まりくださいと言ってます』って。ね？　そしたらシンちゃんもお姉さんとゆっくり思い出話ができるよ」

そう言うと、夫の目がきらりと光ったように見えた。

「実は俺、母さんが死んでから子供の頃のことを色々思い出すようになってさ、兄貴や姉ちゃんも俺と同じこと覚えてるのかどうか聞いてみたいと思ってたんだ。だけど葬式のときは慌ただしくて、まともに話もできなかったから」

夫が早速電話をかけると、光代の歓声が受話器から漏れ聞こえてきた。

電話を切ったあとの夫は満面の笑みだった。

「夕飯は駅前の中華の個室がいいんじゃないかと思うんだけど」

高級店だからだろう。夫は顔色を窺《うかが》うように私を見た。義姉が上京するのは滅多にないことだし、この際見栄を張って奮発したい気持ちもわかる。

「兄貴にも半分は負担してもらうつもりだけど、コース料理三人分だと、どれくらいかかる？」

と尋ねてくる。

三人分か……やはり私は数に入っていないらしい。このままでは、滅多にない盗み聞きの機会を逸してしまう。

「せっかくだからうちで食事したら？　寿司桶《すしおけ》を取って、あ、もちろん特上にするよ。それとスモークサーモンやらアボカドやらを載せたお洒落《しゃれ》なサラダも私が作る。それに揚げ物や煮物もたくさん用意するよ。家なら会計を気にせずお酒がいくらでもお代わりできるよ」

「それもいいね。だけど、兄貴は健康オタクになってからほとんど飲まなくなったみたいだし」

「でも、ナナさんの目が行き届かない所だったら際限なく飲むかもよ」

ナナというのは義兄の妻の名前だ。七十代の女性で「ナナ」などというハイカラな名前の人を私は他に知らない。港区にある豪邸に一人っ子として生まれ育ち、両親亡き後も、そこに義兄と二人で暮らしている。

「え？　そんなことないだろ。兄貴がナナさんに遠慮して酒が飲めないなんてこと」

この男は、そんなことも見抜けないのだろうか。

「それに、新潟の姉ちゃんは一滴も飲まないしね。体質的には強いけど、苦いから嫌いだとか子供みたいなこと言って」

「だったらお義姉さんのために食後のコーヒーとケーキも用意しとくよ。家なら煎茶《せんちゃ》でも紅茶でもお代わり自由だし、この際、メゾン・マルセイユのモンブランと樹林堂《じゅりんどう》の和菓子も奮発する、ね？」

お高いだけのことはあると評判の、近所の店の名を出してみた。

「うん、いいね。田舎もんの姉ちゃんなら格式ばったレストランより家の方が段違いに寛《くつろ》げるだろうし。それに……」

言いかけて、夫は眉根《まゆね》を寄せた。

「それに、何なの？」

「店だと会計のときに、兄貴が全額さっと払っちゃうかもしれないし」

「それが何で嫌なの？　きょうだいの中でダントツお金持ちなんだから出してもらえばいいじゃない」

家計を預かる妻としては大歓迎だ。

「なんか腹が立つんだよなあ。俺たちみたいに必死で働いてるって感じゼロだし、そもそも嫁の実家が金持ちってだけだもん」

「でも、今でも働いてるんでしょう？」

「あんなの働いてるって言えるのかなあ。嫁の実家の古美術商を継いだだけだぜ」

「それはそうかもしれないけど」

古美術商になって目利きになるにも苦労はあったのではないか。そうは思うが、残業の多いサラリーマンとして長年頑張ってきた夫に比べたら、時間的な自由度は高い。夫はそんな兄の暮らしが羨《うらや》ましくて悔しいのだろう。

「シンちゃんは歯を食いしばって頑張ってきたもんねえ。同じ会社に定年まで勤めるなんて本当にすごいことだと思うよ」

「そうかな？　そうだよな。俺、頑張ったよな」

私は結婚以来ずっと夫を励ます役回りに徹してきた。

夫と結婚するまでの私は苦労続きだった。自分から「私は苦労して生きてきました」などと言うと、貧乏自慢や苦労自慢と思われるから誰にも言ったことはないが、どう考えても私は人より苦労して生きてきたと思う。

特に最初の結婚が悲惨だった。それもあって、今の生活がより幸福に感じられるのかもしれない。最初から今の夫と結婚していたら、これほど感謝の気持ちは持たなかっただろう。それどころか不満たらたらだったかもしれない。

夫が毎朝きっちり起きて真面目に会社に行ってくれる。それだけで有難いと思う。そのうえ定年後の今も嘱託《しょくたく》として働いてくれている。それ以前に、暴力を振るわないだけでも上等だ。最初の夫は私の言葉の裏のそのまた裏を探ろうとする疑り深い男だった。それに比べたら今の夫は単細胞といってもいいくらいで、そのうえ穏やかで明るい。どこへ行っても顰蹙を買う非常識女である私を面白がってくれる。そして何より、新潟の両親に、連れ子のいる女との結婚なんて冗談じゃないと大反対されたとき、だったら駆け落ちするとまで夫は言ってくれたのだった。

それから一週間後、夫のきょうだいが我が家のリビングルームに集合した。

六十五歳の秋彦と六十三歳の光代、そして六十二歳の我が夫だ。

秋彦は六十五歳になるというのに、ダメージ・ジーンズ姿で現れた。すらりと伸びた長い脚に似合っていて、相変わらず浮世離れした雰囲気を漂わせている。葬式のときはさすがに喪服だったから、こういった普段着姿を見るのは久しぶりだった。

「五月さん、今日はありがとう。これ、心ばかり」

秋彦は囁《ささや》くような小声で言うと、玄関で出迎えた私に小さなポチ袋をさっと手渡した。

光代はといえばジム帰りのような格好だった。上京するにあたって、伸縮性のある洋服が最も疲れにくいと考えたのか、上下ともにスポーツウェアメーカーのロゴが入っている。後ろ姿だけみると小太りの中学生みたいだ。

「五月さん、悪いけどお世話になるね。都会のホテルに一人で泊まるなんて、本当は恐ろしかったんだわ」

やはり思った通りだった。

「お義姉さん、遠くからお疲れさまです。こちらにお部屋を用意してあります」

そう言って3LDKの中で最も日当たりのいい部屋へ案内した。長女が独立してからというもの、私が仕事部屋として使っていたのだが、今日のためにミシン周りや床に散らばっていた材料を大急ぎで片づけた。

数年前から同じマンションの最上階に住む康子《やすこ》と組んで荒稼ぎをしていた。ネットのフリマサイトで売る商品を、次々に二人で企画しては製作販売している。先月はなんと一人十二万円も稼いだのだ。

きっかけは、康子から着物の処分を相談されたことだった。

——嫁入り道具として実家から持たされたものだけど、着る機会がなかったのよ。でも高かったと聞いているから捨てると亡き母に申し訳ないし、かといって古着屋だと一枚五百円にしかならないって聞いたの。

そのときの私は帯の美しさに魅了され、息を止めてしまったほどだった。私は早くに両親を事故で亡くしているから、母親に嫁入り支度《じたく》をしてもらったこともないし、着物なんて一枚も持っていなかったから、成人式も欠席した過去がある。娘たちの成人式は貸衣装で済ませた。買ってやってもよかったのだが、場所を取るし、きれいな状態のまま保管する経験も知恵もなかった。

——ねえ康子、この帯、私に譲ってくれない？

康子のことだからタダであろうはずもなく、しっかり千五百円取られた。その帯を持ち帰り、ハンガーにかけて掛け軸のように部屋に飾って楽しんだ。

娘の詩穂が冬物の洋服を取りに家に立ち寄ったときのことだ。金襴緞子《きんらんどんす》の美しさに感動し、「その帯でノートパソコンのカバーを作ってほしい」と言い出した。着物を着る機会はないけれど、カバーならいつでも眺められるし、仕事中の癒《いや》しになると言う。

一本の帯から五個のカバーが作れたので、一つは詩穂に、もう一つは私用にした。康子に見せたら欲しいというので五百円で売った。写真を撮って長女の牧葉にＬＩＮＥで送ったら「要らない」と素っ気ない返事だったので、詩穂の婚約者である中林悟――真面目だけが取り柄の常識人で、いったいどこに魅力があるのか私には理解不能――がうちに来たときプレゼントしようと渡したら、「たぶん使わないと思いますが、せっかくですからもらっておきます」と言ったので、「そういう言い方するんなら、もらってもらわなくて結構よ」と言って取り返した。

といったような経緯で、二個のカバーが余ったのだった。簞笥《たんす》の奥にしまっておこうとしたとき、詩穂がフリマサイトでためしに売ってみたらどうかと勧めてきた。半信半疑で千円で出してみたら速攻で売れたので驚いた。残りの一個を恐る恐る二千円で出品したら、それも即日売れた。

そのことを康子に教えると、康子は目を輝かせて「私も作る」と言い出し、押し入れに眠っていたミシンを出してきた。それ以来、二人とも朝から晩までミシンを踏む生活となった。二千円から二千五百円、三千円と値上げしてもすぐに売れた。英語での取引も多かった。匿名配送だから、どこの国のどんな人かわからないが、外国人が好んで買ってくれた。頑張れば頑張っただけ儲《もう》かる楽しさを知ってしまった二人は、揃《そろ》ってスーパーのレジパートを辞めた。今となっては、もう二度と時給仕事には戻れないと感じている。

その数ヶ月後に、光代の次男の結婚式に出席したときのことだ。帯の話を光代にしたら、その翌週から宅配便で新潟から帯を次々に届けてくれるようになった。光代が近所の知り合いから不要な帯を集めてくれているらしい。タダでもらうのも悪いからと、お礼として帯の一部を使ってトートバッグを作ってプレゼントするといった流れが定着した。生地がしみじみと美しいうえに、なんといっても軽いから、年寄りには評判がいいという。

　それ以外にも康子と私は料理を作るユーチューバーになった。撮影する際は互いに協力し合っているが、二人とも登録者数が全く増えない。料理を作りながら過去の悲惨な苦労話をすると登録者数が増えることはわかっていた。だが、顔を出していないとはいうものの、昔のことは思い出したくもなかったし、金儲けのためとはいえ、牧葉のトラウマを考えると、それだけはやりたくなかった。牧葉は実の父親に殴られて鼻を骨折したことがあった。実際の痛みは消えても、心の痛みは今も続いている。

　光代が泊まるので、仕事道具のあれこれをダンボールに詰めてクローゼットに押し込んだ。入らない分は昨夜、康子に預かってもらったのだった。

　光代は高級ブランドなどにも興味がないし、ざっくばらんな性格だから、こちらも気負うことがない。だが、秋彦の妻ナナは違う。秋彦より七歳も年上なのに、年齢不詳の「少女」のままだ。先月の姑の葬式で久しぶりに会ったのだが、とっくに七十歳を過ぎているのに、おばあさんどころか、おばさんと呼ぶのでさえ憚《はばか》られるような雰囲気を漂わせていた。相変わらずストレートの肩までのおかっぱで、黒目勝ちの魅力的な大きな目は若い頃から変わっていない。だからか、喪服は私や光代を年齢以上に老けさせるのに、秋彦の妻が着るとシックな装いに見え、見ようによっては魔性の女のようだった。ナナの喪服はイタリアの高級ブランドだと秋彦が言っていたから、量販店バーゲン組の光代と私とはそもそも格が違う。

——いくつになっても美人は得だわね。ナナさんが私より十歳近くも上だなんて思えんわ。

あのとき光代はそう言って溜め息をついた。

キッチンでお茶の準備をしながら、カウンターの隙間《すきま》からきょうだい三人の様子を窺った。

「何もわざわざ光代が上京しなくてもさ、俺はオンライン会議で十分だと思ったんだけどな」

「兄さん、そんなこと言われたって、私はパソコンなんて使えないんだってば」

「少しは勉強しろよ。田舎に住んでるやつほど使えたら便利なんだぞ」

秋彦がこちらに背中を向けているのを確認してから、さっき玄関先で渡されたポチ袋をそっと覗いてみた。

えっ、三万円も?

嬉《うれ》しくて思わず声を上げそうになった。ついさっきまでは、寿司や高級食材を購入した代金で、何日分かのミシン仕事の稼ぎが吹っ飛んでしまうと思っていたのだが、いきなり気分が浮上してきた。

——使うときにはドンと使え。いつかきっとお前に戻ってくる。

実家の父の教えは正しかった。

寿司を特上にして正解だった。義兄は舌が肥えているから下手なものは出せない。

父は四十代半ばで亡くなった。そのときの年齢を、自分はとっくの昔に追い越してしまっている。それを思うと悲しくなるから、普段は考えないようにしていた。それなのに、今日はなぜかふっと気が緩んでしまったらしい。

まだ午後三時だったので、夕飯の準備はゆっくりでいいと思い、お茶だけ出すことにした。駅前の「銚子丸《ちょうしまる》」の寿司は新鮮で美味《おい》しいから、お腹《なか》を空《す》かせておいてほしかった。

「そんなことわかってるってばっ」

いきなり光代の大声が響いてきた。まだお茶も出していないのに、もう本題に入ったのか。

「そりゃみんなそう言うでしょうよ。あんなに立派なお墓があるのに樹木葬なんておかしいって。でも仕方がないのよ。お母さんの強い希望なんだから」

湯呑《ゆのみ》を三個トレーに載せて静かに台所を出た。この美味しいお茶は康子からもらったものだ。親戚のお茶農家から定期的に送られてくるらしく、毎年お裾《すそ》分《わ》けしてくれるのだった。

「樹木葬のこと、親父にはまだ言ってないんだって？」と義兄が尋ねている。

「お母さんが亡くなってシュンとしちゃってるから、とても言える雰囲気じゃないのよ」

「妻に先立たれた夫は長生きしないって言うからな。親父もそろそろかもな」

「兄さん、縁起でもないこと言わないでよ」

「だけど姉ちゃん、いくら何でも樹木葬っていうのは……」

「じゃあ聞くけど、シンちゃんはお母さんのたった一つの願いを無視できるの？」

「それは……」と、我が夫は答えに詰まっている。

「私はお母さんの気持ちを無視することなんてできない。死ぬ三ヶ月くらい前から言い続けてたのよ。死の床でも私の手を握ってね。両手でギュッとだよ、ギュッと。最後の力を振り絞ったんだよ。掠《かす》れた声で『絶対にお父さんと同じ墓に入れないって約束してちょうだい』って」

「そのとき光代は何て答えたんだよ」

「お母さんを安心させるために、『わかった。絶対に樹木葬にしてあげるから安心して』って言ったわよ。それ以外、何て答えればいいのよ」

私はゆっくりと三人にお茶を配り終えてから、静かに台所へ戻った。

カウンターの隙間から覗くと、光代は湯吞に口をつけていた。美味しいと感じてくれただろうか。夫も飲み始めていたが、義兄だけは湯吞を見つめるばかりで手に取ろうとしない。

そのときだった。

「ねえ五月さん」と、義兄が振り返り、カウンターの隙間から私を見て言った。「悪いんだけどさ、何か冷たい飲み物ない？」

「あ、気が利かなくてすみません。今すぐビールを」

「五月さん、俺、コーラ飲みたいんだ。喉《のど》をシュワッてさせたいから」

「え？」

ふざけないでほしい。コーラなんて常備してないよ。コンビニまで買いに行くとなると、その間のきょうだいの会話を聞き逃してしまうじゃないの。

それとも、お義兄さんの家の冷蔵庫では、いつだって冷えたコーラが並んでいるんですか？　うん、そうかもしれないね。いい歳してダメージ・ジーンズを穿《は》くくらいだからね。きっと死ぬまで青春を謳歌《おうか》する夫婦なんでしょうよ。うちみたいに、歳相応に老けていくことにほとんど抵抗を感じない中年夫婦とは異なる世界で生きてるんだろうね。

「ちょっと五月さん、わざわざコーラなんて買いに行く必要ないからね。兄さんのことは無視してちょうだい。だいたいねえ、兄さんは非常識なのよ。五月さんに対して失礼でしょう。主婦って大変なのよ。人が来るとなると、買い出しから始まって家中を掃除してご馳走《ちそう》を作って。そもそもこんなに美味しいお茶を淹れてくれてるのに、コーラって何なのよ」

光代が自分のことのように怒ってくれたので、私の怒りは一気に鎮《しず》まった。

「お義姉さん、ありがとうございます。でも大丈夫です。私ちょっとコンビニまで行ってきますね」

コンビニはそれほど近いわけじゃないが、そう言うしかなかった。

彼らの会話を何とかして録音できないものだろうか。キッチンに置いたスマホだと少し距離があるから無理かもしれない。

財布の入った買い物袋を棚から取ろうとしたときだった。スマホに文字が浮かび上がっているのが見えた。

――ダンナのきょうだい、来たの？

康子からＬＩＮＥが届いていた。私はここぞとばかり素早く文字を打ち込んで返信した。

――今すぐコーラ買ってきて。冷えてるやつ。

――ペットボトル１本でＯＫ？

いちいち事情を聞かないのが康子だ。だから気が合う。

――持てるだけいっぱい。

きょうだいの話し合いが長引いて義兄が朝まで帰らない可能性もある。そうなると浴びるほどコーラを飲むかもしれない。

――手間賃《てまちん》は？

――１本につき20円。

――安すぎて請《う》けられず。

ええっ、足もと見やがって。

でも……義兄から三万円もらったし。

――じゃあ40円で。

――その奮発、心躍る！　５分後に玄関ドア前にて置き配。

ＬＩＮＥでのやり取りはわずか数秒で終わった。

私と康子の絆《きずな》は、学歴コンプレックスで結びついている。高校中退だとわかった途端に見下す人間が多い。そんな屈辱的な人生を送ってきた。だが二人とも、そんじょそこらの女どもより頭の回転は速いと自負している。今のLINEにしたって、康子じゃなければ、「なんでコーラが要るの」から始まって、きっと長々と続いただろう。二人の娘に見せてやれば、きっと六十代女二人のやり取りとは思えないねと、いつものように大ウケ間違いなしだ。

「母さんは、そこまで親父のこと嫌ってたの？」と、夫の沈んだ声が聞こえてきた。

「そりゃそうでしょ」

「えっ、姉ちゃんは気づいてたの？　いつから？」

「小学生の頃からかな」

「ええっ、ショック。兄貴はどうなの、気づいてたの？」

「いや、全然」

「兄貴はナナさんと知り合ってから実家に興味失っちゃってるもんな」

「そうそう。兄さんの心はいつもナナさんのことでいっぱいよ」

義兄は特に否定するでもなく、すました顔で部屋の中をゆっくり見回している。

「お父さんが特別悪い夫だったわけじゃないと思うのよ」と、光代は続けた。「たぶん同世代の男の人の中ではマシな方だったと思う」

「姉ちゃん、だったら何で樹木葬なんだよ」

「自分の人生は何だったんだろうと思うと腹が立って仕方がなかったって、お母さん言ってた」

「親父だって家族のために一生懸命働いてきただろ」と我が夫は反論を続ける。

「シンちゃん、そういう話じゃないのよ」

「だったらどういう話なんだよ」

そのとき、スマホに文字が浮かび上がった。

――玄関ドア前コーラ10本。自販機¥1300+手間賃¥400=合計¥1700。支払い忘れるべからず。

玄関ドアを開けるとレジ袋が置いてあった。袋を覗くと、水滴が付いたコーラ以外に密閉容器も入っていた。きゅうりの糠漬《ぬかづ》けだった。康子は料理も上手なのだった。気を遣ってくれたのか、そのまま客に出してもおかしくない可愛らしい花柄の密閉容器に入っている。斜めに切ったきゅうりが見栄えよく並べてあり、爪楊枝《つまようじ》も三本刺さっていた。

「どうぞ」

コーラをペットボトルのまま義兄の前に置き、きゅうりの糠漬けもタッパーごとテーブルの真ん中に置いた。

そのときだった。義兄が突然「ええっ」と大きな声を出した。「やだなあ五月さん、糠漬けがあるんならあるって最初に言ってくれなきゃ」

「は?」

「知ってたら俺だってお茶でよかったのに」

そう言いながら、義兄は糠漬けを美味しそうにポリポリ言わせて食べ始めた。

「うまいねえ。五月さん、悪いんだけどさ、俺、白いご飯食べたい」

「えっ、今、ですか?」

「この漬け物には熱々の白いご飯が必要なんだよ」

「そう……でしょうとも。わかり……ました。すぐに用意します」

ご飯は一膳ずつパックして冷凍してある。もうすぐ特上の寿司桶が届くのだが、義兄は自由人だから仕方がない。それに、私よりも更に非常識な人間がこの世にいると思うだけで、私は安心感に包まれるのだった。

「親父は母さんに偉そうな物言いもしていなかったはずだよ。買い物に行っても重い物は持ってあげてたし」と夫が言うのが聞こえてきた。

「もしかして親父は若い頃、浮気してたんじゃないの?」と義兄がさらりと言う。

「私もそう思ってお母さんに聞いてみたんだけどね、それはないみたいだった」

「あんな田舎で浮気できないだろ。尾ひれがついて有名になっちゃうよ」と夫。

「それもそうだ」と、義兄はあっさりと引きさがり、私がご飯を持っていくと、「お米が立ってる。ピカピカだし」と言って満面の笑みで受け取った。

「今ある墓でいいじゃん。そうしようよ。だって俺も死んだらあの墓に入るんだぜ。そのとき墓の中に母さんはいなくて親父だけいるってことだろ。そんなの嫌だよ」と夫が言う。

「私はお母さんの遺言を無視できない」と、光代はきっぱり言った。

「浮気も借金も暴力も暴言もなかった。真面目に定年まで勤め上げて副市長にまでなった。いったい何の文句がある？」

夫がそう尋ねると、光代は台所にいた私にまで聞こえるような大きな溜め息をついた。

「やっぱり男に言っても埒《らち》明かん。思った通りだった」

「だったら姉ちゃん、もっとわかるように説明してくれよ」

「だからね、死んだあとくらい自由になりたいってことよ」

「まるで死ぬ前は不自由な生活だったみたいじゃないか」

「何を言っとるの？　母さんの生活のどこに自由があったっていうの？　ねえ、五月さんもこっちに来ない？　このバカ男どもに女の立場ってものを説明してやってよ」

なんと素晴らしい義姉・光代であろうか。

私はすぐさま「はあい」と返事をし、棚から自分用のスヌーピーのマグカップを取り出して急いでお茶を注いだ。じっくり話に耳を傾けたかったから、注《つ》ぎ足さなくてもいいように、家にある中で最も大きなカップにした。

「五月さあん、ご飯のお代わり、ある？」

そのとき義兄のノンビリした声が聞こえてきた。カウンターの隙間から見ると、空っぽになった茶碗《ちゃわん》を高々と持ち上げている。

「やあねえ、婿養子も苦労するわね」と、光代が呆《あき》れたように言った。

「姉ちゃん、今の、どういう意味？　兄貴は家ではお代わりできないの？」と、夫が尋ねた。

「まさか。お代わりはできるでしょうよ。だけど兄さんは家では糠漬けなんて食べられないのよ。本当は大好物なのに」

「どうして？」

「シンちゃんて相変わらず鈍いね。ナナさんが糠漬けを作れると思う？」

若い頃、義兄夫婦の食事はフレンチかイタリアンが中心だと聞いたことがあったが、今もそうなのだろうか。ナナがワインとチーズの通なのは昔から親戚内では有名だったが。

「ナナさんが作らなくてもスーパーで売ってるだろ？」

我が夫は、まだわからないらしく、さらに続けた。「ナナさんに言えばいいじゃないか。たまには漬け物と白いご飯が食べたいって」

「言えたら苦労しないわよ、ねえ、兄さん」

「ええっ、兄貴はナナさんにそんなことさえ言えないってこと？」

夫は心底びっくりしたらしい。目を見開いて義兄の横顔を見つめている。それでも兄嫁を悪く言うのは避けた方がいいと思ったのか、「カッコいい生活するのもなかなかに大変だね」と付け足すに留《とど》めた。

実は私も驚いていた。映画の世界に生きているかのような夫婦で、都心とは思えない広い庭に面した洋室でワインを傾けて文学や音楽について語り合うといったイメージがあったし、ナナだけでなく義兄もそういった生活スタイルを好んでいると思い込んでいた。もしもナナが今日の集まりに来ていたなら、義兄は餓鬼のように糠漬けを貪《むさぼ》り食うことはできなかったのだろうか。夫が酒を飲みすぎるのを嫌がる妻は多いが、夫が和食を食べたがるのを嫌がる妻なんて聞いたこともない。いったい、どういった夫婦関係なんだろう。

義兄は妹弟の声が聞こえているだろうに、どこ吹く風といった顔をして、美味しそうに糠漬けを食べている。見ているうちに、なんだか可哀想《かわいそう》になってきた。

「お義兄さん、ご飯ならいくらでもありますから遠慮なく言ってくださいね。よかったら海苔《のり》の佃煮《つくだに》もありますし」

義兄はきっとお腹いっぱいになり、夕飯は食べられないだろう。それならそれで、寿司は一人分をタッパーに詰めて康子に取りにこさせよう。糠漬けのお礼だ。

「それにお母さんはね、お祖父ちゃんとお祖母ちゃんが眠る墓なんて絶対に嫌だって言ったわ」

私は義兄用にご飯のお代わりと、自分用のスヌーピーのマグカップを盆に載せてリビングに入り、夫の隣に座った。

「俺、ショックだなあ」と夫は続けた。「だって、祖母ちゃんは優しい人だったし、祖父ちゃんだってユーモアのある人だったじゃん。あの世代にしては嫁としてはやりやすかったと思うけどなあ」

「あの世代にしては、か。そんな言葉が慰めになると思うのは男だけよ」

そう言うと、光代はまたしても大きな溜め息をつきながら続けた。「お母さんはね、まさかお父さんより先に死ぬなんて思ってなかったわけよ。お父さんが死んだあとに人生を謳歌しようと思ってじっと我慢して生きてきたの」

「だからさ、姉ちゃん、いったい何に我慢してたわけ？　親父は横暴な男じゃなかっただろ？」

「横暴じゃなくても嫌なのよ。女は自由が欲しいの。良妻賢母の役から逃れて本来の自分に戻りたかったのよ。言い方は悪いけど、お父さんが死ぬのを今か今かと待ってたの。そしたら自分の方が余命宣告されちゃってさ、まったく可哀想に」

「そうは言うけど姉ちゃん、死ぬのを待たれてる親父も可哀想だよ」

「そんな生き方はダメだ」と、義兄が断じた。「今この一瞬を楽しまなきゃ。人生は一瞬の連続なんだから」

そんなこと言われましてもねえ。お義兄さん夫婦は思い立ったらすぐフィレンツェに歌劇を見にいくだとか、気晴らしにマチュピチュの遺跡を見にいくのは知ってますよ。でもそういうことは私たち庶民には無理なんですよ。いつだって将来ってものに向けて節約して備えてるんです。私も既に老後といってもいい年齢ですけどね、それでもまだ先々のことを心配して倹約に励んでおります。この調子でいけば、きっと七十代になっても八十代になっても節約して暮らすだろうと思います。それが悪いことでしょうか。私は悪いとは思いません。庶民の防衛策

るんですよ。

ですからね。だからね、今を楽しめと言われましてもね、人によってはいろいろと制限がある
「馬鹿なお母さん……可哀想」と、光代が呟《つぶや》いた。

三きょうだいの話し合いなんだから部外者の私は決して口を出すべきではない。遺産相続にしても、配偶者が口を出すから妙なことになるのだと女性誌で読んだことがある。だから今日は食事のお世話だけに徹して黙っていようと今朝から固く決心していたのに、興味が抑えきれずに思わず私は尋ねてしまった。

「あのう、お義母さんに樹木葬にしてほしいと言われたとき、お義姉さんはその場で了承されたんですよね？」

「もちろんよ。絶対に樹木葬にしてあげるから安心してって、何度も言ったわ」

「だったら、それでもう十分じゃないですか？」

そう言うと、三きょうだいは一斉に私を見た。

あれ？　また私は非常識なことを口走ったのだろうか。日頃から娘たちに「顰蹙女」と揶揄《やゆ》されることが多いのだった。でも言いかけてしまったのだから仕方がない。

「だって死んじゃったら人間は無ですから。あとはこちらの都合でいいんじゃないでしょうか」

「こちらの都合って？」と義姉が尋ねる。

「最もお金のかからない合理的な方法で。となると、やはり今あるお墓に入ってもらうのがい

いんじゃないでしょうか」

「だけど、それじゃあお母さんが可哀想じゃないの」

「お義姉さんは、死後の世界を信じておられるんですか？」

「まさか。信じてないわよ。子供の頃から科学で証明できないことは信じるなってお父さんに言われて育ってきたしね。でもやっぱり、あれだけお母さんに懇願されると私もつらくて……死んだあともお父さんと一緒だなんて本当に勘弁してほしいって。お母さんの必死の眼差《まなざ》しが忘れられないのよ。私に頼んだのも、私を信頼してのことだと思うのよね」

姑はそこまで舅のことが嫌いだったのか。浮気や暴力や借金という大事件があったわけではないらしい。だが長年に亘って姑は耐えてきたという。

「本当は樹木葬じゃなくてお母さんの実家の墓に入りたかったらしいの。でも名字も違うし、伯父さんが家を継いでいるから今さら無理に決まってるって目に涙を溜めたのよ」

「わかった。じゃあ樹木葬にしよう」と義兄がさも簡単そうに結論づけた。「だってそうしなきゃ光代が罪悪感を引きずって生きていくことになるだろ？　今生きてる人間がいちばん大切だと思うからさ」

「ええっ、だったら俺は親父しかいない墓に入るのかよ」と我が夫は不満げだ。

「祖父ちゃんと祖母ちゃんが入ってるじゃないか。確かその前の代も」と義兄が続ける。「慎二、お前は死後の世界を信じてるのか？」

「まさか、信じてないよ。だけど、なんとなく気分的に……」

「墓が終《つい》の棲家《すみか》という時代は終わったんだよ。終の棲家にするためには、その墓の面倒を見る人間が確保されてなきゃならないだろ。世の中は少子化が進んでいるし、結婚して子供が生まれても女の子だったり、息子がいたとしても頼りないヤツだったりするから、継承者の確保が容易じゃないんだよ」と、子供のいない義兄が言う。

「だから？」と義姉が先を促した。

「最近は無縁仏になるスピードが速くなってるってテレビでも言ってたよ。今たぶん過渡期なんだ。墓の在り方が変わっていくんだ。墓を守っていける男の子供、それもある程度しっかりしていて常識も金もある息子がいないと」

「兄貴、そのことと母さんの樹木葬と何の関係があるんだよ」

「つまりさ、墓は自由にしていいってことなんだよ。どうせ未来永劫《えいごう》続くもんじゃないんだから。その証拠に、慎二のところは娘しかいないんだから、どっちにしろ新潟の墓はお前の代で終わりだろ」

「で結局、兄さんはどうしたらいいと思うの？　お母さんの墓のこと」

「多数決で決まりだろ。俺と光代は樹木葬にしようって言ってんだから二対一だ。あとは光代が新潟に帰って親父を説得するだけさ」

「えっ、私一人でお父さんを説得するの？」

「だって親父は俺の意見なんて耳を貸さないだろ。勝手に婿養子に行ったって、いまだに怒ってんだし、慎二はお母さん子だったしな。やっぱり光代が適任なんだ。はい、終わり」

そう言うと、義兄は壁の時計に目をやってから立ち上がった。

「えっ、兄さん、もう帰るの？」

「ナナと映画に行く約束があるんだ。五月さん、ご馳走様。美味しかったよ」

美味しかったと言われましても、糠漬けは康子が作ったんですよ。

義兄が帰ったあと、シンとした空気に包まれた。

「もう帰っちゃうなんて……信じられない」と言う光代の目は悲しそうだった。

「兄貴の言う通りかもな。姉ちゃんだけが地元で生活しているんだし、やっぱり姉ちゃんの気が済むようにするのがいいんだろうな、きっと」

「五月さん自身はどこのお墓に入るつもり？　縁もゆかりもない新潟の片田舎の墓に入るのって、本音を言えば嫌なんじゃないの？」

「えっ、サツキン、そうなのか？　嫌なのか？」と夫は目を見開いて私を見た。

「お義姉さん、私は嫌じゃないですよ。それどころか、新潟に立派なお墓があって有難いと思っています」

だって新たにお墓を建てるのもお金がかかりますしね。そもそも死んだあと自分の骨がどうなろうと全く興味ないですから。

「それにしても、兄貴がナナさんに遠慮して暮らしてたなんて知らなかったよ。俺、ショックだった。兄貴もああ見えて苦労してんだな」

たぶん遠慮だけじゃなくて、あの異様にカッコつけた生活を義兄自身も維持したいのではないか。死ぬまで青春の真っ只中《ただなか》にいたいのだ。

「婿養子って大変なんだな。やっぱり男は名字を変えたらダメだね。もしも俺が兄貴の立場だったら、とっくに心を病んでる気がする」

夫がそう言ったとき、光代は夫の横顔を鋭い目つきで睨んだ。

光代のそんな表情を見るのは初めてだった。

4　中林悟　37歳

あの日は六本木のショールームでカーテンを見るはずだった。

そしてそのあとは詩穂のアパートに泊まるはずだった。土曜日は毎週そうしてきた。

それなのに、詩穂が名字のことを言い出したから、カフェでは険悪な雰囲気になった。それまでも喧嘩《けんか》したことはあったけれど、今回は顔つきが違った気がする。怒りとも悲しみとも違う、妙に冷めた表情だった。

「悟、ぼうっと突っ立ってないで、お箸《はし》くらい並べなさいよ」

今日の夕飯は刺身と肉じゃがだ。

「そんなに気が利かないんじゃ詩穂さんも苦労するわよ」

母の小言がしつこいのは疲れているせいだろう。今日は朝から晴天だったから、張り切って家中のシーツを洗濯して庭に干したのだ。

「今日は重労働だったわ。濡れたシーツって重いのよ」

「親父に頼めばよかったじゃないか」

「頼んだわよ。そしたら『あとで干してやるから置いとけ』って言ったきり放《ほ》ったらかしなんだもの。嫌になっちゃう。悟も結婚したら家のこと手伝わなきゃダメよ。今はそういう時代なんだから」

――「手伝う」って言葉自体、ムカつくのよね。

たまたま社員食堂で隣り合わせた後輩の女性社員が話しているのが聞こえてきたのは数日前のことだ。「手伝う」という言葉が禁句なのは今や有名だから知っていた。それに、派遣社員の中高年女性たちが集まると、夫の悪口大会になるのも聞き慣れていた。だけど、あの後輩女性はまだ二十代の新婚さんだし、控えめで小柄な可愛い女の子といった印象があったから、そのキツイ言い方に驚いてしまったのだった。

そのとき僕は肝に銘じた。詩穂の前で「手伝う」という言葉を使うのは厳禁だと。

だが、そんな昨今の共働き夫婦の事情を母に説明したところで、世代が違うからきっと理解できないだろう。

「この前、悟がインスタントラーメンに卵と白菜を入れるのを見て、母さんちょっと安心したわ。カップラーメンで済ませる男性も多いって聞くから」

「そんな程度じゃダメだろ」

声がして振り返ると、父が新聞片手にリビングに入ってきたところだった。

「ラーメンくらいじゃダメだよ。これからの男は得意料理が何品かないとな。共働きなんだから悟も家事をしっかり手伝えよ。そうじゃないと詩穂さんに愛想つかされるぞ。それに……」

「悟、味噌汁を運んでちょうだい」と、母は父の言葉を遮った。

――縦のものを横にもしないくせに、なに偉そうに言ってんだか。

顔にそう書いてある。母もずっとパートに出ていたが、父はそれを一人前の仕事とは認めていない。小遣い稼ぎくらいに軽く見ていて、それを母が不満に思っていることも僕はずっと見てきた。

「さあ、できたわ。食べましょう」

僕は大学を出て就職すると同時にアパートを借りて一人暮らしを始めた。残業が多くて毎晩コンビニ弁当だったから体調を崩しがちになり、母の強い勧めもあって実家に戻ってきたのが三年前だ。一人暮らしの方が気楽で性に合っているが、健康には代えられない。家賃が要らないお陰で結婚費用を貯《た》めることもできたし、いつかマンションを買うための頭金も少しずつだが貯まりつつある。

「婚約指輪のことだけどな、値打ちのある掘り出し物が見つかったらしい」

父は張り切っていた。今までモーレツサラリーマンで家庭を顧みなかった分、定年退職後は家庭に目が向くようになった。だからあれこれ口出ししてくる。

父は親切で言ってくれている。有難いと思わなければならないとは思う。

「エリザベス女王が持っている指輪には負けるだろうけどな」

面白くもない冗談を言う父の目は、だが真剣だった。

――父さんは必死なのよ。悟は結婚したら家を出ていくでしょう。だから今が親子の絆を取り戻す最後のチャンスだと考えているみたいでね、悟の結婚式や新居の準備で活躍したいのよ。だから、この前みたいに指輪は要らないなんて冷たいことを言わないであげてほしいのよ。父さんは家庭を顧みなかったことをすごく後悔してるの。ここで挽回《ばんかい》しなきゃと思ってるの。

そう言って母から懇願されたのだった。

「悟、結婚式場のことはどうなった？　もう決めたの？」

母は椅子《いす》から立ち上がって中腰になり、それぞれの刺身用の小皿に醤油《しょうゆ》を注ぎながら尋ねた。

「式場はまだ決めてない」

「早くしないと間に合わないんじゃないか?」

父が自分のことのように気を揉んでいるのが、その眉間《みけん》の皺《しわ》から見てとれた。

「もしかして、地味婚とか?」

「うん、たぶんそうなりそう」

「うっそー、本当に地味婚なの? 残念だわあ」

「披露宴にかかるカネの半分くらいは援助してやれるぞ」

「きっとそういう問題じゃないのよ。詩穂さんが地味婚にしたいって言ってるんでしょう。だったら仕方ないけど」

「なんで仕方ないんだ?」

「あらパパ、鈍いわね。結婚式なんて女性のためにあるのよ」

「ああ、そういうことか。確かにそうだ。女性にとっては人生の晴れ舞台だもんな。まっ、それも一生に一回っていう時代の話で、今や三分の一が離婚するらしいけど」

「ちょっとパパ。これから結婚するっていうのに不吉なこと言わないでよ。それにしても親戚が何て言うか……ううん、いいのよ。本人たちが良ければね。うん、そう。それが正解なのよ。今の時代はね」

母は自分に言い聞かせるように言った。本当は何から何まで口を出したいのにぐっと我慢している。許されるならば口出しどころか先頭に立って仕切りたいくらいだろう。だが母には常識もあるし自制心もある。

この前、詩穂がこの家に来たときだって……。

――若い人の好きなようにすればいいのよ。親のことなんて考えなくていいんだからね。

そう言って詩穂に笑いかけたのだった。優しそうで自然な笑顔だった。我が母親ながら演技派だと感心したが、そういうところは残念ながら僕はちっとも似ていない。

「田舎の親戚に何て言い訳すればいいかなあ。披露宴には必ず呼ぶって言っちゃったよ。ついでに東京見物もさせてやろうと思ってたんだがな」と、父親が諦《あきら》めきれないように言った。

申し訳ない気持ちになってきた。育ててもらった恩もある。両親のことを、口うるさい、鬱《うっ》陶《とう》しい、などと反発した若い頃もあったが、テレビを点《つ》ければ虐待のニュースが飛び込んでくるし、書店に行けば「毒親」と書かれた本が並んでいる。それらと比べたら、自分がどれだけ恵まれた環境で育ったか、どれだけまともな親のもとに生まれてきたかと考えるようになった。

――結婚は二人だけの問題じゃないと思うんだよね。

本当は詩穂にそう言いたかった。だけど、詩穂の家に行ったとき……。

――親や親戚の意向なんて無視しなさい。あなたたち二人が納得することが最も大切なことなんだから。

詩穂の母親が言っている内容は僕の母と同じなのだが、僕の母と違って演技ではなさそうで、その証拠ににこりともしないし、目つきが怖かった。

娘の婚約者が来訪したというのに、詩穂の母親はお茶を出したあとは、床に広げた着物の帯の裁断を始めた。二回目の訪問だったが、いつだって内職の手を止めない。僕は軽く見られている。

詩穂はいつだって礼儀正しく、清楚《せいそ》できちんとした服装を好む。つまり、どこに出しても恥ずかしくない女性なのだ。そんな詩穂とは似ても似つかない母親だった。

詩穂の母親が高校中退だと知ったのは、つい最近だ。学歴で人を差別する気持ちは毛頭ないつもりだったが、高校中退だと知った途端に、「やっぱりなあ」と思ってしまった。というのも、若い頃は不良だったといった雰囲気が、中年になった今でも、その立ち居振る舞いに表れているように感じたからだ。僕の母は短大の幼児教育を出ているから、母親同士は話が合わないだろうと思う。

——詩穂のお母さんが高校中退だっていうのは、僕は全然気にしてないけどさ、できればうちの親には知られないようにしてほしいんだ。

そう言ったとき、詩穂は黙って僕を見つめた。無表情で何を考えているのかわからなかった。はっきり怒るとか、軽蔑《けいべつ》するとか、了承するとか、何でもいいから反応してほしかった。その日の詩穂は言葉少なだった。詩穂は日頃から「うちのママは常識がなくて人前に出せない」などと言って母親を恥じている。だからこの程度のことなら頼んでも大丈夫だろうと思っていたのだが、僕は何か間違えただろうか。

「そういえば悟、カーテンは決めてきたの？」

「いや、それが……」

「まだ新居の契約は済んでないんだろ？　窓のサイズはもう測ったのか？」

以前の父は、こんな家庭内のこまごましたことに興味を示さなかった。だが最近はどんどんオバサン化してきている。オバサン化という言葉もジェンダーフリーに引っかかるから、詩穂の前では言えないけど。

「最近の悟、何だか変よ。ぼうっとすることが増えたわ」

「……うん、実はさ、彼女がね、名字を変えたくないって言うんだよ」

「えっ、それはつまり、やっぱり結婚したくないってこと？」

そう尋ねた母の顔が微妙に嬉しそうに見えるが錯覚だろうか。それにしても、母にとって女性が名字を変えないことは結婚しないことと同意らしい。

「そうじゃなくて、僕たちの名字を中林じゃなくて松尾にしたいんだって」

「ええっ、冗談でしょう？　どうしてそうなるのよ」

母親の目が三角になっている。そして母は「やっぱりね」と溜め息まじりにつぶやいた。

「母さん、『やっぱりね』って、どういう意味だよ」

「だって詩穂さんのお母さんが変わった人だもの。娘が影響を受けてないはずないのよ」

「そういう言い方するなよ。男の名字にしなきゃならないなんて法律には書いてないんだから」

「そんなこと誰だって知ってるわよ」

「お前が中林悟から松尾悟になるって？　あり得ないだろ。絶対に名字だけは譲るなよ。わかってんだろうな」

さっきまでオバサン化したと感じていたのに、いきなり威圧的な昔の父に戻った。

「向こうが大きな会社を経営していて、それをお前に継がせてやろうっていうんなら考えなくもないが、サラリーマン家庭なんだから話にならないよ」

「そうよ、悟は一人っ子なんだから」

「兄弟が何人いようと関係ないぞ。俺の弟だって二人とも中林姓を名乗ってるんだからな。何が悲しくて女房の名字を名乗らなきゃなんないんだよ。男としてのプライドがないのかよっ」

父の怒りの表情を見ているうちに、詩穂が言っていた「男らしくない」という意味がわかった気がした。君を一生守るから結婚してくれなどと言ってプロポーズしたくせに、結婚前から詩穂を不幸に陥れている。自分は男だから結婚後も名字は変えないのだと言って、自分の我儘《わがまま》を通そうとしている。結局僕は、自分だけが可愛いのだ。そして詩穂は一瞬にしてそれを見抜いた。フェミニストなんて口ばかりで、中身は昔ながらの男と何ら変わりないってことを。そしてそのことを、僕は詩穂の射るような目を通して気づいたのだった。

「ともかく悟はもっとしっかりしなきゃダメだろっ」

「お父さん、ちょっと落ち着きましょうよ。私は意味がわからないわ。悟が一人っ子だってこと、詩穂さんだって知ってるでしょうに」

「詩穂も二人姉妹だから、名字を継ぐ人がいないんだよ」

「そんなこと言われてもね。で、悟はどう思ってるの？　中林悟から松尾悟になってもいいと思ってるの？」

「いや、それは……」

「だったら譲れないってはっきり言えばいいじゃないの」

「……うん、だけど名字が変わるのが嫌なのは詩穂だって同じだし」

「変な女だぜ、まったく」と父が吐き捨てるように言った。「きっと本気で惚れてないんだよ。惚れていれば女ってのは喜んで名字を変えるもんなんだよ」

「そうよ。つまり悟は利用されているのよ」

「利用？　僕を？　僕を利用して何の得になる？」

「だって悟はいい大学出てるじゃない」

「向こうの方がちょっと上だよ」

「そう……だったわね。でも悟は優良企業に勤めてるし」

「何度も言うけどさ、女子は就職が厳しいんだよ」

「向こうは地味婚にしたいんだろ？　こっちは大々的に披露宴をしたいのに我慢してるんだから、名字くらいは譲ってもらわないとな」

「親父、地味婚か派手婚かみたいな小さな問題と、名字をどっちにするかっていう大きな問題とじゃあ天秤《てんびん》にかけられないだろ」

「なあ悟、詩穂さんはやめた方がよくないか？」

親父の意見に息を呑んだ。

「そうよ。もっとまともな家のお嬢さんを見つけなさいよ。悟はまだ若いんだし」

「もう若くないよ」

「だってまだ三十代でしょう。もっと普通の女の子とつき合いなさいよ」

「なんだよ、その『普通』って。詩穂だって普通だよ」

「この世に女の子なんかいっぱいいるじゃないのよ。悟ならいくらでも次が見つかるわよ」

「そういうのを親の欲目っていうんだよ。僕は女にモテないんだよっ」

大声で自慢するようなことではないのだが、本当のことだったし、話の通じない両親を前にして半ばヤケになっていた。

「悟は仕事が忙しすぎて出会いがなかっただけよ」

たとえ時間が有り余っていてもモテない男はモテないし、デートする暇もないほど多忙でもモテる男はモテる。だがそんな事実を口にして、わざわざ自分を貶《おと》める必要もないから黙っていた。言ったら惨めな気持ちになるし。

「悟は私に似て目はパッチリだし、丸顔で可愛いんだから」

「丸顔で可愛いって……赤ちゃんじゃあるまいし」

「年収だって五百万以上あるじゃないの」

「たったそれだけじゃ結婚生活は厳しいんだってば」

「でも年収五百万円以上あるのは、日本人男性の四割くらいだってテレビで言ってたわよ」

「何割だろうが関係ないよ。五百万円から税金や健康保険料や年金保険料が引かれるし、労働組合費や生命保険料なんかのこまごましたものを引いたら手取りは三百万円代だぜ。新居だってワンルームってわけにもいかないから高いんだし」

「確かにそうだな。通勤に便利な場所となったら月十五万くらいはするぞ」と、親父は宙を睨みながら続けた。「家賃だけで年に二百万円近くかかるとしたら……うん、確かに共働きじゃないと食ってけないな」

最近はネットで賃貸事情まで調べてくれているらしい。

「世間の若い夫婦はみんなよく生活できているわね。親の援助があるのかしら。だけど共働きだからって、何も男の方が遠慮して女の名字を名乗る必要なんかないわよ」

「当たり前だ。最近では勤め先でも女性は旧姓を使ってるじゃないか。それに、いずれは詩穂さんだって子供ができたら働けなくなるかもしれないだろ。そしたらお前が妻子を養ってやるんだから」

つまり、養う方が偉いから名字をそのまま名乗る権利がある。そう言いたいのか。

「詩穂が働けなくなったら困るよ。保育園に預けてでも働いてもらわないと」

「なにも悟、そこまで無理しなくても……」

「だったら、どうやって食べていくんだよ」

「どちらにせよ、名字で揉めたなんてことは間違っても鹿児島の親戚の耳には入れるなよ。九州男児の誇りはどこに行ったんだって大騒ぎになるからな」

「それはこっちの台詞《せりふ》だよ。詩穂の前で間違っても九州男児だなんて言ってくれるなよな。一発でふられるよ」

「嫌だわあ。情けないわねえ。ふられたっていいじゃないの。今まで言わなかったけどね、本音を言うと、母さんはもっと穏やかで優しい女の子と結婚してほしいのよ」

「やめてくれよ。母さん、ほんとにもう……」

詩穂を逃したら僕は一生結婚できないと思う。もう三十七歳なのだ。最初で最後のチャンスを絶対に逃したくなかった。

「俺も母さんと同じ意見だ。あの子じゃ鹿児島の親戚に紹介できない」

「どうしてだよ。服装も言葉遣いもきちんとしていて、親戚の前に出しても恥ずかしくない女性だよ」

「だけど柔らかさがないんだよ。女のくせに気が強すぎるんだ」

「はあ?　親父って……」

女性に対する考え方に、こんなにも世代の差があるとは思いもしなかった。

「田村で金、谷でも金って言ってたじゃないか」

「あなた、それ何の話？」

「だからさ、有名なオリンピック選手でさえ結婚したら素直に夫の名字を名乗るってことだよ」

「ともかく詩穂を鹿児島には連れて行かない。僕自身は東京生まれなんだぜ。親父の出身地なんて詩穂には関係ないだろ」

「それ本気で言ってるのか？　お前は自分の嫁さんを叔父さんや伯母さんや従兄弟《いとこ》たちに紹介しないつもりなのか？」

「そんなの必要ないだろ。そもそも冠婚葬祭でしか会ったことないのに」

「なにバカなこと言ってんのよ。悟は墓守なんだからね」

「全くもう……あ、そういえば墓を東京に持ってきて改葬するって話はどうなったんだよ」

「手続きが面倒なのよね。それに思ったより費用もかかるのよ」

母が言うには、離檀《りだん》料、魂抜き、魂入れ、石屋に払う費用、運送費などで、相当額がかかるという。それに、西日本の墓は陶器の骨壺《こつつぼ》を納めるのではなく、布の袋に入れて直《じか》に墓の下の土にバラ撒《ま》く方式が多いらしく、先祖代々の骨を土の中から探しだす必要があるという。

「改葬となると、東京に墓地を買わなきゃならないんだけど、田舎と違って高いのよ」

「最近テレビでよく宣伝してる納骨堂にすれば？」

「お父さんが納骨堂は味気ないって反対なのよ、ね？　あなた、そうでしょう？」

「それに、今まで世話になった鹿児島の住職に申し訳ないしな。東京に墓を持ってきたら鹿児島に行く用事もなくなるし」

「そうね、お墓がなくなったら、きっともう帰省しなくなるわね」

「それだと故郷がなくなるみたいで何だかなあ。先祖の魂が東京じゃあ嫌がるかもしれないし」

魂などという言葉が親父の口から飛び出すとは思わなかった。親父はバイオ技術で業績を伸ばした東京バイオ株式会社を定年まで勤め上げたのだ。科学の先端をいく仕事に携わってきた人間だ。

「とにかく一度、詩穂さんを連れて鹿児島の本家を訪ねてみればいいさ。そしたら詩穂さんの考えも変わるはずだよ」と父は自信ありげに言った。

「いい考えね。私もそう思う。家は老朽化したとはいうものの、いい材木を使って建てたと聞いているわ。そんな立派な家やお墓を見れば、中林一族の一員になれることに誇りを抱くはずよ。そしたら名字を変えたくないなんて思わなくなるわ」

「あの家がそんなに立派だとは思わないけどな。墓にしたって、あれくらい大きいのが田舎じゃ普通だろ。確か周りの墓も同じくらいだったよ」

「私はね、由緒正しい中林家の一員になれると思ったら、結婚するとき嬉しかったのよ」

「由緒正しいって？」

「何度も言ったでしょう。薩摩《さつま》藩にちょっと関係があったらしいって」

「何だよ、『ちょっと関係』って。当時なら誰だって藩に関係あるだろ。逆に関係なくして生きられないだろ。一介の農民だって藩には関係あっただろうさ」

「悟はすぐ屁理屈《へりくつ》ばっかり言う」

このとき僕は決心していた。すぐにでも家を出ようと。

もう一人の僕が腹の底から叫んでいたのだ。

――いい歳して親と一緒に住んでんじゃねえぞ。母親にパンツまで洗ってもらってる男なんて気持ち悪いだろっ。

母が寂しがって引き留めたとしても、出ていこう。

でも……本当の問題はそこじゃなかった。親の反対を押し切れるかどうか、そんなことがネックではない。本当の問題は、僕自身が名字を変えるなんて絶対に嫌だってことだ。自分の名字が変わるなんて、今までの人生で想像したこともなかった。どうして僕が中林を捨てて松尾を名乗らなきゃならないのか。

「やっぱり夫婦別姓しかないのか……」と知らない間に呟いていた。

「何言ってんのよ、それって要は事実婚ってことでしょう?」

「そんなの単なる同棲だろ。子供が生まれたら子供の籍はどうなるんだ」

「そうよ、子供が可哀想よ」

「……うん、やっぱり、そうだよね」

以前から選択的夫婦別姓制度には賛成だった。三十年以上も前から国の法制審議会で議題に上っていることだし、強制ではなくて、あくまで選択制なのに、それでも強硬に反対する国会議員がいることが自分には信じがたいことだった。

そいつらが日本の癌《がん》なのだ、ジェンダーギャップ指数を押し下げているのだ。そう考えて、今までずっと腹立たしく思ってきた。

でも……そのことが自分の身に降りかかってくるとは考えたこともなかった。

5　竹村《たけむら》光代　63歳

田舎に帰ってくるとホッとする。

歳を取ったからか、久しぶりの東京行きは思った以上にくたびれた。人の多さに酔って気分が悪くなったからだ。それでも弟のマンションに泊めてもらえたのは嬉しかった。大都会の見知らぬホテルに一人で泊まるのは心細かったから、五月さんには感謝している。

五月さんとはもう長いつき合いになる。最初の頃は、その言動からして変わった人だと思ったし、初婚の慎二がよりによって子持ちの女と結婚するなんてと不満だったたし、慎二は単純だから手練《てだ》れのバツイチ女の口車に乗せられたのだろうと、つまりは両親と同じように私も心配したものだ。だけど、そのうち五月さんの人となりが少しずつわかってきて安心感に変わった。五月さんはお世辞を言えないタイプで、正直で素朴な人だとわかってきた。こちらとしては、言葉の裏を勘繰る必要がなくてつき合いやすいのだった。

とはいえ今回は、あまりの割り切り方に面食らった。

――樹木葬にしてほしいと言われたとき、お義姉さんはその場で了承されたんですよね？

――だったら、それでもう十分じゃないですか？

――だって死んじゃったら人間は無ですから。

――お義姉さんは、死後の世界を信じておられるんですか？

そんなあれこれを五月さんに言われたことで、墓は何のためにあるのかとあらためて考え込んでしまった。五月さんの言うことは、いちいちその通りで、霊界など信じてもいないのに、樹木葬という母の希望を叶《かな》えてやりたいと思ったのはなぜなのか。

最後の最後まで、お母さん、ありがとう、お母さん、大好きだったよ、などと気恥ずかしくて口にできなかった。そういったことは、きっと私だけじゃないと思う。ほとんどの日本人は言えないのではないか。そして亡くなってから後悔する。そのことが供養への熱意になり、亡き人との絆をなんとか形に残そうとして、葬儀や位牌《いはい》やお墓に力を入れるのではないか。

この先、何かに悩んだり人生に躓《つまず》いたりしたとき、私は墓の前に立ち、心の中で母に話しかけるだろう。

――こんなことがあったんだわ。どうしたらええかな？　お母さんはどう思う？

そう尋ねるとき、母が絶対に入りたくないと言っていた「松尾家累代之墓」では無理なのだ。母との約束を破っておいて、母に甘えるなんてできない。母に話しかけたところで、「松尾家累代之墓」の中から恨みがましい目で私をじっと睨むんじゃないかと思う。

――お義姉さんは、死後の世界を信じておられるんですか？

そうじゃないよ。五月さん、そうじゃないんだよ。

でも、この気持ちをどう表現すればいいかわからない。

兄や弟に相談するまでもなかった。どうやら私は、誰が何と言おうと樹木葬にすることを譲るつもりはなかったらしい。兄がさっさと多数決で決めてくれてよかった。

あの夜、ゆっくりと慎二と思い出話ができたが、兄がさっさと帰ってしまったのには本当にがっかりした。ナナさんと映画の約束があると言っていたが、映画なんていつでも行けるじゃないの。新潟からわざわざ出てきた実妹の私よりも、ナナさんとの映画を優先するなんて……。

兄の冷たさに、今も気持ちがささくれ立ったままだ。

それにしても気が重い。母の遺言を私一人で父に伝えなければならないなんて。

小学生の頃から、人の意見をまとめるのが得意だった。今も町内会とか婦人会の会合に出ると、いつの間にかまとめ役になっている。だが今回だけは自信がなかった。

私がまとめ役になってしまうのは、たぶん父が町の寄り合いなどに行くときに、幼かった私をいつも連れていったからではないかと思う。そこには、話し合いとも言えないような雰囲気があった。ぐだぐだと世間話や噂話をするから、議事がなかなか進まなかった。

そんな帰り道、小学校で学級委員をしていた私は父に抗議したことがある。

——さっさと多数決を取りゃあええじゃないの。なんで、そうせんの？

——多数決は恨みが残る。光代は時間がもったいないと思ったかもしれんが、こういうのをガス抜きっていうんだわ。

だらだらと話をする間に和やかな空気になり、そのうち互いに譲り合って決まるのが、最も賢明なやり方だというのが父の持論だった。そのときの私は子供だったから、大人の世界とはそういうものかと納得したが、長じてからは、そのからくりが見えてきた。

見かけ上は全会一致の形にしたいのだ。長い時間を経て、みんなが話し合いに疲れ果てたころ、時間切れでどうしても決めなくてはならないからという理由で、ことを決する。勝者も敗者も作らず、渋々であっても全員が同意したという形を取る。そうすれば失敗しても誰も責任を負わなくて済む。それが小さな集落でうまく暮らしていく知恵なのだろう。

「お早《はよ》うございまあす。お父さあん、おる？」

今日は意を決して、東京土産を携えて実家を訪ねたのだった。

母が亡くなってから父は一人暮らしになったが、家の中はきれいに片づいていた。母の入院が長かったこともあるのだろう。それまで家のことは何もしない父だったが、いざとなれば掃除もゴミ捨てもするようになった。娘の私に迷惑をかけないよう気遣っているのが見てとれる。

「実はね、私、東京に行ってきたんよ」

「東京？　何しに行ったんだ？　浩人《ひろと》に何かあったのか？　それとも祐樹《ゆうき》か？」

父は私の息子たちの名を口にした。

「二人とも元気でやっとるよ。そうじゃなくて、兄さんと慎二に会いに行ったの。お母さんが私に遺言を残したもんでね」

昨夜何度も考えたのだが、なるべく遠回しに話を持っていこうとしても、母は樹木葬を望んでいるのだから、父を傷つけずには話ができない。

「遺言？　喜子《よしこ》が遺言を残したのか？」

「実はね、お母さんは松尾家のお墓には入りたくないって言ったのよ」

「ほう、なるほど。そういうことなら……よし、わかった」

「え？」

「そういう場合は分骨すればええんだ」

父は、松尾家累代之墓と母の実家の墓に分骨することを提案した。

「いったん嫁いだなら松尾家の人間だが、そういった覚悟もなく嫁いでくる女もいるんだろう。

お前の母さんはそんな低レベルの女じゃなかったが、それでも実家の両親と同じ墓に入りたい気持ちがあっても不思議じゃない。昔なら許されんことだがな」

——お父さんと同じ墓には死んでも入りたくない。舅も姑も大嫌いだった。

母は病院のベッドで息をゼイゼイ言わせてそう言ったのだ。

「お父さん、そういうことじゃないのよ。お母さんは樹木葬にしてほしいって言ったの」

「ほほう、樹木葬とな。喜子は自然が好きだったからなあ。そういえば、テレビで特集していた樹木葬の霊園を喜子は熱心に見とったのう。だが無理だ。うちには立派な墓があるからな」

「お父さん、そうじゃなくてさ」

「何なんだ、光代、はっきり言ったらどうだ」

「じゃあ……はっきり言うけど」と言ってから、私は大きく息を吸った。「お母さんはね、絶対にお父さんと同じお墓には入りたくないって言ったのよ」

「そんなこと喜子が言うわけないだろ。光代の聞き間違いじゃないのか?」

力強い声で尋ね返す父の顔はしかし、歪《ゆが》んでいた。私の振り絞るような声で、私が嘘をついていないことがわかったのだろう。

「ふうん、そうか、喜子はそんなことを言ったのか」

父の横顔は怒りで真っ赤になっていた。「そんな薄情な女だったとは知らなんだ」

「そんな……薄情だなんて」

「わしは家族を養うために頑張って働いてきたんだ。出世も家族のためだった」

「うん、わかってる。お父さんは本当にすごい人だよ」

「喜子のやつ許せん。墓を立派にしたときだって反対せんかったくせに」

父が大きな墓誌を建てたり、周りを大理石で囲ったことを見栄っ張りだと陰口を叩《たた》いた人もいたようだが、私はそうは思わなかった。墓を立派にすることは、父にとって生きた証《あかし》であり、ご先祖様への感謝でもあったのだ。

「お父さんはどう思う？　お母さんの遺骨は樹木葬にしてもいい？」

もしも父が強硬に反対するなら、母の遺骨はどこにも埋葬せずに私が預かっておこうと決めていた。父が死んだあとで樹木葬にすればいい。

「樹木葬なんて絶対に反対だ。あり得んことだ。世間様に笑われる」

そう言って、父はこちらに背中を向けてテレビを点けた。その痩《や》せた背中が、もう帰ってくれ、独りになりたいんだ、と言っているように見えた。

これ以上何を言っても無駄だろう。今日のところは帰った方が良さそうだ。

「お父さん、私また来るけど」

四十九日が迫っているのだった。

もし納骨式を取りやめることになったら、お寺や料理屋だけでなく、親戚中に連絡しなければならない。私が預かるのもダメだと父が言うなら、一旦は先祖の墓に入れて、父が死んだあと骨壺ごと取り出して樹木葬に改葬するしか方法はない。面倒だしお金もかかる。疲れる。私ももう若くないのに。

「お父さん、冷蔵庫の中に鯖《さば》の味噌煮を入れといたから食べてね」

返事がない。

「今日はこれで帰るね。じゃあまた」

父はテレビに顔を向けたままで一度も振り返らなかった。

車に乗り、猫一匹歩いていない田舎の道をゆっくりと車で走った。

母が樹木葬を懇願したことがきっかけで、自分自身の墓のことを初めて真剣に考えるようになった。それまでは夫側の先祖代々の墓に入ることを疑いもしなかったし、それ以外に選択肢があるとは考えたこともなかった。しかしここにきて、もっと自由に考えてもいいのだと母からヒントをもらったような気がしていた。

母の遺骨を樹木葬にするとき、すぐ隣の区画を自分用にこっそり買っておくのはどうだろう。そう思いついたのは、東京から帰る新幹線の中だった。最初はふとした思いつきだったが、今では強い願望に変わりつつある。

結婚してすぐに夫の実家に同居した。舅も姑も親切な人だったし、だだっ広い家の二階の四部屋全部を私たち新婚夫婦に使わせてくれた。食事は一緒だったが、二階にはトイレだけでなくミニキッチンも作ってあったので、夜は二階でコーヒーを飲んだり、二十代の頃は夜中に二人でカップラーメンを作って食べたこともあった。

こんなによくしてもらって何の不満があろうか。そう自分に言い聞かせつつ暮らしてきた。だが友人たちの中で親と同居しているのは少数派だった。新潟駅周辺の賑やかな場所で夫婦だけの自由な暮らしをしている友人たちが本当は羨ましかった。たとえ安普請《やすぶしん》の狭いアパートだったとしても、そこには誰にも遠慮することなく安らげる空間があった。舅や姑の目がないから か、互いに呼び捨てにする友だち感覚の友人夫婦もいた。

長男を出産したのを機に、それまで勤めていた幼稚園も辞めて家にいるようになった。どこに行っても、しっかりしたいい嫁だと褒められた。最優先すべきは舅の都合で、その次に夫、姑、子供たち、そして最後は嫁の自分という家庭内の確固たる序列に当然のように従った。子供が二人とも男だったからか、長じると息子たちの順位は上がり、姑より上になった。五年前には舅を見送り、去年の暮れに姑も見送った。老人施設には入れず、最期まで自宅で面倒を見た。

今思えば、知らず知らずのうちに、実家の母の背中を手本にしていたのだろうと思う。自分を犠牲にして家族に尽くすという姿勢は、母から受け継いだものだった。

母の生き方を正しいと思えばこそ、私はこれまでやってこられたのだ。

それなのに、ここにきて樹木葬とはね。

ねえ、お母さん、私の信念が根本から揺らいでしまったじゃないのよ。

母の遺言によって、今までの自分が雁字《がんじ》搦《がら》めの風習の中にいたことに気づき、そこから出る自由があることも知った。私も死後くらいは自由になりたいと思う。そんなことを言ったら、きっと五月さんは、「お義姉さん、やっぱり死後の世界を信じてたんですね」なんて言って笑うんだろうけど。

向こうに自宅が見えてきた。道路が空いていたからか十五分で着いた。

「どうだった？　樹木葬だなんて、お義父さんショック受けてただろ」

休日で家にいた夫が早速尋ねてきた。

興味津々といった目つきに嫌悪感を覚えた。母が樹木葬のことを言い出す前と後では、夫に対する感覚までもが変わってしまった。

「なんで笑っとるの？」

「えっ、俺？　笑っとらんよ」

微《かす》かに笑っていたのを私は見逃さなかった。

「だってお義父さん、可哀想じゃないか。死んだ妻に捨てられるなんて」

満更嘘でもなさそうだった。同情心もあるにはあるのだろう。

だが、その反面で……。

——俺はそうはならない。うちは夫婦円満だから。

きっと夫はそう思っている。そして私の父を見下していることに自分でも気づいていない。

そのとき、腹の底から意地悪な気持ちが猛然と突き上げてきた。こんなことは結婚以来、初めてのことだった。

舅と姑が亡くなり、今や家の中には夫と二人きりだから、もう誰の目も気にしなくていいし、誰も聞き耳を立てていない。

決して夫には言えないが、姑が亡くなったときは天にも昇る解放感があった。今後は遠慮なく夫に腹を立てても構わないんだよと、許可を与えられた気がした。

「あなたはいいよね。自分の親と一緒のお墓に入れるんだから」

「え？　えっと……何の話？」

夫はぽかんとして私を見た。

夫側の両親や先祖は、私とは血の繋がりがない。夫の祖父母なら写真で見たことがあるが、それ以前の代となると名前さえ知らない。そんな見も知らぬ先祖に囲まれて墓に眠る自分を想像すると、あまりに自分が可哀想すぎる。死んだあとも嫁の立場から逃れられないのか。

誰だって自分の親や祖父母が眠る墓がいいに決まっている。どうしてそんな簡単なことが男にはわからないのだろうか。

――自分のことしか考えてないからですよ。

五月さんなら、あっさりそう答える気がした。

そんなこんなが頭に浮かんだ次の瞬間、私は決心していた。母が埋葬される樹木葬の敷地のすぐ隣を、自分用に買っておこうと。

調べたところによると、カロートごとに個別に埋葬するタイプと、骨壺から遺骨を取り出して合祀《ごうし》するタイプとがあるらしい。合理的な五月さんなら家計を優先させて迷わず合祀を選ぶだろう。だが私は母の遺骨がどこに埋葬されたかをはっきりと知っておきたいから個別タイプを選びたい。それを隣同士で二つ買っておけばいい。

うん、そうしよう。このことは父と夫には絶対に内緒だ。

「誰だって自分の先祖と一緒の墓に入りたいわよ」

思いきってそう言ってみると、夫は宙の一点を見つめた。

「光代は死後の世界なんて信じてないって言ってただろ」

「確かに言ったかもね。そんな非科学的なことは馬鹿馬鹿しいと思ってるから。でもね、還暦を過ぎてみると、死ぬのもそんなに先じゃないから色々と考えるようになったのよ」

「色々って？」

「実家の墓と婚家の墓のどちらかを自由に選んでいいなら誰だって実家の墓を選ぶってことよ」

「世の中には実家と折り合いの悪い人間だっているだろ」

巧妙に話を逸らそうとしている。だが、もうその手には乗らない。

「いま一般論を話してどうするの？　私は実家の親と仲違《なかたが》いしたことないよ」

「それにしても、俺にはさっぱり光代の気持ちがわからんよ」

「あなただったらどうする？　竹村家と松尾家のどっちの墓に入りたい？」

「入りたいとか入りたくないとか、そういう問題じゃないよ。墓とはそういうものなんだよ。例えば僕が光代の婿養子だとしたら、俺は迷うことなく松尾家の墓に入るよ。それがルールなんだよ。社会はルールによって成り立っているんだから」

夫は県立高校の社会科の教師を経て、定年間際の二年間は校長になった。雄弁で知的な人だと思っていたのは結婚後何年くらいまでだったろうか。

「それはつまり結婚するときに、私の旧姓の松尾を二人の苗字として選んでいたならってこと?」

「うん、そういうこと。民法ではどちらを選んでもいいわけだから」

しれっとした顔で言う夫を見た。殺意を覚えるのはこういうときだ。

「結婚するとき、もしも私が一人っ子であなたが次男だったら、あなたは竹村正則《まさのり》から松尾正則になってもよかったと思っていたってこと?」

「え? うん、まあ、そういうことに……なるかな」

いま俺は嘘つきました、と夫の顔に書いてあった。

どうして男というものは女の立場に立ってものを考えることができないのだろうか。そのうえ嘘が簡単にばれていることにも気づかない。いまだに謎だ。

結婚とは本当に厄介なものだ。あのとき私は二十四歳で、今考えると世間知らずの子供だった。結婚の背後に控える夫側の親族のことなどチラリとも考えなかった。好きだから結婚する、ただそれだけだった。

あの当時は、女はクリスマスケーキと同じで二十四までは売れるが、二十五を過ぎると売れなくなると言われていた。だから焦っていた。

――家つきカーつきババア抜き。

これは一九六〇年代に流行った言葉だと母から聞いたことがある。結婚するなら家と車を持っていて、姑と同居しなくてもいい次男が理想的だという意味らしい。

未来の夫を計算高く品定めしていた女も、もしかしたら世の中にはいたかもしれない。だが自分の周りを見渡す限り、条件のいい男と結婚したのは、たまたま好きになった男がそういう境遇だったという偶然によるものだ。それに、こんな田舎では条件がいいといってもたかが知れている。自分も友人たちも、よく言えば純真、悪く言えば将来を真剣に考えていなかった。

ああ、もういいや。夫には何を言っても通じない。ここで細かに説明したところで、女性の立ち位置を理解するのは未来永劫無理だろう。

思わず大きな溜め息をついていた。

夫が私の横顔を見つめているのが視界に入る。

――今日の妻はなにやら機嫌が悪いらしい。あまり関わらないでおこう。

その程度に考えているのが見え見えだった。いつものことだ。

こんなことは結婚してから数えきれないほどあった。男は言われなきゃわからないと言うけれど、だったら言えばわかるのかというと、言ってもわからないのだ。アメリカでは、白人男性より黒人男性の方が女性の置かれた立場を理解しやすいと聞いたことがある。そうだろうと思う。お互いに差別される側だからだ。この世で何が嫌かって、自分の人生を勝手に他者に決められることだ。誰しもそういった立場になってみなければわからないのだろう。

夫とは理解し合えない関係のまま死んでいくと思うと、結婚とは何だったのかと虚《むな》しくなる人も多いだろうが、私はそうは思わない。制度なのだ。そう、夫が言う通り、単なるルールなのだ。子を持って家庭を作る方法は、私の時代にはこれしかなかった。今だって、ほとんどの日本人がそうであるように。

こんな思いを五月さんにぶつけたら、どう言うだろうか。五月さんは妙に達観している。ルールなんて自分の人生にとってはどうでもいいことだと知っている。

それはたぶん、五月さんの両親が交通事故であっけなく死んだことに起因するのだろう。そのとき五月さんは高校生だったと聞いた。その寂しさから逃れるために初婚のときは電撃結婚をした。そしてひどい目に遭って這《ほ》う這《ほ》うの体で逃げ惑った。離婚にこぎつけるまでに数年を要したらしい。

女性の賃金が低く抑えられた日本で、子供を抱えて生きていくのは厳しい。どうしようかと迷った挙句《あげく》の折衷案《せっちゅうあん》が、人畜無害の慎二と結婚することだったのではないかと私は見ている。素朴な人柄に見える反面、本当はしたたかな女なのかもしれない。

6　松尾五月　61歳

エレベーターで最上階の十一階まで行った。

康子の部屋の間取りも、うちと同じ3LDKだ。息子二人は独立し、今は夫婦二人暮らしだが、康子の夫は五歳下だから、まだ現役で会社に勤めている。

詩穂が小学校に入学したとき、康子の次男と同じクラスになった。それがきっかけで仲良くなった。それに、安田康子――やすだやすこ――という名前が覚えやすかったこともある。

PTA活動を通じて互いに手芸好きで、そのうえ同い歳だとわかった。話も合うし、小柄でぽっちゃりしているところまで同じだ。だが中学のときに私は野口五郎の大ファンだったが、康子は西城秀樹の熱狂的ファンだったらしい。

――お宅のマンションの最上階が中古で売りに出てるのよ。眺めがよくて気に入っちゃったんだけど、そこを買ってもいいかしら。それともストーカーみたいでいやだっていうなら別の物件を探すけど。

康子からそんな電話がかかってきたのは、詩穂が中学に進む直前だった。それ以来、互いの部屋を行ったり来たりしている。

互いの夫が平凡なサラリーマンであることも共通点だった。どちらかがお金持ちの奥様であれば、もしかしたら仲良くなれなかったかもしれない。

フリマに目覚めるまでは、同じスーパーのレジで働いていた。立ちっぱなしで腰痛に悩まされたが、それ以上に苦痛だったのが客からのクレームだった。わけのわからないことを言ってしつこく責めてくる名物爺《じい》さんに当たった日には激しく落ち込んだ。平身低頭して「申し訳ありません」を繰り返してその場をやり過ごせばいいと、パート仲間はみんな頭ではわかってはいる。だが、舌鋒《ぜっぽう》鋭く女を見下してこき下ろす爺さんの一言一言がグサリと来るし、なんでこんなヤツに頭を下げなきゃならないのかと爆発しそうな怒りを無理やり抑え込むことでストレスが溜まり、気が変になりそうだった。そういうときは、帰りに康子とカフェに寄ってケーキセットを食べる習慣が出来上がっていた。その当時は互いに住宅ローンと子供の学費が重く圧《の》し掛かっていたから、九百五十円もするケーキセットは人生最大の贅沢《ぜいたく》のように感じていた。だからこそストレスが緩和できたともいえる。

経営側がセルフレジを増設すると通達してきたのは一年前のことだった。今回の合理化で誰が馘《くび》になるのだろう、やっぱり年齢が高い順だろうね、だったら私たちはターゲットだね。そう康子と話して気分が暗くなっていた。だが意外にも誰ひとり馘にはならず、その代わりパート全員の勤務時間が減らされた。経営者側の温情かと思っていたら、時間短縮と同時に全員が社会保険から外されたのだった。

そんなときだったのだ。金襴緞子の帯でノートパソコンのカバーを作ったのは。それから二人は山師に変貌した。山師という言葉を使い出したのは康子だ。詐欺師よりはいいだろうと言う。手芸が好きな二人にとって、こんなに簡単に作れるものが三千円で売れることが信じられなかったし、まるで自分たちが詐欺師になったような気がするときがあった。だが、品質が良いと新潟でも評判なのだった。

時間給で稼ぐ方が確実だが、アイデアで稼ぎ出す方が何倍も面白くて、もともと手仕事が好きだったこともあり夢中になった。二人とも六十代だが、まるで中学生のときのように明るい未来が待っているような気分になった。

それまで私たちは、毎日のように嘆き合っていたのだ。

——もう歳だね。毎日なんだかダルくてさ。

——わかる、わかる。私も気力が湧いてこない。

五十歳になった頃、二人でエンディングノートなるものを作ったことがあった。そのノートはときどき更新しなければならないのだが、六十代に突入してからは気力が萎《な》えて、自分が死んだあとのことなんて、どうだっていいじゃん、と思うようになっていた。

だが山師になってからの私たちはいきなり若返った。いつもスッピンだった康子が近所に買い物に行くぐらいのことで眉毛を描き足すようになった。まだまだ美しくいたいと康子が言いだしたときは驚いた。まっ、「それなりに」ってことなんだろうけど。

そして、ボケ防止のために来年は漢字検定を受けようと二人で話し合っている。二人とも十代の頃は勉強とは無縁の生活だったので、今は知識を増やすこと自体に歓《よろこ》びを感じ、楽しくてたまらないのだった。

ダイニングテーブルに向かい合い「事業計画ノート」を開いた。来月の売り上げ目標を立てるためだ。話し合いの結果、それぞれの目標額は十五万円ずつで、私は相変わらず寝る間も惜しんで帯でパソコンカバーを作ることにした。今のところは売れ続けているが、そろそろ欲しい人には行き渡る頃だろう。だから次の商品を早めに考えておかなければならない。

「ちょっと休憩。お茶淹れるね」

康子はお茶を淹れるのも上手だった。私は、家から持参した笹団子《ささだんご》と柿の種をテーブルの上に広げた。どちらも光代の新潟土産だ。

「お姑さんの樹木葬、どうなった？」と、康子が尋ねた。

「それがね、嫁の私も話し合いに参加させてくれたんだよ」と、私は義兄姉が訪れたときの様子を詳細に話して聞かせた。

「地元に住んでいるお義姉さんの気が済むようにやるのがいいんだろうね」

「やっぱりそうなるのかな。ところで、康子の家のお墓はどこにあるの？」

「大阪の四天王寺《してんのうじ》だよ」

「ええっ、すごい。そんな有名なお寺にお墓があるなんて」

「お墓はないよ」

「えっ、どういうこと？」

「京都や大阪では本山納骨というしきたりがあってね、遺骨を本山の霊廟《れいびょう》に納める人が多いの」

康子の説明によると、京阪神には各宗派の本山がたくさんあり、本山には開祖が葬られているので、死後も開祖とともにありたいと願う門徒は、遺骨を本山の霊廟に納めるらしい。遺骨全部なら五万円、一部なら三万円が相場だという。

「ずいぶんと安上がりだね」

「夫の実家は大阪の四天王寺に納骨したの。あの辺りでは最も安いらしくてね、聖徳太子が創建したって言われている割には一万五千円で済むの」

「聖徳太子かあ」

昔の一万円札が思い浮かんだ。

「夫の実家にも、もともとは普通のお墓があったんだけど、夫のお祖母ちゃんが明治生まれのハイカラさんで、平塚らいてうに影響を受けたんだってさ。それというのも舅が気性の激しい人で言いたい放題、したい放題だったらしくて、ずいぶん苦労させられたらしい。だから絶対に舅と同じ墓に入れてくれるなと遺言を残して、本山に納骨してもらったのよ。それ以降は代々その方式になったの。なんせ簡単なうえに安く済むとなれば、右に倣《なら》えってことになるみたい」

「世間は色々だねえ。そんなの初めて知ったよ」

「そもそも東日本と西日本では骨壺の大きさからして違うのよ」

康子によると、東日本では焼き場で遺骨のほとんどを拾って骨壺に納めるが、西日本では三分の一か四分の一だけだから骨壺もかなり小さく、残った骨は合祀されるという。そのうえ、東日本では埋葬のときに骨壺に入ったまま納めるうえに、墓下にあるカロートは石造りだから土に還ることがない。しかし西日本では墓の下は土で、遺骨を骨壺から出して納めるから、いつの日か土に還《かえ》るのだという。

「それにね、西日本ではカロートの横の部分が開くようになっていて、そこから骨を撒けばいいの。わざわざ石材店を呼ぶ必要がないのよ」

「そうなの？　知らなかった。で、康子の実家のお墓は？」

「実家の墓は、埼玉の森林公園の近くにあるの。山を切り開いた広大な霊園よ」

「お墓参りには行ってるの？」

「まったく行ってない」

「どうして？」

「遠すぎるんだよね。家から二時間近くかかるうえに駅からも遠いの。往復の交通費も馬鹿にならないし、すごく疲れちゃう。墓地を買った当初は、両親は広々として清々《すがすが》しいなんて言ってたけどね。墓参りにいく子供の身にもなってほしいよね。それに、年の離れた兄が二年前に亡くなってからは、実家が兄嫁さんのものになっちゃったから、もう実家とは縁が切れた感じがして……」

康子の横顔が寂しげだった。

「今は、兄嫁さんが墓参りに行ってくれてるんだね？」

「あの人、たぶん行ってないと思う。夫婦仲もあんまり良くなかったみたいだし、義姉さんは、うちの両親のことを好きじゃなかったから」

「子供はいるの？」

「兄のところは娘が一人だけ。とっくに結婚して名字も変わってるから墓守にはなれない。義姉さんの性格ならズルい手段に出ると思う」

「ズルい手段てどんな？」

「管理料を払わないで放ったらかしにするつもりだよ、きっと」

康子が言うには、きちんと墓じまいをしようと思ったら、大金が要るらしい。魂抜きには、お布施とお車代がかかるし、墓を解体して撤去するには産廃業者を呼ぶ必要があり、そこから遺骨を取り出して更地にする費用、そして遺骨を合祀する費用などがかかる。

それを払いたくなければ、管理料を滞納して催促にも応じない。そうすれば、一年くらいで無縁仏と認定されるらしい。

次の買い手がすぐに見つかるような立地の良い都市部の霊園では、管理者が墓石を撤去して更地にするが、それ以外の場所では、荒れるに任せて放置されるという。

「康子はそれでいいの？　両親が眠っているんでしょう？」

「仕方ないよ。もうとっくに実家とは縁が切れたと思ってる。兄一家が同居を始めた時点で、実家とは思えなくなった。母の顔を見に帰ったところで気軽に泊まれる空気がなくなってたし」

親が亡くなった時点で、人は故郷を失うのかもしれないと、そのとき思った。


詩穂がふらりとやってきたのは、金曜日の夜九時も過ぎた頃だった。

会社帰りだという。

「今夜泊まっていい？」

「もちろんよ」

「ありがとう」

詩穂は無理して明るく振る舞っている。だが心がドン底にあるのは顔を見てすぐにわかった。

「お父さんは？」と尋ねながら、詩穂はリビングを見回した。

「さっきお風呂に入ったとこ」

「ふうん」

「詩穂、どうしたの？　悟くんと何かあったの？」

「ちょっとね。結婚後の名字をどっちにするかで揉めたのよ」

「はあ？　まったくもう。うちの娘たちときたら揃いも揃って名字ごときで何考えてんだか。牧葉の場合なら気持ちはわかるけど、なんで詩穂まで？　意味わかんない。名字なんてどうだっていいじゃない」

そのとき、康子のことが思い浮かんだ。彼女の旧姓は本田《ほんだ》だ。本田康子が結婚したことによって安田康子になってしまった。親が良かれと思って娘に康子と名付けたのに、結婚によって名字とのバランスが悪くなった。

「お母さんの世代には、この気持ちはわからないよ」

「そんなこと言わないで、ちゃんと説明しなさいよ」

だって、気持ちを聞いてほしくて帰ってきたのだろうから。

「……うん、あのね」

詩穂の言い分を聞いて驚いた。

きっかけは小六のときの、新潟での舅の心ない言葉――慎二のとこは女の子しかおらんのだから、まったくどうしようもねえなあ――だったらしい。

舅も罪なことをしてくれたものだ。

「ちょうどよかった。墓のことなら心配する必要なくなったのよ」

私がいきなり早口になったのは、夫が風呂から上がってくる前に一気に言ってしまわなければならないと思ったからだ。私が浴室の方をチラリと見てから声を落としたので、詩穂にも通じたらしく、「それ、どういうこと？」と顔を寄せてきた。

「新潟のお祖母ちゃんがね、遺言で樹木葬にしてほしいって言ったらしいの」

「なんで？　あんな立派なお墓があるのに？　だったら、あのお墓はどうなるの？」と、詩穂まで早口になった。

「だからね、詩穂がお墓を継ぐことなんて考える必要ないの。お祖父ちゃんがそのうち死んで、そのあとお父さんが死んだら、墓じまいしちゃえばいいのよ」

「お母さん、それ、本気で言ってる？」

「もちろん本気だけど？　だって仮にお父さんが二十年後くらいに死んだとして、そのとき私は八十代だよ。あのお墓に行くには、新幹線と在来線を乗り継いで最寄り駅で降りたあと三十分もバスに揺られるんだよ。そのバスだって本数が少ないから乗り継ぎが悪けりゃタクシーだよ。五千円以上する。八十代になってから一人で遠路はるばる墓参りにいく自信なんか私にはないよ。それに私が死んだあと、牧葉や詩穂は新潟まで墓参りに行ってくれる？」

「たぶん……行かない」

「だよね。だったら早めに墓じまいした方がいいよ」

「つまり、東京に墓地を買って改葬するんじゃなくて、完全になくしてしまうってこと？」

「そういうことよ。遺骨は今のお寺で合祀してもらうのよ。だって、東京のお墓なんて高くて買えないし、そんなことに大切な老後の資金を使ったらだめだと思うんだよね」

「うん、それは確かにそうかも」

「それにさ、新潟の墓を遺《のこ》しておいたら、詩穂は松尾家と中林家の両方の墓の面倒を見ていかなきゃならなくなるよ」

「なるほど」

「最近は一人で複数の墓の面倒を見るケースが増えて、苦労してるって聞いたよ」

「みんなきょうだいが少ないもんね。今日ここに来てよかったよ。お墓のことは、もっと柔軟に考えてよかったんだね」

「そうよ。生きてる人間の方が大事だもん。もう新潟のお墓のことは心配しないでいいからね。詩穂は名字のことなんて気にしないで結婚すればいいのよ」

「それが……そうもいかなくなった。名字のことで悟の本性が見えた気がして」

「本性って?」

「名字は譲れないって言うし、私より自分の親の気持ちを優先してる。悟と結婚するっていうより中林家に嫁入りするって感じがしてゾッとする」

「そんなこと言ってたら誰とも結婚できないよ。それに、悟の本性見たって言うけど、あの男は悪人じゃないよ」

「そりゃそうかもしれないけど、自分の将来が向こうの家族に雁字搦めにされそうで嫌なのよ」

「だったら雁字搦めにされないようにすればいいじゃん」

「どうやって？　婚約指輪のことだって、向こうは私の子供っぽい我儘だと思ってる。同期入社の仲間に話してみたら、そんな小さなことくらい向こうに譲ってやればいいだとか、舅に花を持たせてやれって言う。みんな私の気持ちをわかってくれない」

「指輪なんておとなしくもらっておけばいいじゃないの。気に入らなかったら簞笥の奥にしまっとけばいいんだし」

「お母さんまでそんなこと言うとは思わなかった。がっかりだよ。それに私が生まれて名前をつけたときは名字と語呂がいいかどうか、言いやすいかどうかをお父さんとお母さんが一生懸命考えてつけてくれたんでしょう？　それが、結婚したら中林詩穂になるんだよ」

「えっと、それ、どういう意味？」

「な、か、ば、や、し、し、ほ、だよ。シが二回続くんだよ」

「だから何なの？　十一階の康子さんなんて、やす、だ、やす、こ、だよ。だけど彼女は文句なんて言ってない。漫才師みたいで面白いって笑い飛ばしてる」

「そりゃあ……人それぞれかもしれないけど」

「詩穂、あんた、人間が小さいよ」

次の瞬間、詩穂は顔色を変えた。

「あっそう。小さくて悪うございました」

そう言うと、すっくと立ちあがり、バッグを肩にかけた。

「あれ？　泊まっていくんじゃなかったの？」

「やっぱり帰る。こんな家、もう二度と来ない！」

引き留める間もなく、詩穂はさっき入ってきたばかりの玄関を素早く出ていった。

いつもの穏やかな性格はどこへやら。詩穂は苛々《いらいら》していた。

こちらが思う以上に、精神的に追い詰められているのだろうか。

7　松尾牧葉　38歳

――今もまだ独身ですか？

鈴木哲矢からのＬＩＮＥに気づいたのは昼休みだった。

今さら何なの？

私が今も独身だったら何だって言うの？

哲矢と会わなくなって、かれこれ九年が経《た》っていた。

「牧葉さん、誰からのＬＩＮＥなんですか？」

後輩の菜々子《ななこ》が向かいの席から私を覗き込むようにして尋ねた。なぜだかニヤニヤしている。

今日の昼食は、いつもの社員食堂ではなく外に出た。週の半ばになるとストレスも疲れも溜まってくるから、せめて昼休みぐらいは建物の外に出ようと、毎週水曜日の習慣になっている。

今日はベーカリー併設のレストランだが、ここのサンドイッチランチは女子に人気がある。セットのサラダが豪華だし、季節のポタージュスープが美味しい。

「ねえ、誰からのＬＩＮＥなのよ」と、今度は隣に座っている同期の由美《ゆみ》が、私のスマホを覗き込んできた。

「どうしてそんなに気になるの?」と、不思議に思って尋ね返した。

「だって牧葉、すごく嬉しそうだもん」

「えっ、私が?」

「そうですよ、牧葉先輩のそんな晴れやかな顔、久しぶりに見ましたよ」

「え? そんなことないでしょ。そもそも嬉しくなんかないし、全然」

「牧葉ったら、何をそんなにムキになってんの?」

「別に、ムキになんて、私は……」

そのとき、ランチプレートが運ばれて来た。「お待たせいたしました」

「美味しそう」

「本日のスープは、そら豆のポタージュでございます」

「嬉しい」

「私の大好きなやつだ」

みんなの視線がランチに移った瞬間を逃さず、「いただきまあす」と元気よく言って、ベビーリーフを口に入れた。

鈴木哲矢と別れたばかりの頃はつらかった。食欲がなくなってスープを無理やり喉に流し込む毎日だった。熱いポタージュスープを飲み込むと、結論を急ぎすぎたのではないかと後悔ばかりしていた日々を思い出す。

これまで彼のことは極力思い出さないようにして暮らしてきた。頭に浮かびそうになったときは、瞬時に別のことを考えるよう自分を訓練することで、徐々に思い出す回数が減っていって気持ちが楽になった。

名字ひとつで人生が狂わされた。考えてみれば馬鹿馬鹿しいことだ。鈴木という名字は佐藤の次に日本で二番目に多いのだ。名字と実父の面影を結び付けていること自体が愚かなことだった。若気の至りだと嗤《わら》う人もいるかもしれないが、三十代後半になった今でも、やっぱり鈴木姓になるのは嫌なのだった。

そして、名字の問題がきっかけで、それまでの哲矢の誠実さや優しさを根本から疑うようになった。私が幼い時から抱え続けてきたトラウマを訴えてもなお彼は名字を変えようとはしなかった。

「このポタージュ、私の好みだよ」

「うん、私も。それにサンドイッチのパンももっちりしてるよね」

「美味しいね」と、みんなと調子を合わせながらも、哲矢からのＬＩＮＥの意味を考え続けていた。

あれ以来ずっと恋人はできなかった。言い寄ってくる男はたくさんいたが、哲矢のせいで男という生き物全部を疑いの目で見るようになっていた。

世の中には人種差別を始めとして様々な差別があるが、差別心がないかどうかは結婚をきっかけに露呈すると何かで読んだことがある。日頃は平等主義者のように装っていても、いざ身内の結婚となれば大反対するというものだ。結婚は踏み絵とも言えるのだろう。

母から電話があったのは数日前だった。そのとき妹の詩穂の結婚について相談された。名字の問題で破談になりそうだというから、私に影響されたのだろうかとも思ったが、どうやらそうでもないらしい。新潟の墓守がいなくなることを詩穂は心配していたのだという。

詩穂の彼氏も踏み絵を踏めなかったらしい。普段フェミニストを名乗る分、詩穂のショックは大きかったという。

私はお墓のことは眼中になかった。そもそも父とは血が繋がっていないから、長女といえども松尾家の墓を継ぐ筋合いではないと思っている。冠婚葬祭や夏休みに新潟に行ったときも、いつも私一人が浮いていた。私は松尾一族には見当たらない彫りの深い顔立ちで、誰が見ても血の繋がりがないのがわかり、近所の人も一歩引いていたように思う。

母が今の父と再婚したとき、私は六歳だった。新しい父は、常に遠慮がちで、いつも優しかった。妹の詩穂を頭ごなしに叱《しか》ることはあっても、私を叱ったことは一度もない。叱るというより穏やかに注意するといった感じだった。それを寂しいと思ったことはない。父だろうが誰だろうが、頭ごなしに感情的に叱られたら、私は恐怖で身体が固まってしまう。


その夜、家に帰ってから哲矢に返信した。

――今も独身です。

迷いに迷った挙句、その一行だけにした。

すると、間髪《かんはつ》を入れずに哲矢からＬＩＮＥが届いた。

――僕もまだ独身です。久しぶりに会いませんか？

なんでこんなにドキドキするんだろう。まだ好きだったのだろうか。

画面の文字を見つめてぼうっとしていると、今度は長文が浮かび上がってきた。

――別れたことを後悔しています。名字のことで人生が狂わされました。自分でもどうかしていたと思います。というのも、若い男たちの会話を耳にする機会があり、時代は変わりつつあることを思い知らされたんです。彼らは妻の名字を名乗ることに抵抗がなかった。それなのに、僕は長男だし墓守でもあるから名字は変えられないと、最後まで譲ろうとしなかった。それなのに、僕は長男だし墓守でもあるから名字は変えられないと、最後まで譲ろうとしなかった。そのとき僕は、二人も弟がいるうえに、信心もなければ墓参りもめったにしないくせに、です。そのとき僕は、二

自分の小ささを思い知りました。そして大きな幸せを逃してしまったんだと思い至りました。もう遅すぎる？　もし会ってもいいと少しでも思うなら、是非会ってください。

画面を閉じた。

哲矢、私に考え直す余地は……あるよ。

だって悪い人じゃなかった。

卑怯な人だとも思えない。それどころか誠実で優しい人だったと思う。

今になって、鈴木哲矢から松尾哲矢になってもいいと考えたのだろうか。

どちらにせよ、会うだけ会ってみよう。

よりを戻すところまでは行かなくても、哲矢を友人の一人に加えてもいい。

一生独身を通す覚悟くらい、とっくの昔にできているんだし。

8　中林悟　37歳

やっと詩穂に会える。

あれから何度もＬＩＮＥしたが、そのたび詩穂からは「もう少し考える時間が欲しい」と返信が来た。二度と会えなくなる予感がしていたから、会う約束を取りつけたときは安堵《あんど》した。

今日は青山にあるオーストリア料理店を予約した。詩穂の好きなザッハトルテが自慢の店だ。

先に到着して奥の席で待っていると、詩穂が店に入ってくるのが見えた。いつもは清楚なワンピースなのに、今日は珍しくジーンズにパーカーだった。

それは、まるで……。

――もう悟にきれいだと思ってもらう必要はなくなった。

そう言われている気がした。考えすぎだろうか。

「名字のこと、親に話してみたよ」

僕は正面から詩穂を見つめながら、さりげない口調で切り出した。

それなのに詩穂はメニューから顔も上げず、「ふうん」と素っ気ない。

ふられる予感がした。

名字のことだけでなく、僕自身にもう興味がなくなったように見えて焦る。

「今日の詩穂、なんだか投げやりだね。どうしちゃったんだよ」

「だって聞かなくても結果がわかってるもの。ご両親は大反対だったんでしょう?」

「……うん、まあね。親父は鹿児島の家に誇りを持っているみたいなところもあって」

「だから? だから何なの?」と、詩穂が顔を上げて僕を見据えた。

「えっと……事実婚は結局は同棲に過ぎないからって反対だった」

「それってつまり、事実婚か私が折れるかの二択しかないって言ってるよね？」

詩穂はそう言ってからアハッと短い笑い声を発した。

怒っている方が百倍マシだった。

「まさか、誤解だよ。三択に決まってるだろ」と僕は慌てて言った。

だけどやっぱり自分が松尾姓に変わるなんて考えられなかった。そんなことは、生まれてから今まで考えたこともなかったし、どう考えても無理なのだ。心が拒絶している。

だったら、僕は今日なぜここに詩穂を呼び出したのか。

詩穂が見抜いた通り、二択しかないとわかれば、詩穂が折れてくれるのではないかと期待していたからなのか。

——僕は真のフェミニストだから。

詩穂の前で何度言ったことだろう。だけど、やっぱり……僕が松尾姓になるなんて、どう考えてもあり得ない。

「親父がちょっと鬱《うつ》っぽくなっちゃってね」

同情を買おうとしたわけではなかった。

母に言われて初めて気づいたのだが、最近の父はなんとなく暗いし、笑わなくなった。名字のことで詩穂と揉めていることを話してからだ。僕以上のショックを受けているように見えた。

「そういえば、主任に昇格したお祝いをしていなかったね。シャンパンでも飲もうか」

詩穂は同期の中で最初に主任になった。同期組二十五人のうち、女性は六人だけだ。だが詩穂はあまり嬉しそうではなかった。

「お酒は要らない。それに、うちの会社はみんな課長代理までは行けるのよ」

「でも頑張ってるからこそトップバッターで主任になったんだと思うよ」

「実力を磨いたってダメなの。社内政治をよく観察して、どの部長の派閥に入るのが得策かを見抜ける社員だけが課長以上に出世するの。先輩の女性を見ていても、よくて課長までだよ」

「それは男だって同じだよ。結局は人間関係だよ」

社会人として先輩である僕はそう言ってみた。

「女は仕事ができて人徳があっても、なかなか認められないよ」

「それは被害妄想じゃないか？　上司ともっとコミュニケーションを取ってみるといいよ」

「いいよね、男は。上司に取り入っても、セクハラされる心配がなくて」

「えっ？」

「二人だけで飲みに行ったりしたら、酔わされてホテルに連れ込まれるんじゃないかって心配しなくてもいいんだもんね」

上司と二人きりで飲みに行ったりしないでほしい。そう言いたかったが、ぐっとこらえた。

何も出世なんかしなくていいじゃないか。

明るい家庭を作って楽しく暮らそうよ。

僕は皿洗いもするし、ゴミ出しも率先してやるつもりだよ。

でも……今日の詩穂の雰囲気には違和感があった。ジーンズだけでなく、物言いまでもが蓮《はす》っ葉《ぱ》な感じがした。

そのときふと、あの母にしてこの子あり、という言葉が思い浮かんだ。

やはりあの母親に育てられた娘なのだ。高校中退で子連れ再婚したというあの母親の娘である詩穂。いい歳して口の利き方も知らないあの母親に育てられたのだ。

――なあ悟、詩穂さんはやめた方がよくないか?

親父はそう言った。

――もっとまともな家のお嬢さんを見つけなさいよ。

あのときの母はつい本音を言ってしまったのだろう。

この結婚は、やめた方がいいのかもしれない。

だけど、詩穂を逃したら一生結婚できない気がする。

――この世に女の子なんかいっぱいいるじゃないのよ。

――年収五百万円以上あるのは、日本人男性の四割くらいだってテレビで言ってたわよ。

詩穂とは全く違うタイプの女性を対象にすれば、また恋人ができるかもしれない。

結婚している友人の妻たちを見ても、詩穂のような頭のいい女性は少ない。夫に頼りきっている妻ばかりだ。そういう女性の方が家庭は円満に行くのかもしれない。

詩穂はしっかりしすぎている。

でも……僕は頭のいい女性にしか魅力を感じないのだった。

いったい、どうすればいいんだろう。

9　松尾壱郎　89歳

本当に腹が立つ。

樹木葬だと？

俺と同じ墓に入りたくないだと？

喜子のやつ、恩知らずにもほどがある。俺がいたからこそ平穏無事に生きてこられたんじゃないのか。

いくらなんでも喜子がここまで馬鹿だったとは思わなかった。馬鹿な人間ほど自分が馬鹿だと自覚していないというが、まさにその典型だ。

専業主婦として家でぬくぬくしていられたのは、いったい誰のお陰なんだ。俺のどこがそんなに悪かったっていうんだ。

問い詰めたくても……喜子はもういない。

世の中にこれほどの裏切りがあるだろうか。不満があるなら生きているときに言うべきじゃないか。それが人としての道ってもんだろう。死んでから聞かされるこっちの身にもなってみろ。もしも生前にお前から不平不満を直接聞かされていれば、俺はその百倍は言い返す自信があった。それなのに、もう言い返すこともできなくて、ストレスが溜まりに溜まって大声で叫び出しそうだ。いったいどうしてくれる。

樹木葬の話を光代から聞かされてからというもの眠れなくなった。夜になって蒲団《ふとん》に入ると怒りが沸々と湧いてくる。だがその一方で、朝目覚めた瞬間から寂しくて侘《わび》しくてたまらなくなる。特に夜が明けきらない早朝は、その静けさのせいか、この世の中に自分独りだけが取り残されてしまったような気分になり、どうしようもなく落ち込んでしまう。

昨夜もなかなか寝つけなかった。それなのに、なぜか今朝は四時に目が覚めてしまった。身体がだるくて起き上がる気にもなれず、蒲団に寝ころんだままテレビをぼうっと見続けた。

時計を見るが、まだ六時にもならない。今日はいったい何をして時間を潰《つぶ》せばいいのだろう。

そう考えているとき、玄関のチャイムが鳴った。誰だろうと思うまでもなく、こんな朝早くに訪ねてくるのは近所に住む姉しかいない。

「壱郎ちゃん、とっくに起きとるんでしょ？　早く玄関開けなさいよ」

テレビを消して慌てて出ていくと、姉の孫の圭太《けいた》が「朝早うからすみません。今すぐ連れていけって、おばあちゃんがうるそうてかなわんのですわ」

そう言ってぺこりと頭を下げると「俺は今から仕事に行きますんで、ほんじゃ」と言って、エンジンをかけたまま停車させていた軽トラに向かって走っていった。

「光代ちゃんから聞いたよ」と、姉は玄関先に突っ立ったまま言った。

「聞いたって何を？」

「樹木葬のことに決まっとるでしょう」

そう言いながら姉は靴を脱いで勝手に家に上がり、俺を追い抜いて廊下を進んで居間へ入っていく。

「樹木葬？　ああ、あれね」

「とぼけとる場合じゃないよ。もう日にちがないんだから今日にでも決めんと」

「……うん、わかっとる」

「壱郎ちゃんは樹木葬に賛成しとるの？」

「まさか、賛成するわけないだろ」

「でも光代ちゃんは樹木葬にするつもりのようだったよ。お母さんの強い希望を無視するわけにはいかんて言って」

「そう言われてもね。今さら樹木葬だなんて」

「喜子さんがそんな無茶なことを言う人だったとは知らんかった。だいたい世間体が悪すぎるわ。そのうち町中に噂が広まって、スーパーで買い物しても色んな人が寄ってきて詮索されるのは間違いない」

「俺もじろじろ見られるんだろうか」

「そりゃそうだわ。壱郎ちゃんは、まさに当事者だもん」

「喜子のやつ、まったく」

「本当は私、喜子さんの気持ちもちょっとわかるんだわ」

「えっ、どういうこと？」

「壱郎ちゃんは私と同じで、みんなに嫌われとる」

「嫌われとる？　みんなって誰に？」

「親戚連中にも兄弟姉妹にも近所の人らにも」

「そんなことないだろ。なんで俺が嫌われるんだよ」

反発してみたものの、六人きょうだいのうちで連絡を寄越《よこ》すのは、この姉だけだった。弟二人と妹二人は電話さえかけてこない。

「喜子の葬式のときだって、弟らも妹らもみんなろくに話もせんとすぐに帰っていった。ほんと冷たいもんだ。いくら忙しいといったってさ」

「忙しいなんて嘘に決まっとる。葬式の帰りに、みんなで県道沿いの喫茶店に寄って、遅うまでお茶飲んでおしゃべりしとったらしいよ。私と壱郎ちゃん以外の四人は仲良しなんだわ」

「なんで姉ちゃんはそんなこと知っとるの？　姉ちゃんのところには、あいつらから連絡があるのか？」

「あるわけないでしょ。みんな私のところには寄りつかんもん。老後は妹らとは女同士で温泉行ったりして仲良うしたいと思ってたのに、電話してもすぐ切ろうとする。理由を聞いても忙しいの一点張り。この前思いきって、問い詰めてやったわ。あんたらもええ歳になって、もうとっくにパートも辞めたくせに何が忙しいのか、嘘をつくなって怒鳴ってやった」

「そしたら？」

「そしたらやっと本音を吐いた。お姉ちゃんはいつも偉そうに説教ばっかりして、子供の頃から大嫌いだったとはっきり言われた。実は私、過去にも同級生に同じこと言われて絶交されたことがある。私は相手のことを思って助言してあげているつもりなんだけどね。そもそも世の中に、私ほど親切な人が他におるか？　感謝知らずばっかりで困ったもんだわ」

姉は自分の考えをいつも押しつけてくる。自分が一番でなければ気が済まない。それが証拠に、喜子の葬式のときだって花輪の位置が気に入らないと本気で怒った。だが……。

「姉ちゃんが言うように、感謝知らずの人間は確かに多いね」

きょうだいが大勢いても、土地財産を長男が独り占めできたのは戦前の話だ。父が死に、それに続いて母が亡くなったとき、財産分けは平等にしてほしいと、弟や妹たちは要求してきた。

両親の介護は嫁の喜子がひとりで乗りきったのに、喜子に礼を言うきょうだいは一人もいなかった。それどころか弟の一人は、喜子がやった介護は完璧とは程遠かったなどと文句を垂れた。あのとき俺は喜子を庇《かば》ってやれなかった。きょうだいの前で妻を庇うなんて、まるで恋女房みたいで恥ずかしかった。それに、そんなことをわざわざ口に出さなくても、喜子ならわかってくれていると信じていた。そういうこともあって、喜子は俺だけじゃなくて松尾家そのものにも嫌気が差したのかもしれない。

「壱郎ちゃんは私よりもっと嫌われとるよ」

「えっ、なんで?」

「壱郎ちゃんは長男だから子供の頃から特別扱いだったし、弟らの学歴や仕事を本人の前でいっつも小馬鹿にしとった」

「そんなことないよ。俺はあいつらと違って子供の頃からずっと努力してきたんだ。それに、あいつらにとって俺は自慢の兄貴のはずだよ」

「相変わらず自惚《うぬぼ》れ屋さんだねえ。弟らは威張った上司と話しとるみたいで、酒を飲んでも酔えんて言うとったよ」

絶句していた。

「あんた、喜子さんに対しても同じような態度だったよ」

姉の歯に衣《きぬ》着せぬ言い方は、竹を割ったような気持ちのいい性格だと思うことも多かったが、今日は憎らしかった。

「壱郎ちゃんみたいな亭主を持って、喜子さんも苦労の連続だったかもしれん」

「苦労？　喜子が？　いったい何の苦労？　専業主婦が苦労なんてするのか？　金に困っているわけでもないし、一日中家にいることができるんだし、俺みたいに外に出て七人の敵と戦う必要もない。羨ましいくらいだよ」

「あれはいつだったか、喜子さんが同窓会に行こうとしたとき、壱郎ちゃんが『食事くらい作ってから行け』と怒鳴ったのを目撃したことがあった」

「たったそれくらいのことで……」

「日頃からああいった上下関係があるんだろうなと私は見たけどね」

いつ頃からか喜子は笑わなくなった。注意しても以前とは違い、向こうから謝ってこなくなった。そのうち喜子は一緒に食事をとらなくなった。子や孫が来ても、喜子は食事の用意でずっと立ち働いていて、会話に加わろうとさえしなくなっていた。そのことに気づいてはいたが、同じ墓に入りたくないとまで思い詰めているとは考えもしなかった。

姉が帰ったあと、気分は最悪だった。

家の中は静まり返っていた。頭がおかしくなりそうで、慌ててテレビを点けた。一人暮らしだから話し相手もいない。近所に住む幼馴染みを思い浮かべてみるが、プライドを捨てて弱音を吐けるほどの信頼関係はない。同情されるのも真っ平ごめんだ。

そうだ、こういうときは身体を動かせばいいのだ。身体が疲れれば夜も眠れるはずだ。そう思い立ち、だるい身体を引きずるようにして庭に出た。

ゴルフの素振りをするのは久しぶりだった。天気もいいし、早朝の空気は澄んでいて気持ちがいい。身体を動かすという単純な解決方法を、どうして忘れてしまっていたんだろう。

そのときふと、上司に連れられてゴルフに行ったときのことを思い出した。ゴルフの腕が上がり、上司のスコアを追い越したあとも、「俺が教えてやった」、「俺が指導してやった」と恩着せがましく言い続けたから、その上司とは行きたくなくなった。下手なくせに偉そうに言いやがってと腹が立った。

あっ。

つまり喜子から見た俺は、あの上司と似たようなものなのか。

まさか、それはないだろう。上司と部下の関係と、夫婦の関係は全然違うはずだ。夫婦は親しいからこそ遠慮なくものが言えるのだから。


翌日、意を決して寺へ向かった。

とにもかくにも住職に経緯《いきさつ》を話さなければならない。昨日は早朝からゴルフの素振りをして正解だった。久しぶりにぐっすり眠ることができ、頭も身体もすっきりした。そしたら、何日か前に光代が電話してきて、俺を説《と》き伏せるようにして言ったことを、じっくり考えてみる気持ちになった。

——兄さんは婿養子に行ってしまったし、私は他家に嫁いだし、慎二だけが名字を継いだけど男の子供がいない。だから遅かれ早かれ墓じまいする日が確実に来る。それを考えれば、お母さんの遺骨を樹木葬にしてもいいんじゃないの？　それほど目くじら立てることじゃないと思うよ。

先祖代々の墓をあんなに立派に整備したのにと思うと無念だったが、光代を敵に回したくなかった。寝たきりになったら、光代に介護してもらわねばならない。昨今は、老人介護は嫁の役割ではなくなったと聞いた。介護者の第一候補は娘で、その次に息子、それがだめなら息子の嫁にやっとお鉢が回る。光代は嫁ぎ先の舅と姑を最期まで家で看取《みと》ったのだから、まさか実の父親である俺を老人ホームに放り込むなんてことはしないだろうとは思う。光代のことだから、きっと介護してくれるに決まっている……と信じたい。

となれば、光代の意見に反対するのは得策ではない。どの道、墓じまいする運命なのだから、ここで自分一人が意地を張ったところで仕方がないのだ。姉によると、俺は自惚れ屋で威張っていて、きょうだいにも喜子にも嫌われていたという。喜子の遺言を無視して松尾家の墓に葬ったら、光代にまで嫌われてしまう。それではあまりに寂しい。だったら……喜子を樹木葬にするしかない。

樹木葬について、住職はどう答えるだろう。喜子の遺骨を先祖代々の墓に入れるのでなく木の下に埋めるなんてことを、いったいどう切り出せばいいのか。

住職には相談があるとだけ伝えてあった。光代が同行してくれたら心強かったのだが、四十九日が迫っているので、光代には樹木葬をしてくれる霊園の申し込みを任せることにし、二人で手分けして当たることになった。

今の住職が寺に赴任してきたのは去年のことだ。先代の住職は生涯独身を通したから後継者がおらず、九十二歳で亡くなったあとは五年も空き寺のままだった。新しく来た住職が女だとは想像もしていなかったから、檀家《だんか》たちはみんな驚いた。神奈川県出身だという女の住職は、身長が百七十センチもある四十二歳の独り者で、寺に来る前はメガバンクの総合職として働いていたという。父親もまた銀行マンだったとかで、平凡なサラリーマン家庭で育ったというのが本人の弁だ。そのうえ僧侶《そうりょ》など寺院関係の人間は親戚にもいないらしい。

だったらどうして僧侶になったのか。仏門に入ったくらいだから、勤め先で何か問題を起こしたのではないかと勘繰る向きも多く、上司との不倫ではないか、それとも金を使い込んだ前科者かと、勝手な噂が広がった時期もあった。

様々な憶測は消えないままだったが、こんな辺鄙《へんぴ》な田舎に赴任してくれるだけでもありがたいことだった。それというのも、全国に寺は七万七千ほどあるが、そのうちの約一万七千が空き寺だとNHKの特集で言っていたからだ。

そうこうするうち、檀家総代の妻が「あの庵主《あんじゅ》さんは、あっさりした性格の善人だ」とジャッジしたのをきっかけに、温かく迎え入れようという空気が広がっていった。

寺に近づくにつれ緊張してきた。というのも、光代が調べたところによると、改葬や墓じまいを良く思わない住職が世の中には少なくないらしい。中には、法外な布施を要求する寺院もあるという。

今回は改葬でも墓じまいでもない。松尾家の墓があるにもかかわらず、わざわざ喜子の遺骨だけを別の場所に埋葬しようというのだから、考えようによっては、墓じまいなどよりよっぽど非常識かもしれない。

光代は昨夜も電話してきて、今のうちに墓石の銘を「松尾家累代之墓」から、「まごころ」だとか「魂」などに変えてしまった方がいいのではないかと言った。そして驚いたことに、墓の銘を変えれば自分も松尾家の墓に入ってもいいと光代は言うのだった。「まさか光代も夫と同じ墓は嫌なのか」と問うたら、「まあそうとも言える」と言う。女はいったい何を考えているのか、俺はますますわからなくなってしまった。

寺の門を潜《くぐ》って苔生《こけむ》した庭を進むと、紺色の作務衣《さむえ》を着た住職がこちらに向かって歩いてくるのが見えた。いつものように髪を後ろで一つにくくり、化粧っ気もなく洗い立ての顔といった清潔感がある。俺より背が高く、すらりとした痩せ型だからか、遠目に見ると大きなマッチ棒のようだった。

「松尾さん、お待ちしておりました。どうぞ、こちらへ」

埃《ほこり》ひとつない静謐《せいひつ》な部屋に通された。

「今日はどのようなご用件で?」と、住職がにこやかに尋ねた。

「それが、その……」

「はい、何でございましょう」

「何と言いますか、自分もまだ納得しきれてはおらんのですが、なんせ子供らがうるさく言うもんで……」

住職は静かに微笑《ほほえ》んで首を傾《かし》げ、次の言葉を待っている。

「お恥ずかしい話なのですが、実は家内が樹木葬にしたいと遺言を残しておりまして」

「樹木葬に?　ほう、そうだったんですか」

住職に驚いた様子はなかった。怒りも見えない。

「粗茶ですが、どうぞ」

湯気の立つ熱い茶が目の前に置かれた。

「それで樹木葬にするとなったら、お寺さんにもご迷惑がかかると思いまして……」

「迷惑とは?」と、住職はまた首を傾げてこちらを見た。「奥様の遺骨を樹木葬にされるのは、私は良いことだと思いますけど?」

「良いこと?」

住職が意外なことを言うので驚いた。

「ご本人が強く望んでおられたということであれば、遺言通りになさった方がいいのではないですか？　そうした方が、遺された方たちの心も慰められると思いますし」

「そうですか。そう言っていただけると……」

檀家として無責任だとか非常識だとか言って非難されることを覚悟していた。それなのに、あまりにあっさり同意してくれたから拍子抜けしてしまった。

そのとき、自分は住職に強く反対されたかったのだと気づいた。喜子の遺骨はやはり松尾家代々の墓に入れたいのだった。それが松尾家の嫁としての正しい道だと思うし、自分が死んだときに喜子のいない墓に入ることを想像すると気持ちが不安定になる。やはり夫婦は常に一対であるべきなのだ。そうでないと、片翼をもぎ取られたようで心のバランスを崩してしまう。

だったら……いっそのこと自分も樹木葬にしてもらったらどうだろう。喜子のすぐ隣の区画を買って、そこに埋めてほしいと遺言書に書いておけば、子供たちも反対はできまい。

「跡継ぎの次男のところには娘しかおらんもんですから、いつの日か墓じまいもせにゃならんと考えております」

孫がみんな亡くなる頃には、自分は誰の記憶にも残らなくなるだろう。「松尾壱郎」なんて聞いたこともない子孫の代となり、「ご先祖様」と一括《ひとくく》りで呼ばれるようになる。そのとき俺は正真正銘、無名の人間となる。その証拠に、自分は祖父母までは知っているが、その先代となると全くわからない。

「時代は移り変わります」

住職は、窓から見える雲一つない青空を見つめながら静かに続けた。「諸行無常や栄枯盛衰というのは、時の権力だけではなくて、それぞれの家にも当てはまります。住職の私が言うのもなんですが、墓じまいというのは日本人の無常観に合っていると思うんです」

「無常観、ですか。それはつまり、あらゆるものは姿を変えて滅びていくものだと？」

「そうです。日本は自然災害が多い国です。災害のたびに自然も人工物も破壊されてきました。災害に遭わない場合でも、木造の家がほとんどですから老朽化すると建て替えますでしょう？ それなのに墓だけは石造りですから、永代という観念がついて回るんです」

「なるほど。そう言われてみれば、墓は未来永劫そこにあるものと、私どもも錯覚していたようです」

「墓の歴史は案外と浅いんですよ。人工ダイヤモンドで石を切る技術が開発されたことと、中国から安価な御影石《みかげいし》が輸入されるようになってからのことですから。それがなければ今のような墓はないでしょうね」

メガバンクの総合職だったというだけあってインテリらしい。話をして面白いと思う人間に久しぶりに会った気がした。なんせ周りは教養のない馬鹿ばっかりなのだ。喜子とは六十年以上連れ添ったが、こんな実のある話をしたことなど一度もない。住職のような教養のある女と結婚していたら、もしかしたら夫婦関係も全く違ったものになっていたのだろうか。そんなことは今まで考えたこともなかったが。

「お茶のお代わりはいかがですか?」

「いただきます。ありがとうございます」

この住職ともう少し話をしてみたかった。退職してから誰ともまともな話をしていない。

「さっきの話ですと、どこの家にも栄枯盛衰がある、ということですな」

我が松尾家だけではないと思えば、少し気が楽になった。

「そうです。戦前のように、きょうだいが五人も十人もいるという世の中ではないですからね」

「そうなると、遺骨を収納するだけのことに、あんなに頑丈な石材を使う必要などなかったことになる」

「そういうことになりますね。普通の大きさの石柱でも二トンはありますから、墓じまいで更地にするにもお金がかかるんですよ。廃棄するときに粉々にすることを思うと、限りある資源をもっと大切にした方がいいと思うこともありますしね」

「資源? ああ、石も資源だったか。無限にあるような気がしていて、今まで考えたこともなかった」

「私は寺の生まれではないので、こんな罰当たりなことを言うのかもしれませんが、地震で倒れている映像などを見るたびに、石柱はない方がいいんじゃないかと思うんです」

「私もニュースで見たことがあります。あれは怖い。墓石の下敷きになったらと思うとぞっとします。ですけど、正直言って……」

この住職になら、本心を打ち明けてもいいような気がしてきた。

「ご存じのように、大きな墓誌も作ってしまったし、ぐるりを大理石の柵で囲ったりして、あれには大金を使ったんです。ですから墓じまいなんて考えたくもないというのが正直なところでして」

「お気持ちはわかります。松尾家のお墓はひときわ目立つ立派なものですものね」

そう言って、住職は微笑んでから続けた。「一度お墓を建ててしまうと、簡単にそれをしまうことができません。松尾さんは立派なお墓を建てることで、自尊心が満たされたかもしれませんが、そうした思いが子供さんたちに受け継がれるとは限りません。逆に、お墓参りもお布施も負担に感じて、お墓から解放されたいと考えている若い世代が今どきは多くなったようですよ」

「そうですか。墓を負担に感じるとはねえ。なんとも残念な世の中です。私どもは親が自分に墓を継がせてくれたことを誇らしく思ったもんですが。なんかこう、虚しくなると言いますか」

「ええ、そうでしょうね」

「私が死んだあとは次男の慎二が墓守になってくれるはずですが、その先はわかりません。なんせ慎二には娘しかおらんもんで」

いつか慎二が亡くなったら、嫁の五月が墓参りに来てくれるかもしれない。だがそれとて年齢を考えればほんの短い間だろう。そして五月が死んだあとはどうなる？　慎二の娘たちが、わざわざ東京から墓参りをするためだけに来てくれるだろうか。たぶん……来ない。期待はしない方がいい。あの娘たちだって結婚して名字が変わってしまえば、心も離れていくというものだ。

そして墓は草ぼうぼうになる。そうなると、地元にいる親族が恥をかく。そのときもしも光代が生きていれば、光代に皺寄せがいく。歳を取ってからの草取りは大変だ。東京にいる光代の息子たちが手伝いに来てくれることも考えにくい。だとしたら姉の孫の圭太が面倒を見てくれるだろうか。いや、名字も違うのに頼むなんて図々しすぎる。

「跡継ぎの次男さんに娘さんしかおられないとしても大丈夫ですよ。お墓は誰でも継承できます。結婚して別の名字になったとしても」

「えっ、そうなんですか?」

「どのお寺でも必ず許可されるわけではないようですが、このお寺は大丈夫です。そもそも役所への届け出も必要ありませんしね」

「つまり、墓石の銘をいま流行の『まごころ』だとか『静寂』だとか、好きな言葉に変えるだけでいいということですか?」

「墓石を変えるのもお金がかかりますから、なんなら今のままでも構いませんよ」

「今のまま? まさか『松尾家累代之墓』のまま、異なる名字の者を葬ってもいいと?」

「ええ、構いません」

「ほう、それは知らなんだ」

「直系のご家族だけでなく、広く親族を見渡して相応《ふさわ》しい人を選ぶ方もいらっしゃいますよ」

「遠い親戚でもいいってことですか？」

「そうです。墓地を購入せずに済むから経済的に助かると考える人も増えています」

「そうでしたか。それにしても、住職は自由な考えをお持ちですな。今日は勉強になりました」

「檀家さんが納得できる方法が最も大切だと考えておりますから、また何かありましたら遠慮なさらずご相談ください」

松尾家の墓には、両親と祖父母と曽《そう》祖父母、そして戦死した叔父たちが入っている。とはいえ、戦死した叔父たちの遺骨があるのかどうかは知らない。

親のきょうだいは全員がとっくに鬼籍に入ったが、自分のきょうだいは全員がまだ存命だ。墓守は長男の自分だが、銘を変えるか墓じまいをするとなったら、きょうだいの了解を得なければならない。なんせ両親が入っている墓だから自分の一存では決められない。こういうとき、きょうだいが多いのは面倒だ。

とにもかくにも、今日は喜子の樹木葬について、住職に了解を得ることができた。今日の夜にでも光代に電話して、樹木葬の具体的な準備を進めなければ。

10　鈴木哲矢　39歳

牧葉からの返信は一行だけだった。

——今も独身です。

お久しぶりですというような挨拶《あいさつ》さえない。近況報告もなかった。

これをどう受け止めればいいのか。

今もまだ独身かと尋ねた僕のＬＩＮＥを見て、牧葉は今さら何の用だと呆れたのだろうか。

もうとっくの昔に終わったことなのにうんざりだと。

きっとそうだ。だから返信するのが夜になったのだ。

彼女が今も独身なのは、本当は尋ねるまでもなく知っていた。大学時代のサークル仲間が、彼女と同じ旅行会社に勤めているからだ。

あれは……月が丸くなりかけた先月のある日のことだった。一年ほど前から、会社帰りに自宅の最寄り駅前にある居酒屋に立ち寄るようになっていた。ビールとつまみで夕飯を済ませるためだ。健康的な自炊を心がけていたはずなのに、いつの間にか一人暮らしのマンションに帰ってから食事の支度をするのが億劫《おっくう》になった。

その日は金曜日だったからか店は混んでいて、お気に入りのカウンター席が埋まっていた。仕方なく二人席に陣取り、向かいの席には上着と鞄《かばん》を置き、焼き鳥と枝豆とお好み焼きを注文して生ビールを飲んだ。明日は休みなのだから今夜はゆっくりしよう、久しぶりに長居しようと決めていたのに、なんせ話し相手もいないし空腹だったから、あっという間に食べ終えてしまった。ビールも空になった。一杯だけでやめておくのを自分に課していたこともあり、そろそろ帰るかと腰を浮かしかけたときだった。

若い男ばかりの四人組がぞろぞろと店に入って来た。厨房《ちゅうぼう》から走り出てきた店員は、僕のすぐ隣のテーブルを二つくっつけて四人席を作った。若い男たちは全員揃ってガタイがよく、そのうちの一人が金髪なので、ちょっと怖かった。

「生ビール四つ」

席に着くなり注文すると、一人が言った。「で? さっきの続き、聞かせろよ」

四人のうち三人が、一人の男の顔を覗き込むように前のめりになったのも怖かった。三人が寄ってたかって一人の男を攻撃しているようにも見えた。

「何だよ。そんなに珍しいことじゃねえだろ。そもそも名字なんて、どうでもよくね?」

名字? なんの話だ?

牧葉と別れてからというもの、名字や墓守という言葉に敏感になっていた。壁に貼《は》られたメニューを見るふりをして、ちらちらと隣の四人組を観察した。

「だって藤田《ふじた》、お前、一人っ子だろ？」

「そうだよ。彼女も一人っ子だし、自分の名字をすごく気に入ってるから絶対に変えたくないって言うんだよ」

僕は座り直すふりをして少しだけ腰を隣席に近づけた。そして脚を組んで体を斜めにし、隣席に半ば背中を向けるような恰好《かっこう》になりながらも、後頭部だけは隣席近くに残して聞き耳を立てた。

「要するに婿養子に行くってことだな？」

「婿養子って何だっけ？　俺は普通に結婚するだけだけど？」

「だって、お前が名字を変えるんだろ？」

「あっ、もしかして、そういうのを婿養子っていうのか？」

「お前、そんなことも知らねえのかよ」

「だって向こうの親の家に転がり込むわけでもないし、アパートを借りて二人で暮らすんだから、養子って言葉がピンと来ねえよ」

「そう言われりゃそうだな。でもさ、婿養子って言葉は変じゃね？　女が嫁に来るときは養女って言わねえのに」

そのとき僕は、ちょうど通りがかった店員を呼び止め、ハイボールを注文してしまった。もう少し話を聞きたかったのだ。

「愛《あい》ちゃんは確か真行路愛《しんぎょうじ》って名前だったよな。つまりお前は藤田亮一《りょういち》から真行路亮一になるのか？」

「そうだよ」

「かっこいい名前だな。これからはお前のこと真行路って呼ぶのか。なんか変な感じ」

「だな。お前がお前じゃないみたい」

「だったら下の名前で呼んでくれていいよ。亮一って」

「藤田のこと、これからは亮一って呼ぶのか？」

「急には無理でもだんだん慣れるだろ」

「本当にそれでいいのか？　藤田家の墓はどうするんだよ」

「墓？　お前ってやっぱり爺臭《じじくさ》いなあ。今日のそのカーディガンもほんと爺臭くてどうかと思うけどさ」

「カーディガンなんてどうでもいいだろ」

「墓だってどうでもいいよ。墓のせいで俺と愛ちゃんが結婚できねえなんておかしいだろ？」

「そりゃそうだ」

「そういえば、このカーディガンをくれた俺の祖父ちゃんが言ってたよ。生きてる人間の方が大事だって」

「お前の祖父ちゃん、いいこと言うじゃん。墓なんてマジどうでもいいよ」

「だったら名字もどうでもいいかもな」

「そもそも男たるもの、女の望みくらい叶えてやらねえとさ」

男たちの会話を聞きながら、いつの間にか息を止めていた。

自分はもうオジサンなのだ。それも……頭の古いオジサン。

この若い男たちは軽やかだ。柔軟性がある。その一方で自分は、墓だとか家だとか名字だとか、実際の生活には全く意味のないことに自由を奪われて生きてきたのではないか。

後悔なんかしていないつもりだった。牧葉と結婚したいと思っていたのは本当だが、自分の名字を変えるなんて論外だった。あれだけ説得しても折れてくれない牧葉に辟易《へきえき》するようになっていった。強情で我儘な女だと腹を立てるようになった。

だからやっぱり後悔はしていないと、ずっと自分に言い聞かせてきた。

だけど本当は気がついていた。心の奥底にある後悔の念に無理やり蓋《ふた》をしていたことを。

あの若者たちの真っ直ぐさに比べて、自分はなんと歪んでいるのだろう。

もうすぐ四十歳。そろそろ人生の折り返し地点だというのに。

亭主関白だった父が、今年初めに心筋梗塞《しんきんこうそく》で亡くなった。七十八歳だった。

鈴木哲矢から松尾哲矢になっても、反対する人間はもういない。自分の決断にかかっている。

それ以前に、よりを戻す気など牧葉にはさらさらないのかもしれないが。

11　松尾詩穂　32歳

あの夜、母に言い放った。

——こんな家、もう二度と来ない！

後ろを振り返りもせず実家を飛び出してしまったが、一人暮らしのマンションに帰ると後悔が襲ってきた。あの日は、母に白髪が増えて一段と老けたと気づいたのに、労《いた》わるどころか子供みたいな振る舞いをしてしまった。

母に人間が小さいと言われてカッとなった。きっと母の言うことは正しいのだろう。世の中の女性は名字のことなんか気にせずさっさと結婚している。名字なんかにこだわっている愚か者は、友人たちの中でも自分だけだ。同僚の中には、結婚が決まって相手の名字になることを喜んでいた女性もいたではないか。

「詩穂、飲み物は何にする？」

隣席の悟に肘《ひじ》でつつかれた。

顔を上げると、客室乗務員が笑顔でこちらを覗き込んでいた。

「あ、すみません。私はコーヒーをブラックで」

「僕はリンゴジュース」

悟に鹿児島旅行に誘われたとき、行くべきかどうか悩んだ。うんざりするほど迷いに迷って、いつまで経っても決められなかった。もう別れようと決心したはずだった。墓や名字のことがきっかけで悟を嫌いになったはずだった。

だが悟とは二年間ものつき合いがあり、情が移っている。それを断ち切るのが思いのほか容易なことではなかった。日々刻々と気持ちが揺れ動き、情緒不安定の日々が続いていた。

だから、姉の牧葉にLINEで相談したのだった。すると、姉はすぐに返信をくれた。

——詩穂ちゃん、結論を急がない方がいいよ。鹿児島に行ってみて、何でもとことん見て聞いて確かめてみたらどうかな。なんせ結婚しようとまで思った相手なんだから、きっぱり縁を切るのはもったいない気がする。辛抱強く相手の性格や考え方を見極めてみなよ。その結果、やっぱり自分とは合わないと思ったら、そのとき別れればいいよ。そうやってじっくり時間をかけた方が、後悔が少ないと思う。

姉はそう言って、私に鹿児島旅行を勧めたのだった。

いつだったか、姉は私に言ったことがある。

——ここだけの話だけどさ、あのとき結婚しなかったのは間違いだったかもしれないと思うこともあるの。なんなら事実婚でもよかったかなって。

姉が「ここだけの話」と言うのは、母には言わないでほしい、知ったら悲しむだろうからという意味と私は受け取った。母は空気の読めない能天気人間に見えるが、元夫のことや姉の幼少期のことだけは決して口にしないのだった。たぶん母は、姉の結婚が名字のせいで破談になったことを思い出すたび深く傷ついているのだろうと思う。

「熱いのでお気をつけください」

客室乗務員が手渡してくれた熱いコーヒーが喉元を通り過ぎる。

姉は時間をかけて考えた方がいいと言ったが、今さら鹿児島に行くことに何か意味があるだろうか。姉の助言通り、自分の気持ちを確かめるためだ、後悔しないためだと自分に言い聞かせていたが、最近は悟への愛着より嫌悪感が顔を出す回数が増えているのだ。それなのに行くのか。そんな自問自答を朝からずっと繰り返していて、既に飛行機に乗ってしまった今も続いている。

ふとそのとき、母が鹿児島名産のかるかんが好きだったことを思い出した。そうだ、お土産に買って帰ろう。そして何ごともなかったような顔で実家に行き、自然に仲直りする。うん、そうしよう。それだけでも鹿児島に行く甲斐《かい》があるというものだ。

そう自分を納得させると、気持ちが少し軽くなった。

空港には、悟の叔母にあたる三七緒《みなお》が車で迎えに来てくれていた。叔母といっても、父親の弟の妻だから悟とは血のつながりはない。

「叔母さん、ありがとう。助かるよ」

「お世話になります」と私がお辞儀をすると、三七緒は私を見て「ご苦労様」と真顔のまま小さな声で言った。不機嫌そうに見えるが錯覚だろうか。

「叔父さんは？　今日は家にいるの？」と、悟が尋ねた。

「あの人は仕事に行ってる。私はパートを休んだけど」

「えっ、そうだったの？　それは悪かったね。叔母さん、ごめんね」

「いいの、いいの」

口調だけは軽かったが、くるりと車の方に向き直るときの三七緒の横顔は、怒っているように見えた。六十歳ちょうどだと聞いているから、うちの母と同年代のはずだが、母よりずっと動きがゆっくりだった。膝《ひざ》か腰を痛めているのかもしれない。

明るい色の軽自動車の後部座席に乗せてもらい、悟の父親の実家へ連れて行ってもらった。立派な門構えの古民家を想像していたが、意外にも普通の家に見えた。悟と結婚するかどうかに関係なく、そういった建築物に興味があったから楽しみにしていたのに、家の中に入ってみても、土間も囲炉裏《いろり》もなかった。

なんだ、つまらない。

それまでの悟の口ぶりからしても、代々続いてきた家を途切れさせるのはもったいないというニュアンスがあった。つまり、歴史的価値のある家なのだと勝手に想像していたのだ。

だが、がっかりした反面、ほっとしていた。日本の文化遺産と感じられるような家であれば、跡継ぎの妻が負う責任は重い。家の隅々まで掃除を欠かさず、朽ちないよう修繕も重ねなければならない。

けれど、新潟にある父の実家も普通の家なのだった。双方ともに敷地も広くて家も大きいとはいうものの、田舎で地価が安いことを考えたら驚くことでもない。

「もう築六十年にもなるんだわ」と、三七緒は言った。

広い台所に足を踏み入れて二、三歩進んだとき、床が微妙に傾いているのに気づいた。だが、安普請といった感じはしない。天井も大きな一枚板が張ってあるし、きっと新築時は自慢の家だったのだろう。だけど住みたいとは思わなかった。それどころか、一泊するのも嫌だった。古色蒼然《こしょくそうぜん》とした空き家に清潔感は見当たらない。

自分が借りている東京のマンションは快適だ。狭いが七階だから日当たりがいい。建物は古くてもリノベーション済みだから、室内は新築同様だし、水回りも最新式ときている。断熱もしっかりしていて、冬は暖かく夏は涼しいから、光熱費が安くて助かっている。それに比べて、この家は隙間風で冬は寒くてたまらないだろうと思う。

「悟がお嫁さんを連れてくるって言うんで、昨日は窓を全部開けて家中をきれいに掃除しといたんよ」と、奥の部屋へ進みながら三七緒が言った。

「えっ、叔母さんが掃除したの？　業者と契約してるって親父が言ってたけど」と、悟が申し訳なさそうに言ったのは、三七緒の深い溜め息が聞こえたからだろう。

和室に入ると、足の裏から畳の湿気が伝わってくるようだった。家全体がじめじめした空気をまとっているのは玄関を入ったときから感じていた。微かに黴《かび》の臭《にお》いもする。たまに窓を開けに来るくらいでは、雨の多い地域では湿気が溜まるのだろう。

「懐かしいなあ」と悟は続けた。「お祖父ちゃんやお祖母ちゃんが元気だった頃は、来るたびに新鮮な刺身をご馳走になったんだ」

そう言って悟が見上げた長押《なげし》には、先祖の写真がずらりと掲げられていた。どれも大きな黒い額縁に入っていて、全員が黒い紋付を着ている。妙に鼻筋が通って見えるのは、当時の写真館では美男美女に見えるよう修整する習慣があったからだと、いつだったか母から聞いたことがあった。

「ずいぶん大きな写真ですね」

新潟の父の実家には、こういった写真はなかった。

「そりゃそうだわ。葬式のときに使った遺影だもん」と、三七緒が言う。

「もしかして、この写真は年中こうやって飾ってあるんですか？」

「うん、そうだけど？　なんで？」

どうしてそんなことを尋ねるのかと、三七緒は不思議そうに私を見た。小さな写真を何倍にも引き伸ばしたからか鮮明でないし、昔の家は採光を考慮に入れていないのか部屋全体が暗くて、何やら不気味な感じがした。天井付近から絶えず先祖の視線を感じて落ち着かない気分だが、血縁関係のある悟なら親しみを感じるのだろうか。

「あ、私まだおめでとうを言ってなかったね。悟くん、お嫁さんが決まってよかったね。おめでとうございます」と、三七緒があらたまって言った。

既に結婚が決まっていると思っているらしい。無理もない。はるばる東京から交際相手の父親の実家にまで来たのだから。

「えっと、その、結婚は……」

結婚はまだ決まったわけじゃないと悟は言おうとしたのだろう。

だが三七緒は、「嬉しいわあ。やっと肩の荷が下りる」と言って初めて笑顔を見せた。

「叔母さん、肩の荷が下りる、というと？」と、悟が尋ねた。

「この家の管理は今日限りで卒業させてもらうってこと。あとは詩穂さんにバトンタッチするからよろしゅうお願いいたします」

三七緒は深々とお辞儀をして見せた。

「えっ、私、ですか？」

驚いてそう言うと、三七緒の顔から一瞬にして笑顔が消えた。表情の変化が激しい人だ。

「だって今後もずっと私に頼るなんて筋違いでしょう？」

三七緒の声ははっきりと怒気を含んでいた。

「叔母さん、いつも本当にお世話になってすみません。うちの両親もちょっと配慮が足らないっていうか……」

「あのね」と、三七緒は悟の言葉を遮って続けた。「義姉さんが歳とって雨戸が開けられなくなってしばらくは管理業者に頼んでたんだけどね」と言いながら、悟を睨むように見た。

義姉さんというのは、悟の父親の姉のことだろう。地元に嫁いだと聞いている。

「管理会社との契約は高《たこ》うつくからって、悟くんのお父さんが解約したのよ。そのあと次男の嫁である私にお鉢が回ってきたわけ。悟くんのお父さんはそれを当然だと思ってるみたいでね」

「それは……すみませんでした」と、悟は項垂《うなだ》れた。

「言っとくけどね、うちの夫は次男だから分家なの。だからこの家も先祖代々のお墓も私たち夫婦はもらえない。はっきり言って私らには関係ないの。だって継いだのは長男である悟くんのお父さんなんだもん」

三七緒は今日こそ言ってやろうと計画していたのではないか。そう思えるほど言葉に淀《よど》みがなかった。

「本当にすみません」と悟が頭を下げても、三七緒の怒りは収まらないようだった。それどころか、言えば言うほど腹立たしさが増してくるように見えた。

「私だって歳だしね、ほんと、もうええ加減、勘弁してほしいんだわ。詩穂さんは、私と同じ嫁の立場だからわかってくれるよね？」

三七緒がじっと見つめてくる。はい、もちろんわかってます、というような快い返事を期待しているのだろう。その視線から逃れたくて、思わず隣にいる悟を見た。

「叔母さん、そういうのは……」と、悟は何か言わなければまずいと思ったらしく慌てているが、次の言葉が出てこない。

「そういうのは？　何？」と三七緒は真正面から悟を見つめた。

「だから、そういうのはさ、詩穂じゃなくて、僕自身が引き継ぐことだから」

悟がそう言うと、三七緒は口の端で薄く笑った。

「男はみんな最初だけ調子ええこと言うんだわ。でも結局は嫁に押しつけて知らんぷりする。盆やお彼岸になるとわかるよ。どこの家でも墓掃除してるの女ばっかりだもん。うちのダンナにしたって、一回も墓掃除したことないもんだから、墓掃除なんて簡単にちゃちゃっとやれると思ってる。案外と重労働で、腰を痛めるんだけどね。特に田舎の墓所は広いから」

悟と結婚したら、それらの役割が私に回ってくるらしい。目に見えない檻《おり》に入れられたような気持ちになった。

「さあ、もう家はこれくらいでええね？　二階も見たし、庭の倉庫も見たよね。日が暮れる前にお寺に行かんと」と三七緒は言い、すたすたと玄関へ向かって歩き出した。

菩提寺《ぼだいじ》は、実家から車で五分くらいの所にあった。

車を降りて山門を潜り、坂を上っていく。

「私ら夫婦の墓はまだ買ってないんだわ。費用がかかるもんでね。分家は家も墓も自力で買わにゃならんから」

「それは……大変ですね。あ、詩穂、これ、ここが僕んちの墓だよ」

立派な百合《ゆり》や菊の花が目に飛び込んできた。溢《あふ》れんばかりに供えられている。まだ新鮮なところを見ると、今日の午前中に三七緒が供えに来てくれたのだろう。お彼岸でもないのに、私たちが来るくらいのことで気を遣ってくれなくてもよかったのに。

「きれいなお花をお供えしてくださって、ありがとうございます」

悟が言うべきことだと思ったが、きっと悟はこんな細かなことには気づかないだろうと思ったから私が言った。だけど、言った途端に嫌な気持ちになった。単なる悟の交際相手から、一足飛びに「中林家の嫁」になった気がしてぞっとした。そして、薄暗い部屋の長押に並んでいた写真を思い出し、まるでホラー映画のワンシーンのように思えて、気分が暗くなった。

そんな気分を変えるために、顔を上げて遠くの空に目をやった。そして視線を下げて何げなく周りを見回すと、どの墓もこれでもかというほど花が供えられているのに気がついた。どれも枯れてはいない。もしかして、今日は特別な仏教行事の日なのだろうか。

私の戸惑った表情に気づいたのか、三七緒は言った。

「お供えの花を年中絶やさんのが、この地域の嫁の役割なんだわ」

「ええっ」

鳥のさえずりしか聞こえない静寂の中、私の声は自分でもびっくりするくらい大きく響いた。

「ということは、叔母様は今までずっとお花を絶やさないようにしてこられたってことですか?」

「そういうこと」

「だって、年中って……お彼岸だけならまだしも」

私の驚きに、三七緒は私の目をじっと見て大きく頷《うなず》いた。

「花代が高うつくの。だから、どの家でも嫁さんが庭で花を作ってる。枯れたまま放っておいたら檀家の人らに何を言われるかわからんからね。だけど、いつでも都合よく庭に花が咲いてるわけじゃないし、台風が来たときは全滅する。そういうときはスーパーや花屋で買わにゃならんの」

その花代は、悟の両親からもらっているんですかと尋ねたかったが、三七緒の憤懣《ふんまん》やるかたないといった表情から、きっと無償でやらされているに違いないと容易に想像がついた。

そのとき、背後から咳払《せきばら》いが聞こえてきた。慌てて振りむくと、袈裟《けさ》を着た大柄な男が立っていた。

「住職、いつもお世話になっております」と、三七緒が愛想笑いをしながらお辞儀をした。

「中林さんの奥さん、ご苦労様ですな。こちらはどちら様で? 中林家の関係の方?」

「東京から来た本家の息子と婚約者でして」と、三七緒が答えた。

「ほう、それは、それは、遠い所から」

「初めまして。中林悟と申します。いつもお世話になっております」と、悟が挨拶する横で、私も頭を下げた。

住職は悟と私を順にゆっくりと見た。口角を上げて笑顔を作ろうとしているが、視線は無遠慮なものだった。考えすぎかもしれないが、品定めするような目つきに思えた。

「頼もしいですな。中林家には立派な跡取りがおられる。そのうえ婚約者もおいでになるとは嬉しいことです。是非男の子を生んでくださいよ」

あまりに不躾《ぶしつけ》で、驚いて声も出なかった。それとも田舎では普通の会話なのだろうか。

「昨今は墓じまいなどと馬鹿な考えを持つ檀家がいて困ったもんです。それに比べて中林家は安泰のようだ。末永くお願いしますよ」

住職は、地響きするような低音でそう言った。

「はい、大丈夫です。しっかりしたお嫁さんですから」と三七緒が言う。

「それは安心だ」と住職は私を見て鷹揚に微笑んだ。

今すぐ東京に帰りたい。

この場から走って逃げたい。

そんな衝動にかられ、思わず深呼吸していた。

まるで詐欺師の集団に取り囲まれているような気分だった。私は騙《だま》されているのではないか。

悟の母親も同じ嫁の立場でありながら何も貢献していない。それなのに、どうして私にお鉢が回ってくるのか。そもそも私はどうしてこんなところに来てしまったのだろう。

「それではごゆっくり」と住職は言うと、本堂の方へ戻っていった。

落ち着こう。姉の言うように、何でも見て聞いて、東京に帰ってから冷静に判断すればいい。ここでは結論を急がず余計なことは何も言わずにおこう。田舎の暮らしや家や墓や親戚や悟を観察すればいい。そうした方が後悔が少ないと、苦い経験を持つ姉に勧められたのだ。

でも……お姉ちゃん、私はここに来たこと自体を後悔しそうだよ。お姉ちゃんは、後悔しないために行った方がいいって言ったけど、逆だったかも。

そのあと三七緒の軽自動車でホテルまで送ってもらうことになった。

「あんたたち、今日はどこのホテルに泊まるの？　駅前のあそこ？」

真っ直ぐ前を向いて運転している三七緒が、「あそこなら、ここから結構な距離あるね」と、迷惑そうに小さくつぶやいたのを私は聞き逃さなかった。思わず隣の悟を見たが、スマートフォンに見入っていて聞こえていないようだ。

三七緒の再燃した怒りが、車内に充満したようで息苦しくなってきた。

「三七緒さんのお名前、素敵ですね。何か由来があるんですか？」

私は空気を変えようと、明るい話題を振ったつもりだった。このまま別れたら後味が悪い。

「僕、知ってる」と、悟がふふっと笑いを漏らしたとき、三七緒の横顔が不快そうに歪んだのが、後部座席から見えた。運転席の真後ろに座っている悟からは見えないのだろう。

「女盛りの頂点は三十七歳だってことで、そういった充実した人生を送ってほしいという親心でつけた名前だって聞いてるよ。ねっ、叔母さん、そうだよね？」

「冗談やないわ。三十七歳なんて二度と経験したくない。子供たちが小さかったから家事と育児とパートで死にそうだったわ」と、三七緒はまくしたてた。

三七緒は怒っている。それは、空港で私たちを迎えたときからずっと続いている。そして、悟が得意げに三七緒の名前の由来について話したことで、三七緒の怒りの火に油を注いだのが容易に見て取れた。

「三十七歳の頃がそんなに大変だったの？　いったい何が？」と悟は尋ねた。

「何がって、悟くん……」

三七緒はこれ以上悟と話しても無駄だというように口を噤《つぐ》んだが、信号で一時停止すると、再び話し出した。「ふざけた名前のせいで、お前は何歳になっても三十七歳の若さを保っているはずだって親戚中にからかわれて、面倒なことは何でもかんでも私に押しつけてくるんだわ」

「いったい誰がそんなひどいこと……」と、悟が言った。

「みんなよ」

「みんなって？」

「うちの亭主もそうだし、もう亡くなったけど舅や姑も義姉さんもそうだった。それに……」

「それに、何？」と、悟が尋ねる。なんて鈍感なのだろう。

三七緒が最後まで答えようとしなかったことで、普通はぴんと来るではないか。面倒なことを何でもかんでも押しつけてくるのは悟の両親なのだと。

ホテルの車寄せに着くと、三七緒はロビーのトイレを借りたいと言って、私たちと一緒に車を降りた。

三七緒が化粧室に入った隙を狙《ねら》って、私はスマートフォンで「墓参り代行」を検索して料金を調べた。個人業者だと一万円前後だが、大手だと二万二千円と出ている。墓掃除をして花を供え、墓の前で拝んでいる写真を送付してくれるらしい。

「ねえ悟、羽田空港で東京ばな奈十二個入りを買ったでしょう？」

「うん、もう叔母さんに渡したけど？」

「あの程度じゃだめだよ。最低でも一万円くらい渡さないと」

お金にシビアな母なら、たった一万円じゃ足りないと言って怒り出すだろう。だけど、取り敢《あ》えず今日一日パートを休んで案内してくれた分と花代だけでも渡したかった。

「なんで一万円も？」と、悟が不思議そうにこちらを見る。

「は？　なんでって……ああ、もう、今は時間がないから、あとで説明するよ」

そろそろ三七緒が化粧室から出てくるのではないかと気が気ではなかった。それにしても、説明しなければわからない悟の無神経さにうんざりする。

これほど三七緒に負担をかけているとは知らなかった。封筒もポチ袋もないから、悟の財布から出させた一万円札を四つ折りにしてティッシュで丁寧に包み、悟に戻した。

化粧室から出てきた三七緒が、疲れた足取りでロビーで待っていた私たちに近づいてくる。

「今日は本当にありがとうございました」と、私は深々とお辞儀をした。

ロビーからエントランスまで三七緒を送りつつ、早く包みを渡せとばかりに悟の脇腹《わきばら》を肘で突《つつ》いた。

——とんでもない。親戚として当然のことよ。

などと言って、三七緒は受け取らないに違いない。だがそれでも、申し訳ないと思う気持ちだけでも表したかった。

「叔母さん、これ、今日のお礼」と、悟が包みを差し出す。

「少なくて申し訳ないんですけど」と、私は言い添えた。

「あら、若いのに気が利く。じゃあ遠慮なくいただいとくね」と、三七緒は受け取り、さっさと上着のポケットに入れた。


荷物をフロントに預けて、まずは近所の街中華で夕飯を食べることにした。

「詩穂が一緒に来てくれて嬉しかったよ。LINEしても返事がつれないから、もう会えないんじゃないかって、実は落ち込んでたんだ」

悟は満面の笑みでそう言うと、大根餅《だいこんもち》を口に運んだ。

「だって私、結婚後の名字をどっちにするかで揉めたとき、すごく嫌な気持ちになったから」と、正直に言ってみた。

とはいえ、別れるべきかどうかを見極めるために鹿児島まで足を運んだことまでは正直に言うべきではない。東京に帰り、安全地帯に逃げ込むまでは口にしないでおこう。どんなに穏やかに見える男性でも、逆上することがあるかもしれないと最近は思うようになった。実際に自分の周りにそういったストーカー気質の男性がいるわけではないが、昨今はテレビやニュースでよく見るようになった。そもそも母の元夫が、そういう類の男だったのだから、他人事《ひとごと》ではない。

「悟のご両親は、叔母さんに月々いくらか払ってるの？」

「あの雰囲気じゃ払ってないだろうね。だけどそこはやっぱり親戚だから」

「負担が重すぎると思うのよ。業者に頼めば料金が発生する作業だし」

「だから叔母さんに一万円を渡せって詩穂は言ったんだね。そんなこと詩穂が心配することじゃないって。うちは親戚中みんな仲がいいんだし、料金を払うなんて水臭いよ」

仲がいいようには思えなかった。本来なら、遠路はるばる鹿児島まで来たのだから、「叔父さんに会っていけ、夕飯はうちで食べてって」くらいは言うのではないか。ゆっくりと思い出話をしたいなら「うちに泊まっていけばいい」と言って引き留めたっておかしくない。

仲がいいどころか、たぶん恨まれている。便利に使うだけ使われて気分を害さない人間がどここにいるというのだ。それを補うには、お金を払ってビジネスライクに切り替えるしかないのではないか。そういったことは、幼い頃から自然と身についていた。高校生のときに両親を亡くした母は、十代の頃からお金に苦労して生きてきた。その影響を姉も私も強く受けて育った。

それより何より、結婚したら「悟の妻」というより「中林家の嫁」となるらしい。悟と悟の両親の図々しさと鈍感さは、自分の育った環境とはかけ離れている。私は人に迷惑をかけていないかと常にアンテナを張って生きてきたし、両親も姉もそうだ。それを家風の違いという一言で片づけるには、悟一家の厚かましさはあまりに低次元ではないだろうか。

それに、悟の母親を飛ばして私にお鉢が回ってくるのも納得できない。先に拒否したもの勝ちということなのか。結婚している友人たちからは、いまどきの姑はこまごまと嫁に気を遣ってくれると聞いている。それなのに、悟の母親は優しそうに見えて、実は面倒な仕事を息子の妻に押しつけようとしているのか。そもそも男たちはなぜ墓掃除をしないのか。悟の父親はとっくに定年退職して暇を持て余していると聞いているが。

私は中林家には馴染めない。その輪の中に入りたくない。それがはっきりしただけでも鹿児島に来てよかった。

だけど今まで……会社で嫌なことがあったときは悟にぶちまけ、慰められ励まされて乗り越えてきた。恋人でもあり唯一無二の親友でもあり、父でもあり兄でもあり弟でもある親密な仲だった。

だが、中林家の嫁になることへの拒絶感は、心の中で絶壁のように聳《そび》え立っていて、押しても引いてもびくともしない。別れる以外の選択肢があるだろうか。

「ねえ、悟、名字のことだけどさ、ジャンケンで決めるのはどうかな？」

悟と別れる方向に気持ちは固まりつつあったが、最後の最後に試してみたかった。

「ジャンケン？　まさか。冗談だろ？」

悟はそう言って笑ったが、「試しにやってみるか」と言い、通りがかった店員に三杯目の生ビールを注文した。

「じゃあ、やってみましょうよ。いいよね？」と私が尋ねると、悟が笑って頷いたので、「最初はグー、ジャンケンポン」と私は言った。

結果は……私が勝った。

「悟の負けだね。悟が名字を変えてくれるんだよね？」

「詩穂、僕はそういう冗談、あんまり好きじゃない。それに、今のは練習だよ」

「練習？」

「うん、もう一回、今度は本番」

生ビールが到着し、悟は勢いよく飲んだ。

「行くぞ。最初はグー、ジャンケンポン」と、今度は悟が言った。

悟がグーで、私はチョキ。私が負けた。

「おっと僕の勝ちだ。名字は中林で決まりだな」

「ジャンケンなんて冗談よ」

「今さら何言ってんだよ。言いだしたのは詩穂の方だぜ」

そう言って悟は笑って取り合わない。鬼の首を取ったかのように上機嫌だ。

「自分が負けたら練習だと言って、私が負けたら本番なのね」

「やる前に本番だって宣告しただろ？　詩穂はズルいよ」

「なんで私がズルいのよ。悟の方がよっぽど……」

「はいはい、もうこの話は終わり。もう今後一切、名字の件では話し合いに応じません」と言ってから、悟は楽しそうに小籠包《ショーロンポー》を口に運んだ。

——この男、大っ嫌い！

初めてそう思った。

悟は小籠包のスープを啜ってから口にいれたあと春巻きを食べ、ビールを飲んだ。

そのとき、悟の口から洩《も》れる啜ったり咀嚼《そしゃく》したりする音に鳥肌が立つ思いがした。そして油でぬめぬめした唇の動きが気持ち悪くて思わず目を逸らした。

生理的嫌悪感を覚えたのは初めてだった。

もうダメだ。

このまま結婚したら、悟はたぶん……。

――僕はフェミニストだから名字なんてどっちでもよかったんですけどね、ジャンケンで勝ってしまったもんだから。

さも面白いエピソードであるかのように、女性上司などに披露して男女平等主義者であることを強調するのではないか。

まさかまさか。悪い方に考えすぎだ。悟はそんな悪党じゃない。教養もあるし、優しいジェントルマンだったはず。

食事を終えると、歩いてホテルに戻った。私がネットで予約しておいたビジネスホテルだ。フロントで鍵を受け取るとき、ツインではなくシングル二室だと悟は初めて知り、驚いたような顔で私の横顔を凝視しているのが視界に入った。

「詩穂、どうして……久しぶりに会ったんだし……」

「今のシーズン、意外にもホテルが混んでるみたいでね、希望の部屋が取れなかったのよ」

そう言いながらエレベーターに乗り込んだ。

「だったら仕方ないね」

悟は、ツインとダブルは全て予約で埋まっていると受け取ったようだった。「悟は十二階で、私は七階だね。ちょっと離れちゃったね」

予約を申し込むとき、離れた階にしてほしいとネット上の備考欄に書いておいたのだ。

「いったん荷物を置いたら、詩穂の部屋に行っていい？」

「悪いけど、私もう疲労の限界。朝も早かったしね。じゃあまた明日」

私は明るく笑ってそう言い、七階に着くと素早くエレベーターを降りた。残念そうな顔をする悟から目を逸らした。エレベーターの狭い空間に二人だけでいることさえおぞましかった。

部屋に入ると、すぐに二重にロックした。自動ロックだから外側からは開けられないとわかってはいても、そうしないではいられなかった。

そのまま窓辺までゆっくり歩いていき、カーテンの隙間から夜の街を見た。

どうやら私は結婚の機会を逃したらしい。

もうすぐ三十三歳なのに……。

だが、胸の内は暗澹《あんたん》とした気持ちだけではなかった。

重い荷物を下ろしたときのような、ほっとした感情も湧き上がってきていた。

12　松尾五月　61歳

エレベーターで康子の部屋へ向かった。

「ねえ、これ、どう思う？　端《はぎ》切れで作ってみたんだけど」

電気ポットに水を注ぎ、お湯が沸くのを待つ間に康子が見せてくれたのは、西洋のおとぎ話に出てくるような魔女を象《かたど》った人形だった。五十センチくらいはある。

「いいねえ。最高にいいじゃない。私も欲しい」

「やっぱり?」と、康子が嬉しそうに笑顔を向ける。

大きな鉤鼻《かぎばな》の魔女は私をギロリと睨んでいるが、見ようによってはとぼけた表情にも見えて愛嬌《あいきょう》があった。黒い尖《とん》り帽子の先っぽが犬の耳みたいに垂れているのも気に入った。

「サテンの生地もいい感じだね。光沢があるから上等のシルクに見えるよ」

「そう?　そんなにいいかな?　売れるよね?」と康子が尋ねた。

「えっ、これ、売り物なの?」

「もちろんだよ。趣味で作るほど暇じゃないよ」

「買う人いるんだろうか。だって、これを買ってどうすんの?　部屋に飾るの?」

「魔除《まよ》けとして売るのよ。占いや風水や霊界を本気で信じている人が、世の中には結構いるみたいだもん」

そう言いながら、康子は急須《きゅうす》にお湯を注ぎ入れた。

「そうか、そうだね。樹木葬やら墓じまいやらで悩む人がいるくらいだもの。口では死後の世界なんか信じてないって言うけど、心の奥底で引っかかるものがあるんだろうね」

「日本は神仏に関する行事が多いでしょう?　だから欧米から来た観光客には、日本人は迷信を信じる国民に見えるみたいだよ」と、康子が言う。

「それは嫌だな。まるで遅れてる国みたいじゃん」

「神仏に縋《すが》りたくなるほど人間は弱いってことじゃない？　そういうのは、たぶん欧米でも似たり寄ったりだと思うけどね」

「そういや私も『神様仏様』って思わず口走っちゃったことあるよ。子供の学費に四苦八苦しているとき、一回だけ宝くじ買ったの。藁《わら》にも縋る思いだった」

「藁にも縋る……五月さん、漢字で『藁』って書ける？」と尋ねた康子は、得意げな顔をしていた。

「書けないよ。康子さんは書けるの？　マジ？　悔しいよう。それ、漢検に出るんだろうか」

「とにかくさ、この魔女を試しに売ってみて、速攻で売れたら量産しようと思うのよ」

そう言うと康子は、ノートを広げた。魔女のイラストを素早く描き、黒いマントをメジャーで測って寸法を書き入れていく。

私はその素早さを、向かいの席からお茶を飲みながら感心して眺めていた。

「話変わるけどさ、どうして地球上で日本だけが夫婦同姓を義務づけられているんだろうね」と、私は素朴な疑問を口にしていた。

「ああ例の話ね。詩穂ちゃんも、牧葉ちゃんと同じように結婚を諦めるとしたらもったいないね。せっかく結婚しようと思える彼氏ができたのに」

「うちの娘たちときたら全くもう、揃いも揃って」

「本当かどうか、与党のドンが選択的夫婦別姓に猛反対してるって聞いたことある」

「私もそれ、どこかで聞いた。でも、そのドンって誰のこと？」

「わからない。国会議員の中ではきっと有名なんだろうけど」と康子が言う。

「強硬に反対するくらいだから、そこにはちゃんとした理由があるんだろうね」

「そりゃそうでしょ。そうじゃなきゃおかしいよ」

「どんな理由か知りたいよ。そうでなきゃ、うちの娘たちが可哀想すぎる。康子さんは国会議員に知り合いはいないの？」

「いるわけないでしょ」

「だよねえ」

「でも市議会議員なら一人知ってる。駅前の商店街の写真屋の女将《おかみ》さん、丘千夏《おかちなつ》っていったかな。私たちと同年代の、あの人よ。去年の選挙で市議会議員に当選したでしょう」

「あの人なら私も知ってる。店先でちょこっと話したこともあるよ。市議とはいっても、ああいった普通のおばさんみたいな人じゃあ国会議員のドンとは知り合えないんじゃない？」

「たぶんね。でも買い物に行ったついでに、聞けたら聞いとく」と、康子は作業の手を止めないまま言った。

13　中林順子《じゅんこ》　63歳

「今夜は豆ごはんですよ」

喜ぶと思っていたのに、夫はテレビから目を離さないまま「そうか」と言っただけだった。

私は夫と直角の位置にあるソファに座り、エンドウの莢《さや》を次々に剥《む》いていった。

「ただいま」

悟の声がした。せっかくの土曜日なのに、またしても駅前の本屋に出かけただけで帰ってきたようだ。最近は詩穂とデートしなくなったのだろうか。

「悟、今夜は豆ごはんよ」

「おっ、いいねえ。大好物だよ。春が来たって感じ」

さすが我が息子だ。夫は何も言わないから料理のし甲斐がない。

「これ、親父宛《あ》てに届いてたよ」

悟はそう言って夫に封書を差し出した。ずいぶんと分厚《ぶあつ》い。

「珍しいな。鹿児島の寺からだ。何の書類だ？　おい、順子、鋏《はさみ》」

次の瞬間、腹立たしさが突き上げてきた。結婚して四十年近くが経つが、いまだにこういった場面に慣れることができない。いま私は、夕飯の準備でエンドウの莢を剝いている。だが夫はテレビをぼうっと見ている。なぜ働いている私に暇な夫があれこれ命令するのか。誰の手が空いているか、見たらわかるだろうに。

だが、どんな女性誌にも書いてある。夫に察してほしいと思うだけで何も言わない女も悪いのだと。

ああ、そうですか、鋏くらい自分で取ればいいでしょと言い返せない私がいけないんですね。そんなこと夫に言ったら途端に機嫌が悪くなって、もっと面倒くさいことになるんですけどね。

私がエンドウの莢を剝く手を止め、「よっこらしょ」と立ち上がりかけると、「僕が取るよ」と悟が言い、さっと鋏を夫に手渡した。悟のように身軽に動く男が夫だったらどんなによいだろう。詩穂さんは幸せ者だ。

夫は封を切って手紙を読みだした。見る間に夫の眉間の皺がどんどん深くなっていく。

「住職が本堂を建て替えると言ってきた」

「本堂の建て替え？　そういえば老朽化してるって、いつだったか住職がおっしゃってたわね」

「築二百年近いと書いてある」

何にせよ、お寺がきれいになるのは嬉しいことだ。それなのに夫は浮かない顔をしている。

「檀家一軒につき寄付を一口以上お願いいたします、だとさ」と、夫は言った。

「でしょうね。本堂建て替えとなると、相当お金が要るでしょうからね。柱も太くて立派だったもの。材料費も高そうね。それに一般の家と違って、宮大工さんに発注するんでしょうし」

「そんなこと当たり前だろっ」と夫は言ったきり、天井を見上げた。

「親父、一口いくらだって？　三万円くらい？」と悟は尋ねながら、夫の向かいのソファに腰を下ろした。

「一口百万円だそうだ」

「えっ、百万も？　冗談だろ？」と悟が問い直す。

「檀家が年々少なくなっていると書いてある。今はもう五十軒を切ったらしい。それを考えたら一口だけというわけにはいかないな。少なくとも三口は寄付しないと中林家の名が廃《すた》る」

「えっ、冗談でしょ？」

思わず大きな声を出してしまった私を、夫はぎろりと睨んだ。だがここで黙っているわけにはいかない。

「まさか、あなた、三百万円も寄付するつもりなの？」と、わざと追い打ちをかけた。暴走する前にブレーキをかけなければと焦る。

「建て替えるんなら住職が全額出すべきだろ。自分の寺なんだから」と悟が言った。

「もしかして悟は、檀家制度がどういうものか知らないのか？」と、夫は悟を軽蔑したような目で見た。

「檀家制度？　聞いたことあるような、ないような」

「今の若い人は知らないって、テレビで言ってたわ」

現代の寺は住職の家族も住んでいるから、住職の所有物のように勘違いされることが多いらしい。だが実際は檀家全体の所有物なのだから、檀家が経済的に寺を支えていく義務がある。だが檀家数の少ない寺が本堂を建て替えるとなれば、一軒につき三百万円でも足りないのではないか。でも、そんなこと言われたって……。

預金通帳に印字された残高を思い浮かべた。老後の資金と考えると、潤沢とは言い難い額だ。そこから三百万円も減るなんて考えられない。

あり得ないわよ。

同じ三百万円を使うなら海外旅行の方がずっといい。そっちの方が一生の思い出になる。いや、どちらにせよ、そんな大金を一度に使うなんて絶対に反対だ。そのお金で何年分の食費が賄えると思っているのだ。

「つまり檀家というのは、寺のスポンサーってこと？」と悟が尋ねた。

「身も蓋もない言い方だな。だが、そういうことだ」

「そしたら戒名をつけてもらうのに五十万だか百万だか取られるって聞くけど、あれもスポンサー料ってこと？」

「まあ、そういうことになるな」

「だったら本堂の建て替え云々《うんぬん》以前に、日頃から住職一家の日々の生活費も支払わなきゃいけないってことなんじゃないの？」と悟が尋ねる。

「それは寺によって色々だ。住職が学校の教師だとか他の職業を兼任している場合が多いからな。だが鹿児島の菩提寺のように、お布施以外に収入源がない寺もある。だから本来はもっと布施を多くするべきなんだが」

そう言いながら宙を睨む夫の眉間の皺が更に深くなった。

「あなた、まさか……」

本堂建て替えの寄付だけじゃなくて、日頃のお布施まで弾《はず》もうとしているんじゃないでしょうね。

そう問い詰めたかったが、怒鳴られる予感がして言い出せなかった。

「文面は寄付となっているが、本来は義務だ。だから金を出すのは当たり前のことなんだ」と、夫はきっぱりと言った。

それはそうでしょうよ。きっと正しいのでしょうよ。だけどね、定年退職した身には、あまりに額が大きすぎるのよ。なにも私だってけちけちしてるわけじゃないわ。トルコの大震災やロシアのウクライナ侵攻の悲惨な映像をテレビで見たあとすぐに郵便局に行って寄付したんだもの。千円ずつ寄付したのよ。初詣《はつもう》でのお賽銭《さいせん》だって毎年百円だと思えば、私としては思いきった額だったのよ。あなただって物価が高騰しているのを知らないわけじゃないでしょう？　電気代がいきなり高くなったたし、スーパーで売っている品物も軒並み値上がりを続けている。あなたはニュースで聞くだけだから実感が伴ってないのよ。最近は特売品ばかりを買うようになったし、こまめに電気を消したり、あなたがお風呂から上がったら、間を置かずに自分も入るようにしてガス代を節約している。そうやってこまごまと工夫して暮らしているのに、三百万円て何なのよ。ふざけないでよ。普段のこまごました節約が馬鹿馬鹿しくなってくるわよ。逆立ちしたって三百万円分も節約できるわけないんだから。

だけど……夫は言いだしたら聞かないのだった。

いや、そんなことを言っている場合じゃない。

――歳を重ねるごとにこんなに医療費が嵩《かさ》むとは知らなかったわ。

ついこないだ、お向かいの大きな家に住む七十代の老夫婦から聞かされたばかりだ。

やっぱりここは絶対に反対しなければならない。夫の機嫌が悪くなろうが、怒鳴られようが怯《ひる》んでいる場合じゃない。そう決心し、大きく息を吸い込んだときだった。

「で、三口も寄付するって、親父、本気で言ってんの？　三百万円も？」

悟、その調子よ。もっと言っておやんなさい。

なんと素晴らしい我が息子だろう。

「仕方ないだろ。俺の代で寺を潰すなんて、ご先祖様に申し訳が立たん。それに、この寄付はお前のためにもなる」

「僕のため？　どうして？」

「どうしても何も、お前は中林家の跡継ぎだろ。悟や悟の子供や孫が将来に亘って恥をかかないようにと思えばこそ、ここで金を惜しむわけにはいかないんだ」

「でもさ、親父、そんな金があったら東京に墓地を買えるんじゃないの？」

「あ、そう言われればそうね、そうよ、そうだわ」

同じ三百万円なら、そっちの案の方がいいに決まっている。田舎の菩提寺に三百万円を寄付したところで、自分たちの生活に何の変化もないが、東京に墓を持てるとなれば、夫も頻繁に墓参りに行けるから、心の安寧を保てるのではないか。それに、「墓石も含めて八十万円パック料金」と銘打った郊外の霊園のチラシを見たばかりだったこともある。

「金の問題じゃないんだ」と、夫の声は怒気を含んでいた。

は？　お金の問題じゃなくて、いったい何の問題なの？

思わず夫を凝視していた。

「俺は長男だから、先祖代々世話になっている寺を守っていかなくちゃならないんだ」

そのとき悟と目が合った。

「母さんはどう思ってる？　三百万円も出して老後は大丈夫？」

「大丈夫なわけないじゃない。そんなお金があったら私だったら……」

「女が口出すことじゃないっ」

夫の大きな声が苦手だった。結婚以来、暴力を振るわれたことなどただの一度もないが、それでも怖くて身体の芯《しん》がびくっと震える。そしてそのあと屈辱感でいっぱいになる。

「親父の頭、ほんとに古い」

悟がそう言ってくれたことで、どん底から少しだけ這《は》い上がれた。

「他の檀家の人が何口くらい寄付するのか聞いてみれば？」と、悟が言う。

「余所《よそ》の檀家がいくら寄付しようが関係ない。中林家としては最低でも三口だ」

最低でも？　ということは、四口、五口も有り得るのか？

「親父、もっとじっくり考えた方がいいって。鹿児島の叔父さんに電話して聞いてみればいいじゃん。地元の人は何口くらい寄付するつもりなのかって、何か噂を聞いてないかって」と、悟が粘《ねば》り強く対抗してくれる。さすが我が息子、頼りになる。

「雄二《ゆうじ》に？　俺が電話して聞く？　そんなかっこ悪いことできるかよ」と、夫は言い放った。

なんと、この期に及んでまだかっこつけるとは……。

どうしてこんな見栄っ張りの男と結婚してしまったんだろう。夫だけの問題ではないのだ。私の老後も真っ暗になるんだから。

「あーあ、こりゃダメだ」と、悟は万歳のポーズをして天井を見上げた。そして、もう関わりたくないとばかりに勢いよく立ち上がり、ドアに向かって歩き出した。

「老後の資金はくれぐれも大切にしてくれよな。僕に老後の面倒見てくれって言われても僕の稼ぎじゃ無理だからさ」

そう言ってドアノブに手をかけながら振り返って私を見た。

「母さん、僕、夕飯要らない。外で食べてくる」

「えっ？　だって今夜はせっかく豆ごはんにしたのに。久しぶりだから三合も研いだのよ」

「二人で食べなよ。僕は気晴らしに出かけてくるから」

知らない間に息を止めていた。

豆ごはんは悟のためだ。夫のためなんかじゃない。

やっぱり悟には早くこの家から出て行ってもらいたい。就職してから十年以上も一人暮らしをしたことで、家事の苦労を知り、家事を担当する人間に思いやりを持つようになったと思っていたのは錯覚だったのか。夫の世話だけでなく、三十歳をとっくに過ぎた息子の世話までしなくてはならない。いったいいつまで家事をしなくてはいけないのか。少なくとも悟さえいなくなれば、夫婦だけの食事など簡単なもので済まそうと思えば済ませられる。食費も少なくて済むし、洗濯物も少量だ。

向かいの家の息子は医者になり、今では孫が三人もいるし、母親を労わってくれるらしい。遊びに来るのだって気を遣ってご飯どきを外してお茶の時間に来ると聞いた。たまにご飯どきに来る場合は、全員分の豪華な弁当を買ってくるという。そのうえ帰りには母親にそっと小遣いを渡してくれるのだ。この大きな違いはどこから来るのか。それほど甘やかして育てた覚えもないのだが。

ああ、豆ごはん……そんなことくらいで涙が滲《にじ》みそうになる自分もどうかと思うが、夫に涙を見られて馬鹿にされるのだけは避けたかったから、すぐに立ち上がり、台所へ引っ込んだ。

炊飯器に豆を入れながら考えた。この生活はもうすぐ終わる。詩穂さんにやっと息子の世話をバトンタッチできる。名字を変えたくないなどと非常識なことを言いだしたこともあったが、若い娘の一時の気の迷いだろう。そもそも息子が私と異なる名字になるなんて考えられないことだし、そうなったら、あまりに寂しすぎる。

14　松尾壱郎　89歳

妻の樹木葬を執《と》り行う日が来た。

葬式は既に葬儀会館で済ませていたから、樹木葬といっても、仏教でいうところの四十九日で、遺骨を埋葬する儀式だけを行う予定だ。

朝から厚い雲に覆われていたが、直前になってとうとう小雨が降りだした。昼間なのに薄暗く、そのうえ列席者が少ないことが、寂しくて侘しい思いに拍車をかけた。

弟たちや妹たちも、四十九日だというのに来なかった。葬式に参列したんだから、もう十分でしょうと妹の一人が光代に連絡してきたらしい。樹木葬をすることにもさほど驚きもせず、関心を示すことさえなかったという。喜子が最後まで両親の介護をして看取ってくれたというのに冷たいものだ。昔から「きょうだいは他人の始まり」というが、こういうことを言うのだろうか。それとも姉が言ったように、俺が弟や妹たちに嫌われているからか。

そのうえ長男秋彦の妻のナナまでが来なかった。だが体調が悪いというのは本当らしく、秋彦は食事会には顔を出さず、すぐに東京に帰っていった。そんな寂しい雰囲気の中、慎二の娘である牧葉と詩穂が参列してくれたのは嬉しかった。慎二夫婦は、盆になると毎年のように帰省しているが、孫娘二人と会うのは実に二十年ぶりだったので、最初は誰だかわからなかった。

その霊園は、自宅から車で三十分ほどかかるのだが、ＪＲの駅からは近いから便利といえなくもない。どんな宗教でも受け入れてくれるらしく、なんなら無宗教でも構わないという。そのうえ、それまでつき合いのあった僧侶を呼んできてお経を上げてもらってもいいし、神道ならば馴染みの神主に頼んで祈禱《きとう》してもらうのも自由だという。

だから菩提寺の女住職に来てもらい、樹木の前で経を上げてもらった。あれ以降、ちょくちょく寺に足を運び、悩みを聞いてもらうようになっていた。というのも、喜子をつらい気持ちにさせたのは、もしかしてあのときだったか、それともこのときだったかと思い出すようになり、様々な後悔が際限なく襲ってきて頭の中をぐるぐる回り、どうしようもなく暗い気持ちになるからだった。そんなときに寺を訪ねると、快く招き入れて話を聞いてくれる。供された熱い茶で心身が温まり、帰る頃には穏やかな気持ちになれるのだった。

四十九日の儀式が終わったあと、霊園内の会館で懐石料理を振る舞った。

「庵主さん、ご足労いただいて本当にすみませんねえ」

そう言って、姉は住職のグラスにビールを注いだ。「樹木葬だなんて、もう本当に、壱郎の嫁は変わり者で申し訳なくて」

「伯母ちゃん、うちのお母さんは変わり者なんかじゃないよ」と、光代が憮然《ぶぜん》とした顔ですぐさま言い返した。

「だってお寺には先祖代々の立派な墓があるのに、こんな場所まで庵主さんにわざわざ来てもらって本当にもう」と、姉は尚《なお》も言い募る。

「私なら構いませんよ」と、住職は微笑みながらゆっくりとみんなを見回して言った。「時代はどんどん変わっていきますからね」

「そうそう、その通りです。私ら、もうついていけん」と姉が嘆く。

「昨今はうちの檀家さんでも家族葬が増えました」と、住職が言う。

「やはりそうですか。ほんの十年ほど前までは、家族葬だと聞くと、何か人に言えないような事情があるんじゃないかって勘繰ってしまったもんですけどね」と慎二が言うと、その隣で五月が「そうだったね」と大きく頷いた。

「今どきはみんな長生きで、九十代で亡くなる人が多いからかもね」と光代が続ける。「葬式をしても参列者が少ないから家族葬が増えたんだと思うよ。年忌法要は七回忌くらいまでがせいぜいだって」

「昔はね」と、姉の得意な昔話が始まった。「近所中が総出で葬式を手伝ったもんですよ。女たちはみんな朝から晩まで料理を作ってね、いつ誰が線香を上げにくるかもしれんから、台所当番を決めて待機してね」

「そうでしたねえ。古き良き時代が懐かしいですなあ。あの頃は地域の絆が強くて、みんな助け合って暮らしていたもんですよ」

わざとらしいほど感動的な口調で言ったのは光代の夫だ。定年間際に高校の校長になったが、世の中の人間をみんな自分の生徒だとでも思っているのか、自分の親世代に対してさえ偉そうな口をきくから気に食わない。

「あんた、何を言うとるの。何も知らんくせして。絆どころか近所づき合いなんか鬱陶しくてたまらんかったわ」と、姉がばっさり切り捨てた。

光代の夫はびっくりしたような顔で姉を見つめている。ふと見ると、俯《うつむ》く住職の細い肩が小刻みに震えていた。笑いをこらえているらしい。

「そういった昔からの風習が嫌になったから、誰もが葬儀会社に頼むようになったんでしょうが。光代の婿は経験もないくせに想像だけでものを言いくさって」と姉が追い打ちをかける。

光代の夫はまるで聞こえないかのように明後日《あさって》の方向を見ながらビールを飲んでいる。やはり好きになれない。光代が婚家の墓に入りたくない気持ちがわかるような気がした。

「最近は家族葬どころか、火葬だけする直葬も増えてるって聞いたけど」と光代が言う。

「そうそう、それ。びっくりだわ」と姉が言うと、住職は姉を見てゆっくりと頷いてから言った。「昨今は、喪中はがきが届いて初めて知人が亡くなったことを知ると聞いています」

「あ、確かに」と、五月が言った。

「喪中はがきは十二月に送られてくることが多いですからね、一月に亡くなられている場合は、その人の死を一年近くも知らないということになります」

「切ないねえ。ああ嫌だ。私が死んだときは大々的に葬式をやってもらいたいもんだわ。誰に連絡してほしいか今のうちにメモしとこう」「もうそろそろお迎えが来ると思うからね」

姉がそう言うと、あちこちから「まだ早いでしょう」、「それだけ元気なら百歳以上は生きますよ」などと声がする。

平均寿命を超えたのだから死期が近づいているのは客観的事実である。だが本人がそれを口にすると、若い連中がそれを否定して励ましてやらねばならない。そうやって周りに気を遣わせるから、自分はもうすぐお迎えが来るなどといった発言は厳に控えるようにしている。だが姉は、「そうかなあ、そんなに長生きしたところでねえ」と言いながらも満面の笑みだ。

「住職さんにひとつ質問したいんですが」と、慎二が続ける。「昭和時代は、本人に癌の告知をするなんて考えられなかったでしょう？　それなのに今は、治る見込みのない病気でも、本人に余命を告げることがありますよね。それはどうしてなんでしょうか。昔の人に比べて現代人は心が強くなったんでしょうか」

「それ、私も前から不思議に思っとった」と光代が言った。

「それはたぶん、死というできごとが、昔ほど重要なものと考えられなくなったからではないかと思います。誰しもいつかは死を迎えるという事実に真正面から向き合う時代になったのではないでしょうか。迷信を信じる人も少なくなりました。人間も単なる一個の生物として科学的に捉えるようになったのだと思いますよ」

「なるほど、さすがです」と慎二は言った。

「ところで松尾家の墓はどうなる？　慎二夫婦の次は誰が墓守になる？　慎二のとこは娘しかおらんけど、どうするつもり？」と、姉は牧葉と詩穂をちらちらと見ながら尋ねた。

「墓は名字が違っても構わないと住職さんがおっしゃってくれたんだ。嫁に行って名字が変わった人間でも構わんし、なんなら姉さんとこの孫の圭太が継いでくれてもいい」

「私、そういういい加減なんは断固反対。名字が違ってもええなんて、そんなの無茶苦茶だわ。なんぼ庵主さんが許可してくれたとしても」と姉が憤慨している。

「お気持ちはわかりますが」と、住職は続けて言った。「実家も故郷も永遠にあるものではないんです。きょうだいの少ない時代になって既に半世紀が経ちますし、残念ながらどんなことにも限りがあるんです」

「そういうのをね、諸行無常というんですよ」と、光代の夫がゆったりした口調で偉そうに言うと、「そんな言葉、誰でも知っとるわ」と、姉がすかさず言い返した。

「だからといって悲しむこともないと思うんです。それぞれ心の中に思い出がありますから」

女住職がそう言うと、室内は静まり返った。と思ったら、また姉が言った。

「庵主さんがどう言おうと、私は絶対に反対。詩穂が婿養子を迎えて墓を継ぐのが道理だと昔から決まっとる。常識中の常識だわ」

「えっ、私が？　私はここで生まれ育ったわけじゃないし、遠すぎて……」と、詩穂が戸惑っている。

「だからさ、伯母さんみたいに昔ながらの考え方だと、墓守になれる人間の範囲が狭すぎて、もう墓じまいするしかなくなるんだよ」と、慎二がきっぱり言った。娘の負担を考えてのことだろう。

「墓じまい？　壱郎ちゃん、あんたもそう思っとるの？　あの墓には私らのお父さんとお母さんも入っとるのよ。それをまあ、墓じまいとはなんと情けない。長男としての役割を果たさんつもりか？　ご先祖様にも申し訳が立たんよ」

「ちょっと伯母さん、今の時代、誰が長男とか関係ないよ。うちの親父にばかり負担をかけないでくれよ。卑怯だよ」

慎二が怒ってくれたので、ちょっと嬉しかった。

「卑怯っていう言い方、なんぼ慎ちゃんでも言っていいことと悪いことが……」

「だって伯母さんの言い方だと、全責任をうちの親父に押しつけといて、自分は涼しい顔して批判ばかりしてさ」

「批判ばかりって、あんた、長男というものは昔からね」

「まあまあ、二人とも落ち着いてよ」と光代が割って入った。

「私は落ち着いとるよ。感情的な人間みたいに言わんといて」と姉が更に憤慨する。

「そうだよ、失礼だよ。俺だって冷静だよ」と慎二の口調も強くなった。

女住職はと見ると、興味深そうに一人一人の顔を眺めている。

そんな言い争いを収めたのは、慎二の嫁の五月だった。

五月は澄ました顔で言った。「簡単な解決法がありますよ」

その言葉で、みんな一斉に五月を見た。

「伯母さんは墓じまいには大反対なんですよね？　だったら伯母さんが死んでから墓じまいすれば丸く収まりますよ。だって死んだら何もわからないですし、そんなに先のことじゃないでしょうから」

次の瞬間、みんな一斉に五月から目を逸らした。

見ると、女住職の肩がさっきより大きく震えていた。

15　中林順子　63歳

夫が床屋に出かけた隙を狙って、三七緒に電話してみることにした。

三七緒夫婦はまだ墓を作っていないと聞いている。だが、いつかは同じ寺に墓地を買うのだろうし、今も墓掃除をしてくれている。それを思えば、きっと本堂建て替えの話は耳に入っているに違いないし、無関心であるはずがない。

「もしもし、三七緒さん？　私、東京の順子です」

――あら、お義姉さん、お久しぶりです。

「あのね、実はちょっと聞きたいことがあってね」

――本堂の建て替えのことでしょう？

「よくわかったわね。そう、それなのよ。地元ではどういった感じかしら。何か噂を聞いてるんじゃないかと思って」

――私が聞いた話ですと、宗旨替えを考えている檀家さんが多いみたいです。

「シューシガエって、あの宗旨替えのこと？　えっと、それは、つまり？」

――もう既に余所のお寺にお墓を移した檀家さんや、これから移そうとしている檀家さんがいるらしいです。

「えっと、それはいったい何のために？」

――だって百万円もの大金、普通は出せないでしょう？　それにね、改宗するのにうってつけのお寺がすぐ近くにあるんです。そのお寺は檀家数が多いし、三年ほど前に本堂を建て替えたばかりなんですよ。宗派は異なるんですけどね、みんな宗派なんて何だっていいと言って」

「そんなことがあったなんて……三七緒さんに電話してみてよかったわ」

同じ改葬なら、はるばる東京に運ぶより、すぐ近所の寺に移して改葬する方がずっと安く済むに決まってる。田舎だから墓地も安いだろうし、墓石を運ぶにしても近距離だ。

それにしても、三七緒の話は予想もしていないことだった。だって田舎の人はみんな信心深くて気前よく寄付すると思っていたのだ。だが大間違いだったらしい。信心深いどころか、宗派なんて何だっていいという割り切り派が少なくないようだ。田舎だろうが東京だろうが、背に腹は代えられない点では同じなのだろう。それなのに我が夫ときたら見栄張っちゃって三百万円も出そうとしている。大馬鹿者だ。

そうとわかれば、のんびりしてはいられない。夫とちゃんと話し合わねば。

たぶん夫が先に死ぬ。そしてそのあと百歳まで生き延びてしまった私は、きっと後悔するだろう。

百歳になってもなかなかお迎えが来ず、預金は底をつき、少子化で毎年のように年金が削られていって最終的には月額三万円くらいになり、パンの耳と水道水と塩でなんとか生きている年老いた自分。

――ああ、あのときお寺に寄付した三百万円がもしもいま手元にあれば……。

後悔先に立たず。

そんなの絶対に嫌よ。

そんなことを考えながら台所の掃除をしていると、夫が床屋から帰ってきた。

「お帰りなさい。さっぱりして男前になったわね」

見え透いたお世辞なのに、夫は「そうか?」と満更でもない顔をしたのでびっくりした。

「ねえ、あなた、今日の晩御飯は久しぶりにビストロ小柴《こしば》で食べましょうよ。せっかく床屋に行ってかっこよくなったんだし」

墓のことは家では話したくなかった。すぐに機嫌が悪くなって怒鳴るからだ。だがレストランなら、いくら夫でも大声を出すわけにはいくまい。特にビストロ小柴は、夫の大学時代の後輩が早期退職して始めたレストランなのだ。創作料理と銘打っているが、要は和洋中なんでもありの店だから使い勝手もいい。

「そうだな。たまには行ってやらんとな。コロナで閉めてたからどうなることかと心配だったけど、何とか持ちこたえているから立派なもんだ。もっと頻繁に来店して応援してやらねばな」

「じゃあ悟を入れて三人で予約しておきますね」

「あいつは今日も家にいるのか？」

「ええ、いますよ。二階でリモートワーク中です」

悟は新型コロナウイルスの蔓延《まんえん》がきっかけで在宅勤務となったが、収まりつつある今も、週に四日は家で仕事をしている。

安普請の一戸建ては音が響くから、テレビも小さな音で聞かなければならないし、昼食も作ってやらねばならない。そんなあれこれもあって、やはり悟には早く家を出て行ってもらいたいと思う。だが今日のように夫と真剣に話し合わなければならないときは、傍《そば》にいてくれると心強かった。自分一人で頑固な夫を説得する自信なんか欠片《かけら》もない。

ビストロ小柴は空いていた。窓際席に二組の客がいるだけだ。開店当初は予約しなければ入れないほど混んでいたことを思うと、こんな状態で経営が成り立っているのかと心配になるが、今日に限っては空いていることがありがたかった。これだけ静かならば尚更、いくら夫といえども大声で怒鳴ったりはできないだろう。

「どうだ、悟、仕事の方は」

「うん、まあまあだね」

それぞれに好きな飲み物を頼んだ。夫は初めから日本酒を頼み、悟は生ビール、私はモスコミュールにした。

大皿のオードブルが運ばれてきてテーブルの真ん中に鎮座した。大ぶりの海老《えび》や厚みのあるローストビーフの周りをフリルレタスが囲み、ところどころプチトマトが飾られている。

特に意味もなく乾杯したあとは、近所で犬を飼う人が増えたことや、駅前に新しくできるスーパーのことが話題となり、和やかな雰囲気が続いた。

なかなかいい感じじゃないかしら。これなら墓の話も持ち出しやすいというものよ。

「ところで悟、指輪の件だが、宝石商の大橋《おおはし》から連絡があったよ。掘り出し物を持って、うちまで出向いてくれるらしいから、詩穂さんに都合のいい日を聞いておいてくれ」

「その話だけどさ、当分ストップしてくれないかな」

「どうしてだ？」

「詩穂は最初から指輪は要らないと言ってたんだし」

「何を寝ぼけたこと言ってるんだ。そんなこと今さら向こうに言えるわけないだろ。無責任にもほどがあるぞ」

夫は悟を怒気を含んだ目で睨んだが、悟は夫の顔をちらりと見てから大きな溜め息をついた。

こんな険悪な空気の中で、墓の話を持ち出したってうまくいくはずがない。

「すみませーん。お冷《ひ》やいただけるかしら」

テーブルの空気を変えるため、私はわざとらしいほど明るい声を出した。

「このお店のお料理は本当に美味しいわ。海老なんてぷりっぷりだもの」

水を運んできた若い女性店員に、私は愛想を振りまいた。

「ありがとうございます。シェフに伝えます。お飲み物のお代わり、そろそろいかがですか?」

学生アルバイトだと思っていたが、意外と抜け目がない。

「俺は久しぶりに燗《かん》した紹興酒《しょうこうしゅ》を頼もうかな。悟はどうする」

若い女性店員が夫にも笑顔を向けたからか、早くも夫の機嫌が直っている。

いいぞ、この明るい雰囲気。

「僕はビールのお代わりをください」

酒が運ばれてくるのを待ち、さりげなく切りだした。

「そういえば今日、三七緒さんから電話があったのよ」

向こうから電話があったことにした方がいい。こちらからかけたとなれば、夫は勝手なことをするなと怒るに決まっている。

「雄二の嫁から? 何の用で?」と尋ねながら、夫は紹興酒に氷砂糖を入れてかき混ぜている。

「本堂建て替えのことよ。地元では大変な騒ぎになってるらしいの」

大げさに言うことに罪悪感がないわけではなかったが、背に腹は代えられない。

「大変な騒ぎって?」と悟が尋ねる。

「一口百万円でしょう? 檀家の人たちのほとんどがそんな大金払えるかって怒ってるって。それでね、近所のお寺にお墓を移す人が続出しているらしいのよ。それも、同じ宗派じゃないって言うんだもの。改宗も厭《いと》わずってことなんだって」

「へえ、そういう手があったのか。僕なら絶対に百万円も払いたくないよ。僕みたいな安月給のサラリーマンが百万円を貯めるのがどんなに大変かって考えたら涙出そうだよ」

いいぞ、悟。どんどん言いなさい。

「近くの寺って？　ああ、あの寺か。あそこは昔から檀家が多いんだ。門構えも立派でな」と、夫は意外にも余所の寺を褒めた。

「うちも検討してみたらいいんじゃないかしら」

「何を言ってるんだ、お前は。そんなことしたら住職に顔向けできんだろう」

「だってあなた、他の檀家さんは続々とそのお寺に移しているのよ」

「余所の家は関係ない」

「だけど親父、今の話だと更に檀家が減ったってことだよな？　つまり本堂建て替えの費用の分担がますます重くなるんじゃないのか？」

「だったら、三口じゃなくて四口か五口にするまでのことだ」

ダメだ、この男は。

家庭経済というものがまるでわかっていない。六十歳を過ぎてからは、滅多に鹿児島に帰省しなくなったのに、どうしてそんな大金を払わなくてはいけないのか全く理解できない。

「そんなお金を使ってしまったら、老後の暮らしが成り立たないわよ。旅行できないどころか外食もできないし、固定資産税や光熱費も危うくなるわ」

脅《おど》しに近いが、それくらいは言っても構わないだろう。夫の老後のためでもあるのだ。

「金がないなら一泊二日の温泉旅行くらい僕が親孝行してもいいけど、親父が常々言っていた一ヶ月間の世界遺産ツアーは無理だよ」

「……そうか、金がないのか」と、夫は声を絞り出すように言った。

「老い先短いんだからさ、最後に人生楽しんでからあの世に行った方がいいと思うぜ。やりたいことをやっておかないと死の床で後悔するって、最近はどんな啓発本にも書いてあるよ」

さすが我が息子。もっと言ってやれ。

「それはそうだろうが、でも、そうは言ってもなあ……うーん」と、夫は紹興酒の入った小さなグラスを握りしめて唸《うな》った。

「この前も言ったけど、墓を東京に移せばいいじゃないか。その方が有意義な金の使い方だよ」

と、悟が言う。

「東京に墓か……悟はそれがいいと思ってるんだな」と、夫は確かめるように尋ねた。

「だって近くにあれば、気が向いたときにふらりと墓参りに行けるし、飛行機代もホテル代もかからない。いいことづくめだよ」

「それはそうだが」と、夫はまだ煮え切らない。だが心が傾いているのが、その声の弱さに見て取れた。

「そもそも叔母さんに迷惑かけすぎだよ。親父の弟の嫁っていうだけでこき使いすぎだろ」

「えっ、そうなの？　三七緒さん、悟にそう言ったの？」

「口には出さないけど、恨まれてるのは確実だって詩穂が言ってた」

「恨まれてる？　詩穂さんが本当にそう言ったの？　そんなきつい言い方する人だったの？ひどいわ。やっぱり変わったお嬢さんね」

「そういう言い方やめてくれよ。あの地域では、墓に供える花を年中絶やさないのは嫁の役目なんだってさ。花代が高くつくようだったけど、うちは叔母さんに送金してるの？　してないだろ？」

「だって田舎は庭が広いから、花をたくさん作ってるって三七緒さんも言ってたわよ」

「年がら年中いつでも都合よく庭に花が咲いてるわけじゃないらしいよ」

「そりゃあ、真冬なんかは……」

「台風が来たときは全滅するから、そういうときはスーパーで買うんだって。枯れたまま放っておいたら何を言われるかわからないからって」

「そうなの？　そんなに大変だったとは知らなかったわ。申し訳ないことしたわ。地元にいるからって頼りすぎてたかも。ねえ、あなた、もうこれ以上迷惑かけられないわよ。三七緒さんだって若くないんだし」

「……そうだな」

夫はつぶやくように言ってから、紹興酒をぐいっと飲み干した。

「わかった。墓は東京に移そう」と、夫は決心したようにきっぱり言った。

「ほんと？　あなた、それ、本当に本当ね？」

「ああ、本当だ。東京に移せば、俺が死んだあとも悟が頻繁に墓参りをしてくれる、ということだな。だったら、その方がいい」

「そうよ、そうしましょう。これで決まりね」と私はすかさず言った。

これを決定事項にしてしまいたかった。東京の墓地は高いが、郊外の安い霊園を探せばいい。なんなら埼玉や千葉や神奈川でも構わない。少し遠くなるけれど、それでも鹿児島よりはずっと近い。

本当は納骨堂の方がいいけれど……。

東京のお墓は高価だから納骨堂にしましょう。その線で話を持っていくためには、今後の作戦を練らなければ。

なんとしてでも総額百万円以下に抑えたい。いや、百万円でも高すぎる。

16　松尾牧葉　38歳

　昼休みになったので、同期の由美と連れ立って外へ出た。

　ベーカリー併設のレストランに行くつもりだ。

「私も連れてってくださいよう」と、いつものように二十八歳の菜々子が甘え声を出して追いかけてきた。

　店に入って席に着こうとしたとき、桃子《ももこ》が後ろをついてきていたことに気がついた。うちの部署に配属されたばかりの新入社員だが、雰囲気が暗くて無口なので、存在に気づかず驚かされることがよくあった。

　斜め向かいに座った菜々子は、なんだか機嫌が良さそうだ。目が合うとにっこり笑い、「槙《まき》島《しま》さんて素敵ですよね」と言った。

「槙島さんて？　それ、誰だっけ」と、私は尋ねた。

「あれ？　牧葉は知らないの？」と由美がメニューから顔を上げた。

「牧葉さんは会議でずっと席を外されてましたもんね。槙島さんも異動の手続きで総務や人事に行ったり来たりして忙しそうでしたしね」と、菜々子が言う。

「よく見てますね」と桃子が冷たく言い放つと、菜々子がむっとした表情を晒した。新人のくせに全く可愛げがないと菜々子が思っているのは日頃から感じていた。だが、私は桃子が嫌いではない。空気が読めないというよりも、読もうともしないマイペースな性格が母と似ている。

「忙しくてすっかり忘れてたよ。その槙島くんていうのは、うちの部署に今日から配属された人だね」

新橋支店から男性が異動してくることは聞いていた。仕事のできる二十九歳という触れ込みだった。

「席は牧葉さんの隣みたいですよ。デスクの引き出しに資料や文具を入れてるの見ましたから」と、菜々子が教えてくれた。

そのときランチプレートが運ばれて来た。

「本日のスープは、人参のポタージュでございます」

「美味しそう。きれいな色」と、桃子が低い声でつぶやいた。普段から愛想笑いひとつしない分、発する言葉が正直で素朴でわかりやすい。

「その槙島くんが素敵っていうのは、どういう風に?」と、私は話題を元に戻した。私のプロジェクトでこき使っていいと部長から冗談交じりで言われていた。一緒に働くなら情報は多い方がいい。

うように言った。
「もしかして、菜々子ちゃん、槙島くんのこと狙ってるの？」と、私と同い年の由美がからか
菜々子はいつになく華やいだ雰囲気をまとっていた。一目惚《ひとめぼ》れしたかのようだ。
「とにかく笑顔が爽《さわ》やかなんですよ。それにスポーツマンって感じで」

「そんなことないと思うよ。菜々子ちゃん可愛い顔してるし、何といっても若いし、勝算ある
「やだあ、私なんて相手にされるわけないじゃないですか」
と思うわよ」と、由美がけしかける。
「またまた由美さん、冗談ばっかり」と、菜々子は嬉しそうに笑う。
「とっくに彼女の一人や二人いますよ。あのレベルの男なら」と、桃子が遠慮なく水を差すと、
菜々子はまたもやむっとした表情を遠慮なく晒した。
向かいの由美と目が合った途端、互いに噴き出しそうになった。桃子が誰に対してもずけず
けものを言うのがおかしくてたまらなかった。若い女性たちの心理戦を余裕で眺められる程度
には大人になった。互いにもう三十代後半で、もうすぐ四十代になることを、日々意識するよ
うになっている。
「槙島くんには彼女がいないような気がするよ」と、由美が言った。
「どうしてそう思うんですか？」と、桃子が尋ねる。
「あの雰囲気から、なんとなくね」と由美は言ってから、こんがりと焦げ目のついたチキンを

口に運んだ。本当にそう感じたのか、それとも後輩たちをからかって楽しんでいるのか。

　バツイチの由美は中一の娘と二人暮らしだ。今年の春、中高一貫の名門校に受かり、学費が大変だと嘆くが誇らしげでもある。

「とにもかくにも、槇島さんが牧葉さんの隣の席で良かったです」と、菜々子が言った。

「どうしてですか？」と、桃子が尋ねた。

「だって若い女の子の隣なら心配だもん」と、菜々子が答えた。

　そのとき由美は皿から顔を上げ、向かいに座る私にだけわかるように、大きく目を見開いてみせた。

　いつもは女性上司に対して目いっぱい気を遣う菜々子だが、今日は槇島のことで頭がいっぱいで失言に気づいていないらしい。だが桃子は、驚きの表情で菜々子を凝視していた。

　昼休みが終わって席に戻るとき、隣席に座っている若い男性の背中が見えた。

　あれが槇島だろう。並びの席に近づき、自分の椅子を引こうとした途端、槇島は飛び上がるようにして立ち上がった。

「松尾さん、ですよね？　僕、今日からお世話になる槇島柳《やなぎ》と申します。よろしくご指導のほどお願いいたします」

　菜々子が言っていた通り、確かに笑顔が爽やかだった。女性の上司をよく思わない人間は男女問わずいるが、彼からはそんな雰囲気は微塵《みじん》も感じ取れなかった。切れ者で仕事ができると部長から聞いていたから、もっとがつがつした顔つきの男を想像していたが、明るくあっさりした性格のように見えた。だが、人は見かけによらないから、会ったばかりで性格までわかるはずもない。とはいうものの、年齢とともに人を見る目が少しずつ備わってきているのは確実だと思う。もっと若いときに男を見る目があったなら、どんなに良かっただろう。

「こちらこそよろしくね。柳って珍しい名前だね。名字みたい」

「よく言われます。祖父がつけてくれたんですが、柳のように風に吹かれて自然体で生きていけという意味だそうです」

「へえ、そうなんだ。いいお祖父ちゃんだね」

そう言うと、槙島は純真な少年のように嬉しそうな顔をした。

17　中林順子　63歳

三七緒から電話があった。

——お義姉さんに頼まれていた改葬の段取りのことですけどね、私が「改葬」と口に出した途端、住職がかんかんに怒ってしまわれて、もう私の手には負えません。

本堂の建て替え計画をきっかけに檀家がどんどん離れていったという。住職は、もうこれ以上一軒たりとも檀家離れを許さないと息巻いているらしい。

――もしかしたら私が女だから舐められているのかもしれないと思って、夫に代わってくれるよう頼んだんです。そしたら卑怯にも「俺は忙しい」の一点張りで、離婚したくなりました。

「やあねえ。うちの夫と同じだわ。さすが血の繋がった兄弟ね。面倒ごとはなんでもかんでも嫁に押しつけて自分は文句ばっかり言うのよ」

――ですからね、お墓のことは、お義姉さんの方で何とかしてくれませんか。

「そう言われてもね、鹿児島は遠いのよ。それに、どうせ改葬のときにも行かなきゃならないから二度手間になるでしょう？　だから三七緒さんの方で段取りだけでも決めてもらえれば助かるの」

――は？　うちは夫も私も働いているんです。お義姉さんのところは夫婦ともに悠々自適じゃないですか。

「だけどね、うちの夫も歳を取ったから体力的に鹿児島まで行くのは……」

そう言いながら、ハッと気づいた。

夫は遠くまで行くこと自体、既に体力的に厳しくなっている。だったら、住職の憤怒《ふんぬ》がどうあろうとも、さっさと東京の霊園に移した方がいい。夫は祖先を大切に思っていて、もっと頻繁に墓参りをしたいと言い続けてきたのだ。こんなことなら、体力のある若いうちに墓を東京に移せばよかった。そしたら本堂の建て替え問題にも巻き込まれずに済んだのに。

——鹿児島なんて飛行機に乗ればすぐじゃないですか。

「そうは言うけどね、三七緒さん、うちは東京といっても羽田空港のそばに住んでいるわけじゃないしね」

——どちらにせよ、お義姉さん、そちらで対処していただかないと困ります。そもそも、うちは分家なんだし、あのお墓には入れないわけですから、本来は関係ないんですよ。

「そんなあ、関係ないだなんて。私や三七緒さんにとって、舅と姑が眠っている墓なのよ。今の言い方、いくら何でも……」

——お義姉さんは舅や姑を大切に思っておられるんですか？

「そりゃあそうよ。夫の両親だもの」

——お気楽なもんですね。お義姉さんは遠く離れた東京に住んでいて、舅や姑に滅多に会わなくて済む生活だったからそんなことが言えるんですよ。

「私だって盆暮れには毎年デパートから美味しいものを送ったり、それに」

——あ、パートに行く時間だ。すみませんが失礼します。

「今からパートなの？　残念だわ。また今夜にでも電話していいかしら」

——これ以上お話ししても時間の無駄ですからお断りいたします。せいぜいお元気でお暮らしください。

電話が切れた。

今日の三七緒は何やら虫の居所が悪いらしい。

住職が改葬を許さないと息巻いているなどと夫に話したら、やっぱりやめると言いだす可能性は高い。東京に墓を移すことを、やっと決心してくれたばかりだというのに。

どうすればいいのか。

ひとまず三七緒から電話があったことは黙っておこう。夫に伝えるにしても、悟がいるときがいい。老後の資金がかかっている。死活問題なのだ。ここは慎重に見極めなければならない。

絶対にドジは踏めない。


次の土曜日に、悟と二人で鹿児島に飛んだ。

一応は夫にも勧めてみたが、案の定、行かないと言い張った。

——俺は血圧が高いから飛行機には乗らない方がいいんだよ。飛行機の中は気圧が低くて、二千メートル級の山に登っている状態と同じだって、テレビでも言ってたからな。

夫は自分の身体に関することになると、途端に大げさになる。家族に心配してもらうのが大好きなのだ。

本当は住職に会いたくないのだろう。改葬することを住職に言いだす勇気もない。それを「合わせる顔がない」などと体のいい言葉でごまかしているのは、若い悟でさえお見通しだ。

だけど私だって気が重い。寺を訪ねることを電話で伝えたときの住職の受け答えときたら、あまりにも素っ気なくて冷たかった。だから三七緒が一緒に行ってくれたら心強いと思って再び電話して頼んでみたのだが、「そうですか、こちらにいらっしゃるんですか、では道中お気をつけて」と言ってすぐに電話を切られてしまった。しかし、その数十秒後に折り返し電話があり、三七緒はこう言った。

——お義姉さんが来られる日までお墓の花を換えないでおきますから、お寺に行かれたら枯れた花を始末して、新しい花を供えてくださいね。じゃあ頼みましたからね。

空港からタクシーに乗り、途中で三七緒が教えてくれた花屋に寄って花を買った。タクシーを待たせていたこともあって、急いで店先から奥の方までざっと見てみたが、どの花も予想していたより高価だった。田舎は物価が安いと勝手に思い込んでいたが、どうやら間違いだったようだ。

タクシーを降りて寺の門を潜ると、広い庭が見えた。

訪れたのが久々だったからか、中林家の墓がなかなか見つからず、墓地を一周してしまった。

「あ、あそこだ」と、悟が見つけた。

その場で足を止め、少し離れた位置から墓の全体像をじっくり眺めてみた。

大理石の低い塀で囲まれた敷地の中心には、「中林家先祖代々之墓」と刻まれた大きな墓石が立っている。その脇には、幼いときに亡くなったと思われる小さな墓がいくつも並んでいた。

ひとつひとつの墓の前に一対の花立てが備え付けてある。それは竹筒を模したプラスチック製のもので、数えてみたら全部で十六本もあった。どう考えても、来る途中に買った花だけでは足りない。中でも、中心にある大きな墓の竹筒の直径はひときわ大きかった。買った花を全部そこに生けても足りないくらいだ。

「私はこの大きなお墓に花を供えるから、悟は枯れかけた花をどんどんゴミ袋に放り込んでいってちょうだい」

「わかった」

「こんなに花立てがたくさんあったとはね。三七緒さんに悪いことしちゃったわ」

「詩穂もそう言ってたよ」

聞けば、詩穂と二人で訪れたとき、土産の東京ばな奈だけでなく、一万円札も渡したのだと言う。そしたら三七緒はすんなり受け取ったらしい。

「叔母さんにパートを休ませてまで墓掃除をさせてきたんだぜ。一年中、花を枯らさないようにして、そのうえ誰も住んでない本家の管理までしてもらってた。それを考えたら一万円じゃとても足りないって詩穂は怒ってたけど」

「えっ、詩穂さんが怒ったの?」

初めてここに来た詩穂でさえすぐに気づいたのだ。それなのに自分は、墓の管理などたいした労力ではないと思ってきた。墓掃除は多くて年に二回だと思っていたし、まさか花を買ってまで供えているとは考えてもいなかった。

　自分の愚鈍さを詩穂に指摘されたも同然じゃないの。きっと三七緒にも非常識な女だと思われている。申し訳なさよりも屈辱感が勝っていた。だって不満があるなら、もっと早く言ってくれればよかったのよ。逆恨みだと言われるかもしれないけど、どうしようもなく腹が立つ。馬鹿にされた気になる。そんな様々な感情が団子になって押し寄せてきた。

「母さん、どうしたんだよ。怖い顔しちゃって」

「もうこれ以上、三七緒さんに迷惑をかけられないと思ってね」

「だろ？　だから空き家は改めて管理業者と契約するなり、墓は墓参りの代行業者に頼むなりしないと叔母さんに悪いよ」

「でも、そのやり方だと私とお父さんが亡くなったあと、悟が支払っていかなきゃならないわ」

「だから墓は東京に移してくれって言ったんだよ。こんなこと言って悪いけどさ、僕は鹿児島の墓も祖父ちゃん祖母ちゃんの古い家も要らないよ。遺されたらマジ迷惑。親父や母さんが死んだときは納骨するとしても、そのあと遠路はるばる家の管理と墓参りのためだけにここまで来るのは厳しいよ。交通費も宿泊費も馬鹿にならないんだし」

「宿泊費は要らないでしょ。古いけど父さんの実家があるんだし」

「冗談だろ。母さんが最後にあの家に泊まったの、いつだよ」

「そうねえ、二十年くらい前かしら」

「今はもう黴臭いし廊下も歩くたびにミシミシいうし、とてもじゃないけど泊まれないよ」

「えっ、そうなの？　あらどうしましょ。今夜の宿」

「まさか、ホテル予約してないの？　うそ、信じらんない」

そう言いながら、悟はスマホを取り出して駅前のビジネスホテルを素早く予約してくれた。

「帰りにお父さんの実家に寄って、部屋の状態を確かめてみるわ」

「押し入れの蒲団なんかも全部捨てた方がいいと思うよ」

「そうなの？　押し入れの中はどうなってる？」

「僕は恐ろしくて開けてない」

「何だかもう何もかも捨てたくなってきたわ。だけどきっとお父さんは大反対すると思うのよ。思い出深い品ばかりなのに捨てるなんて言語道断だとか何とか言っちゃって、きっと取り付く島もないわよ」

「だったら母さん、二人で何とかしよう。親父の意見を無視してでもここは乗り切らないと先々が不安だよ」

「悟の言う通りだわ。お父さんが亡くなっても私だけは長生きする予感がするのよ。だから、まだ頭が働く今のうちにカタをつけてしまわないとね」

既に東京の霊園のパンフレットをいくつか取り寄せ、だいたいの目星をつけていた。郊外なら墓石付き総額で八十万円くらいからある。その他いろいろと経費がかかるかもしれないが、三百万円の寄付と比べたらずっと安いし、悟の今後を考えても東京に移すメリットは大きい。
私は正しいことをしようとしている。そうだ、そうなのだ。だから強行突破してもいいのだ。そう思うと勇気が出てきた。

「悟、頑張ろうね。住職に嫌な顔をされても絶対に東京に改葬しようね」

「そんなの当たり前だろ。その段取りを決めるためにわざわざここまで来たんだぜ。さっさと終わらせて何か美味しいもの食べに行こうぜ」

悟は聡明《そうめい》だ。事務的に処理しようとしている。

だが、そんなの当たり前のことなのだ。だって自分の家の墓なのだから、住職といえども他人にとやかく言われる筋合いなどない。夫のようにいつまでもしがらみに囚《とら》われていたら、一歩も前に進めないいじゃないの。

庫裡《くり》まで行くと、住職の妻が和室に招き入れてくれた。

「住職はもうすぐ参りますので」

そう言って、妻はお茶を置いて部屋を出ていった。

ここの住職は七十代前半だが、強面《こわもて》のうえに背が高くてがっちりした体つきをしている。それだけでも威圧的なのに声まで大きい。だが負けるわけにはいかない。

近づいてくる足音がした。どすどすと響く音が機嫌の悪さを物語っているようで緊張してきた。隣に座る悟を見たが、スマホに見入っていて住職の足音など気にも留めていないようだっ

した。

住職の笑顔は不意打ちだった。しかめっ面を覚悟していたので、肩透かしを食らった思いがしたので、心強かった。

「これはこれは、遠くからご苦労様です」

三七緒が電話で言ったことは噂に過ぎないのではないか。いくら何でも、何十年も前に故郷を離れて都会で生活基盤を作った人間の事情くらいはわかるはずだ。歳を取れば、ますます故郷の墓参りが難しくなり、実家の両親が亡くなれば、そこが先祖の出身地であっても訪れる回数が減るのは自然の成り行きだろう。更に年月を経れば、その土地に知り合いがいなくなる。

「あのう、ですね、お墓を東京に移転させたいと思っておりまして」

強気で押すつもりだったのに、語尾が消え入りそうになった。

「はいはい、そのことはお電話でお聞きしました」

住職の受け答えは、たいしたことではないといった軽い調子に聞こえた。

「東京からわざわざお越し頂くんですから、あまりお手間を取らせるのも悪いと思いましてね、こちらで紙にまとめておいたんですよ。これをご覧ください」

住職がそう言って差し出した紙を見ると、料金が書かれていた。

――御魂《みたま》抜き　30万円

――離檀料　150万円

「何ですか、これは」
思わず大きな声を出していた。住職を凝視するが、涼しい顔で窓の外を眺めている。悟が隣から紙を覗き込み、息を吞む気配がした。だが悟は「二枚目の紙も見せて」と落ち着いた声を出したので、自分も息子に倣って腹立たしさを抑え込み、二枚目の紙を見た。
表題に「まごころ石材店と提携しています」と書かれている。
——墓石解体・撤去作業料　55万円
（クレーン車を墓地に横付けできず人力の作業となるため）
——解体せずそのまま東京へトラック輸送する場合の費用　一基につき270万円（100キロメートルにつき20万円、鹿児島—東京間を1350キロとして計算）
——更地費用　12万円
——遺骨取り出し料　遺骨一柱あたり3万円、合計27万円
（過去帳によりますと、9人の遺骨が埋葬されております）
——改葬先での御魂入れ　30万円（出張宿泊費込み）
そして一番下の行を見たとき、絶望感に襲われた。
——総額304万円〜519万円
「こんなに？　そんなあ……」
いつ頃からか、「お布施」や「初穂料」という概念は消え、「料金」とはっきり記されるよう

になった。

確か、悟の七五三のときもそうだった。もう三十年以上も前のことだ。都内でも有名な神社でやったのだが、予約する時点で、五千円コース、一万円コース、一万五千円コースと分かれていた。その方法に驚いたのは自分だけで、既に世間では常識となっていた。

いつの間にか相場を知らない世代が増え、知っていても常識外れの少額で済ませようとする人々が増えたのが原因だろうか。だが庶民なら誰しも、できるだけ安く済ませたいと願うのも無理はない。信心もなく、神社の氏子でもなければ日頃のつき合いもない。となれば、家計を最優先に考え、この際どう思われたってかまわない、どうせ一期一会なんだからと考える。そんな輩《やから》が多くなったことで、神社側も辟易したのではないか。そんな経緯で、神社仏閣らしからぬ割りきった料金設定につながったのかもしれない。

僧侶や神主や牧師だって霞《かすみ》を食って生きているわけではない。家族がいて生活がある。それを思えばお金を払うのは当たり前のことで、「お布施」などという言葉は現代社会にそぐわなくなっている。欧米の有名なキリスト教会のように、世界中から多額の寄付が集まる場合だけが、いつまでも「寄付」という美名を使えるのではないか。

だが、それらを考慮してもなお、今回の料金は高すぎた。石材店と提携していると書かれているが、要はマージンを取っているだけのことだろう。

留まるも地獄、改葬も地獄だ。

いったいどうすればいいのだろう。

「ひとつお伺いしますが」と、悟が口を開いた。「ここに石材店と提携されていると書かれていますが、他の業者に頼んでも構わないですよね?」

悟も同じことを考えていたらしい。

「いえ、それは困ります。今までも、他の石材店に頼んだ檀家さんがおられました。残念なことに手荒な作業で周辺の墓を傷つける業者が少なくないんです。その弁償費用で思わぬ高額になってしまって、どの檀家さんも後悔しておいででございました。ですから私どもは、まごころ石材店を指定業者とさせていただいております」

「……なるほど、そういうことがあるんですか」と、悟も納得する他なかったようだ。

「ご住職、今日は本当にお手数をおかけいたしました。それではいったん持ち帰りまして、主人に相談いたします」

主人に相談する……これほど便利で情けない言葉は他にない。結婚以来四十年近く、この言葉で訪問販売を撃退してきた。営業マンのほとんどが、妻には決定権がないと思っていて、その言葉に女らしさやしおらしさを見て取り、好感さえ持つようで、「また来ます」などと言ってすぐに引き揚げてくれるのだった。

早朝に羽田空港に向かうときから緊張していたこともあり、どっと疲れてしまった。悟も疲れたというので、ホテルに入って休憩することにした。シングル二室を予約したのだが、二部屋ともダブルの広い部屋にアップグレードしてくれた。

「母さん、夕飯は六時頃でいい？　このロビーで待ち合わせしよう」

夕飯は近所のレストランで取ることにし、八階に着くと、それぞれの部屋に分かれた。

部屋に入ってベッドに仰向《あおむ》けになり、天井を見つめた。少しの時間でもいいから眠って疲れを取ろうと瞼《まぶた》を閉じるが、住職から渡された料金表が脳裏を掠めてなかなか眠れなかった。


夕刻になり、悟と街に出た。

いつの間にかぐっすり眠ってしまったようで、身体も気持ちもすっきりしていた。

「私、この店がいいわ」と、全国展開しているうどんのチェーン店の前で足を止めた。

「えっ、ここ？　なんで？　母さん、せっかく鹿児島まで来たんだからさ、もっといい物食べようよ。黒毛和牛とか」

「今日はどうしてもおうどんが食べたいのよ」と私は嘘をついた。

そこはセルフサービスの店で、天ぷらや卵などのトッピングが選べるし、稲荷《いなり》寿司やおにぎりまである。なぜこんなに安いのかと不思議に思うほど安い店だ。

住職から渡された改葬費用の一覧表を見た瞬間から、お金を使うのが怖くなっていた。ここで数千円の節約をしたところで焼け石に水だと頭ではわかってはいるものの、老後の生活が壊される恐怖心が先立った。

どうしてお墓ひとつでこんなに苦しまなきゃいけないの？

ご先祖様は子孫がお金に苦労することを果たして望んでいただろうか。

「僕ちょっと考えたんだけどさ、やっぱり納骨堂がいいと思うんだよ」

悟はそう言って、スマートフォンの画面をこちらに向けた。

――都心にお墓を持とう。

――新宿駅から徒歩十分。

――天候に左右されず、手ぶらでお墓参りができます。

「どう？　いいだろ。これなら買い物や映画の帰りにでもふらっと墓参りできるよね」

「私もお父さんに納骨堂にしようって言ったことがあるのよ」

「で、親父は何て？」

「絶対にダメだって」

「どうしてダメなんだよ」

「去年だったかしら、札幌の納骨堂が倒産したニュースがあったでしょう？」

「ああ、あれならテレビで見た」

「お父さんがあの事件を持ち出すのよ。『お前はあのニュースを見て危うい商売だとは思わないのか、あんな商売が未来永劫続くと思ってるのか、お前は馬鹿じゃないのか』って。それにね、倒産したら遺骨はどうなるんだろうって私も思うのよ。そうすると、納骨堂はやっぱり無理よ」

「倒産したらしたでいいじゃん」

「経営が行き詰まることだってあるだろうさ。だけど、そんなこと考えてたらキリないだろ」

「えっ？」

「それはそうだけど、でも」

「遺骨が自動的に目の前に現れる機械式の納骨堂なら、機械のメンテナンス費用だってかかるだろうし、未来永劫ずっと円滑に動き続けるかどうかなんて誰にもわからないよ。つまり、どう転んだって未来永劫保証されるわけじゃないよ」

「そう思うんだったら悟がお父さんを説得してよ」

「嫌だね。あんな頑固親父を僕が説得できるわけないだろ」

「だったらどうすればいいのよ」

「何か方法を考えよう。この際だから親父を騙しても構わないと思う」

「それは私もそう思ってるの。老後の野垂れ死にを避けるためですもの。お父さんを騙したっていいのよ。そんなの罪じゃないわ。だってお父さん自身の老後の生活のためでもあるんだし。それより悟、その稲荷寿司、まさか残すつもりじゃないでしょうね」

「お腹いっぱいになっちゃったよ。うどんと天ぷらだけで十分だったのに、なんだか今日はストレスが溜まって食い意地が張って、欲張りすぎたみたいだ」

「残すなんてもったいないわよ。だったら私が食べてあげる」

「母さん、今日はよく食べるね。お腹いっぱいじゃないの?」

「もうお腹パンパンよ。だけど老後の資金が危ういのに残すなんてできない」

そう言って、私は百三十円の稲荷寿司を無理して口に押し込んだ。

18　松尾牧葉　38歳

鈴木哲矢と会うことになった。実に九年ぶりだ。

哲矢が指定してきたのは、昔二人でよく行ったレトロな雰囲気の喫茶店だった。

店に着いたのは約束の十五分も前だったから、早すぎたかと思ったが、奥の方で哲矢が手を振るのが見えた。

「久しぶりだね」

「本当に久しぶり」

哲矢は照れているように見えた。

「牧葉は変わらないね」

「そんなことないよ。もう三十八だもん。老けたわよ」

「三十八には見えないよ。二十代後半でも通じるよ」

私はそのときふと、槙島柳が仕事中に突然言ったのを思い出した。

——牧葉さんの横顔って、ギリシャ彫刻みたいに芸術的ですね。

そして、そのあとすぐに槙島は慌てて言った。

——あ、こういうのもセクハラなんでしたっけ？　俺やばいっすね。

——大丈夫だよ。なんなら「人の顔じろじろ見てんじゃないわよ」って言い返すこともできるんだから、そういうときはセクハラって言わないよ。

——ああ、良かった。ということは、これからも牧葉さんに対してはセクハラかどうかなんて神経質にならなくてもオッケーですよね？

——そうはいかないよ。「ババア」だとか「老けてる」なんて言ったら、槙島くんの査定は最低にする。

——やばっ、気をつけよ。

そんなたわいもない会話で笑い合った。

槙島と一緒に仕事をするようになって、いつも間近で若い男の横顔を見ているせいか、哲矢がかつての精悍《せいかん》な顔つきの青年ではなくて、頰のたるんだ中年男に見えた。皺もまたダンディで魅力的な大人の男性に見せる小道具だと思っていたが、なんか違う。過去に面食いだったことは一度もないし、自分だって人のことを言えた義理じゃないことは重々わかっているのだけれど。

「会ってくれるとは思わなかったから嬉しかった」

以前の哲矢なら、面と向かってこれほど素直な感情を口にしなかったように思う。これも大人になったということなのか。子供の頃は素直でも、そのうち卑屈な劣等感やケチな優越感が邪魔して素直になれなくなるが、様々な人生経験を経て心が大きくなった人間だけが自分をさらけ出せる大人になるのかもしれない。

「ＬＩＮＥにも書いたけど、別れたことをずっと後悔してたんだ」

哲矢はそう言って私を見つめた。

私も同じ気持ちよ、などといった答えを期待されているのを感じた。だが、私は後悔しているとまで言いきることはできなかった。給料もまあまあもらっているし、一人暮らしは自由で楽しかった。これといった趣味があるわけではないが、年に何回かは学生時代の女ともだち三人で旅行をするし、休日は読書や映画鑑賞や美術館巡りなど数えきれない楽しみがある。

でも……。

「ときどき考えることはあるよ。あのとき哲矢と結婚していたら今頃どうなってたかなって」

そう言うと、哲矢が嬉しそうに目を輝かせたので誤解させてしまったかと、瞬時に後悔した。

あのとき哲矢と結婚していたらと考えるのは甘い妄想ではなくて、単なる年齢計算だった。

もしも九年前に結婚していたら、子供が何人か生まれているかもしれなかった。第一子は小学生で、第二子以降は保育園に通っている。そして隣の部署の先輩女性のように、仕事と家事と育児で疲弊して暗い顔をしているだろう。それとも子煩悩で料理上手の夫を持つ先輩のように、いつも楽しそうな顔をしていられるのだろうか。

だけど哲矢は男だから、結婚後の自分を想像するとき、家事育児で疲弊する姿を思い浮かべることはないだろう。明るく楽しい家庭を思い描いているとしたら、そのギャップは埋めようがないほどの絶望感が伴う。

「あの頃の僕は、本当に頭が古かったと今になって思うんだよ」

そう言ったあと哲矢は、居酒屋で出会った四人組の若者の話をしてくれた。

「衝撃的だったよ。自分の名字を捨てて妻の名字を名乗ることに抵抗を感じない若い男たちが増えてるって知ったときは」

「うちの会社には、そんな柔軟な考え方をする男性はいないように思うけどね」

つい最近見たニュース特集でも、結婚時に夫の姓を名乗るのが九十六パーセントだと言っていたはずだ。

「最近の若い男たちは軽やかだよ。僕、反省させられた。そもそも僕には継ぐべき御大層な家や墓なんてないんだよ」

「それは、どういう意味？」と言いながら、新潟の墓を思い浮かべていた。

「例えば伝統芸能の家元だとか大会社の創業家くらいじゃないと、子に継がせるべき稼業も墓もないっていう意味だよ。庶民には関係ない話なんだ」

「その考え方はちょっと極端な気もするけど、長い歴史を考えれば、確かにそういった面はあるわね」

「それなのに僕ときたら、墓だとか家だとか実際の生活には関係のないことに自由を奪われてきたんじゃないかと思ったんだ」

「そうね。そういった面は多かれ少なかれ誰しもあるんでしょうね」

日本人の九割近くがサラリーマンだとテレビで言っていた。農林漁業の自営業は減る一方だから、ほとんどの日本人が、出生地と進学先や就職先、そして晩年を過ごす地域が異なっている。そうなると、家を継ぐという意味がますますわからなくなる。

「だからさ、できればもう一度つき合ってもらえないかと思って」

そう言って、哲矢は再び私を真正面から見つめた。

「……うん、少し考えてみるけど、でも」

「でも？　なに？　もしかして今つき合っている男がいるとか？」と、心配そうに覗き込む。

「ううん、彼氏はいないよ。だけどあれから九年も経ったことだし、お互いに変化した部分もあると思うから、今さら上手《うま》くいくかどうかはわからないし」

「そりゃそうだ。牧葉の言う通りだと僕も思うよ。だから上手くいくかどうかを見極めるためにも、こうやってときどき会ってくれないかな」

「オッケー。結婚がダメでも友だちなら上手くいくかもしれないしね」

哲矢の顔つきが真剣であればあるほど逃げたくなってくる。だから軽い調子で答えた。

「そう言ってもらえて嬉しいよ」と、哲矢はコーヒーを一口飲んでから続けた。「あれから九年も経って牧葉も歳を取ったから、子供はもう難しいかもしれないね」

え？

いきなり嫌悪感に襲われた。

私自身も全く同じことを考えていたのだから、それを男性側から言われたからといって嫌悪感を抱く自分はフェアじゃない、とは思う。

「でも僕は、不妊治療には全面的に協力するつもりだよ」

「不妊治療……」

私はそこまでして子供を欲しいとは思っていなかった。

「日本に夫婦別姓制度がないことがカップルの結婚を邪魔してると思うんだよ。その法律さえあれば、きっと僕たち九年前に結婚してたはずなんだ。そしたら今頃は三人くらい子供がいたかもしれない。そう考えると、日本政府を恨みたくもなるよな。少子化対策とか言っちゃって、まるでとんちんかんな政策ばかりでさ、何で政治家ってあそこまで馬鹿なんだろうね」

以前の哲矢とは雰囲気が違う気がした。たぶん会うのが久しぶりだから、緊張や高揚で、余計なことまでべらべらしゃべってしまっているせいだろう。

今後もときどき会うことを、ついさっき簡単に了承してしまったが、話しているうちに、何か違う、ちょっと違う、何だかもやもやする……つまり早い話が、あんまり好きなタイプじゃないと気づいてしまった。

この際だから、最も重要なことを正面切って尋ねることにした。

「あのさ、哲矢はさ、居酒屋で会った若い男性たちの会話が耳に入って来て反省したってことだったよね」

「うん、そうだよ」

「つまり哲矢は、自分の名字を変えてもいいと思ったってことだよね?」

「というかね、あの若者たちの真っ直ぐさに比べて、自分はなんと歪んでいるんだろうって反省したんだよ」

なぜはっきりイエスかノーで答えないのか。

「だって僕、もうすぐ四十歳になるし、そろそろ人生の折り返し地点だっていうのに、若い男たちの方がずっと寛大に思えたんだよ」

「うん、それで?」

「だからさ、あの頃の僕たちは名字のことなんかで別れてしまって、本末転倒だったと思う。本当にバカだった。そうだろ?」

「……そうかもね」

「それに、うちの親父が心筋梗塞で亡くなってね」

「あら、知らなかった。それはご愁傷様」

「仮に僕が妻側の名字を名乗ったとしても、強硬に反対する人間はいなくなったんだよ」

「だったら、哲矢は自分の名字を変えてもいいと思ってるんだね？」

「僕も年齢とともに考え方が柔軟になってきたんだと思うんだよね」

だからさ、イエスかノーかで答えなさいよっ。

「牧葉も僕と同じように考えたんじゃない？　過去の自分の小ささを思い知るっていうのかな、名字とかつまらないことにこだわって大きな幸せを逃してしまって愚かだったって」

この男はいったい何が言いたいのか。まさか、私の方が譲歩すると期待して会いにきたのか。

「ねえ哲矢、私はね、今でも鈴木姓になるのは嫌だと思ってるの」

「えっ、そうなのか？」と、哲矢は驚いたように目を見開いた。

「何なのよ。哲矢は昔と変わらないじゃないの。今も名字を変えたくないんでしょう？　私に鈴木姓を名乗れって言ってるんでしょう？」

「そうじゃないよ。お互いにあのときよりは大人になったから、もう一度話し合おうって言ってるんだよ」

「私には話し合う余地はないの。暴力を振るう父親を思い出すから鈴木姓になることはあり得ない。言いたいことはそれだけ。私、もう帰るね」

そう言ってから伝票を手に取り、自分が頼んだアイスティーの値段を確かめた。財布から五百円玉を取り出して「私の分は五百円ちょうどだから」と言ってテーブルに置いた。細かいことだが、一円たりともおごられるのもおごるのも嫌だった。こういう金銭感覚は母から影響を受けている。

「ちょっと待ってくれよ。牧葉、おい、本当に帰る気か？　相変わらず我儘だなあ。わかったよ。だったら今夜またＬＩＮＥするから」

返事をせずに店を出た。

会わなければよかった。

哲矢と過ごした二十代の頃の楽しい思い出が、薄汚れたものに変わってしまった気がした。

19　松尾五月　61歳

家でミシン掛けをしていると、康子からＬＩＮＥが届いた。

——魔女が売れた！　一体２３００円也。

――やったじゃん。

――増産計画アリ。作成者募集中。

――はい、応募します。今から家に行っていい？

新しい物に挑戦すると思うと気分が弾む。

休憩時の茶菓子にと、業務スーパーで買ったポーランド製の全粒粉ビスケットを手土産に最上階へ向かった。

康子の仕事部屋に入ると、床一面に魔女用の黒い生地が広げられていて、作業台の上には、既に七割方出来上がっている二体目が置いてあった。一体目より目つきが微妙に柔らかい。個体ごとに表情が異なるのが、いかにも手作りといった感じがして味がある。

「二体目は早いよ。最初のは試行錯誤したから丸三日かかったけど、この調子だと作るたびにスピードが増すはず」と、康子は自信たっぷりに言った。

やる気満々といった康子の表情が私は好きだった。こちらまで気持ちが上がる。去年の今頃は暗い顔でテーブルを挟んで向かい合い、スーパーのレジ、馘になるかもね、エンディングノートはときどき更新しなきゃならないらしいよ、面倒だね、自分が死んだあとのことなんてどうだっていいじゃん、などと人生に対して投げやりな言葉をぶつけ合っていたのだった。そんな情景が、まるで遠い昔のことのように思えてくる。

「五月さんに裁断を任せてもいいかな？」

「了解！」

康子の描いたイラストの寸法を見ながら包装紙で型紙を作った。前身頃に後ろ身頃に袖《そで》……それらをサテン地の上に並べていく。マントと帽子の型紙はフェルト地の上だ。どういう配置なら生地の無駄を最小にできるか。生地の上に型紙を滑《すべ》らせながら、ああでもない、こうでもないと検討していたとき、康子のスマートフォンからメロディが流れてきた。

「あら、市議会議員の丘さんからだよ」

この前ここに来たとき、夫婦別姓について康子に話したのだった。地球上で日本だけが別姓を許されない理由を知りたかった。名字の問題で結婚を諦めた牧葉が可哀想でたまらなかったし、その原因を作ったのはクズ男と結婚した愚かな自分だと思うと、この世から消えてしまいたくなることがある。そのうえ牧葉に影響されたのか、詩穂までが名字を変えるのは嫌だと言い始めているのだ。

「もしもし、こんにちは。今日はどうされたんですか？　えっ、本当ですか？」

康子はこちらを振り向き、親指と人差し指で丸を作った。何のことかはわからないが、いいことがあったらしい。

「はい、もちろん行きます。嬉しいです。お手数をおかけしますが、よろしくお願いします。本当にありがとうございました」

そう言って、康子は電話を切った。

「元衆議院議員の大倉天次郎《おおくらてんじろう》が説明会を開いてくれるんだって」

「説明会？　いったい何の？」

「やだ。選択的夫婦別姓に反対する理由についてだよ」

「へえ、驚き。糾弾《きゅうだん》されるかもしれないのに説明会だなんて。オレは逃げも隠れもしないってことだよね。堂々としてる」

「自信があるんじゃない？　反対する確固たる理由があるってことだよ」

「だろうね。でも、どんな理由なんだろう。私には想像もつかないけど」

「私も五月さんに言われてから名字のこと考えてみたんだよ。結婚して名字が変わったことで本当はものすごく不便だったことや、心理的にも悪影響があったってことに初めて気づいたんだよ。あ、そろそろお茶にしようよ」

康子は台所に入って湯を沸かしながら続けた。「小学校に入学したとき、お友だちはさん付けで呼びましょうって学校で教わったでしょう？　だから私も仲のいい子を田中《たなか》さんとか山田《やまだ》さんとか呼んでたわけよ。それが大人になるまでずっと続いていたのに、結婚して名字が変わったからって、急にダンナさんの名字で呼ぶのも違和感ありまくりだし、ましてや和美《かずみ》さんとか律子《りつこ》さんなんて下の名前で呼ぶなんて今さら気恥ずかしくてさ。青春ドラマみたいに下の名前を呼び捨てにする習慣は私にはなかったからね。だから、いまだに何て呼んでいいかわからないのよ。もう五十年以上のつき合いなのに、だよ」

「わかる、わかる。私なんて二回も結婚してるし、下の名前をさん付けで呼ぶのも呼ばれるのもよそよそしくてさ、だってさ、お上品なご婦人みたいで恥ずかしいじゃない」

「そうそう。私たちみたいに、出会った当初から意識して下の名前で呼ぶようにしたなら話は別だけど」

「康子さんがある日突然言いだしたんだよね。お互いに下の名前で呼びましょうよって。それまでは私のこと『詩穂ちゃんのママ』とか『松尾さん』て呼んでたもんね」

「そうだったね。ちょうどあの頃、知り合いが離婚して旧姓に戻ったばかりだったの。やっとダンナの名字で呼ぶのに抵抗が薄れつつあったのに、また元の名字で呼ぶのかと思うと、そんなのに翻弄《ほんろう》される身がしみじみ惨めになっちゃってさ。だって、人の名前って想像以上に大切なものだと思うんだよね。長年の親しみもあるわけだし。小学校の頃からの親友なのに、どう呼べばいいかわからないなんて、とっても悲しいよ」

「康子さんがそんなこと考えてるなんて知らなかった。だって、『やすだやすこ』という名前が漫才師みたいで面白くて気に入ってると思ってたから」

「それ、マジで言ってる？　そんな名前を気に入る女がこの世にいると思う？」

「え？」

「冗談で笑い飛ばすしかないからそう言ったのよ」

「それは知らなかった……ごめん」

「いいよ、五月さんのそういうところが私は好きなんだから」

そういうところって、どういうところよ。まさか、鈍感なところじゃないでしょうね。好きって言われても心は複雑だよ、ねえ、康子さん。

20　中林悟　37歳

母と一緒に都内の仏壇店に行った。

父の実家にある仏壇は畳一畳分ほどある大きなものだ。それを母は嫌がり、いま流行りのコンパクトなものに買い替えたいと言うのだった。予想通り、それを聞いた父はいい顔をしなかった。だが母は粘った。

――仏壇の裏側を想像するだけでぞっとするのよ。きっと虫が食った痕《あと》が無数にあるに違いないわ。ネズミが齧《かじ》った痕もあるんじゃないかしら。だってあの家は湿気がすごかったし、あ、もう、不衛生極まりないわ。

それを横で聞いていた自分も鳥肌が立った。だから母に加勢した。

――そんな病原菌の塊みたいなのを家に持ち込まない方がいいよ。

母は家に愛着を持っている。三十年ローンで買った小さな一戸建てだが、猫の額ほどの庭に芝生を植えて、ガーデン用の白いテーブルセットを置いている。家具からスプーン一本に至るまで気に入ったものを揃えてきた。それもあって、古くて巨大な仏壇を家に入れるのが我慢ならないのだろう。

——そうは言うが、あれは先祖代々伝わってきた大切なものだからな。

父はそう言って折れなかった。

——新品の方がご先祖様もきっと喜ぶはずよ。誰だって衛生的な方が気持ちいいに決まってるもの。

今までにない母の勢いに押されたのか、それとも細かいことに口出ししたら九州男児の名が廃るとでも思ったのか、父は珍しく「順子に任せる」と言った。

その勢いに乗って、母は怒濤《どとう》のごとくしゃべりまくり、墓は納骨堂にするしかないのだと父を説得にかかった。住職に改葬費用を吹っかけられたこと、加えて東京の墓地は思っていたより高額で、選択肢は既に納骨堂しか残されていないことを、預金通帳を見せながら涙ながらに訴えたのだった。

父は腕組みをして黙ってしまったが、家計を預かるしっかり者の主婦から預金通帳を突き付けられると、さすがに何も言い返せないようだった。だが、最後まで父は「うん」とは言わなかった。

そんな経緯があり、今日は母と二人で仏壇店巡りをすることになった。父が会社のOB会で家を留守にする日を狙った。父が一緒だと何でもかんでもややこしくなってしまうからと母は言ったが、要はどんなのでもいいからとにかく最も安い仏壇を買いたいという気持ちが、一軒目の仏壇店での母の態度から容易に見て取れた。父がいたらきっと高級な物にしか目を向けないだろうから、父の目が届かないところで早々に決めてしまいたかったのだろう。

たぶん母は事後報告するつもりなのだ。

――このお仏壇はね、お店の中で二番目に高かったのよ。

などと出まかせを言って。

「ねえ悟、私もう足が疲れちゃった。喫茶店でお茶を飲んでから帰りましょうよ」

母がそう言うので駅前の複合ビルに入り、エレベーターを待っているときだった。

「あれ？　中林さんじゃないですか」

振り向くと、詩穂の母親が立っていた。

「あらまあ、松尾さん。いつもうちの息子がお世話になっております」

母はマナー教室の講師かと思うほど、エレガントなお辞儀をした。

「僕たちこれから喫茶店に行くところなんですけど、よかったらご一緒にどうですか？」と、僕は思いきって誘ってみた。

詩穂の母親は僕を舐めきっているから苦手だった。だから本当なら挨拶だけ交わして左右にぱっと分かれたいところだが、どうにかして詩穂の最近の様子を知りたかった。というのも、鹿児島に行ったのを最後に、詩穂は忙しいだとか疲れているなどと言って会ってくれなくなったからだ。それでもしつこくＬＩＮＥすると、既読スルー状態となり、数日が過ぎていた。

「ちょうど良かった。喉がからからだったんです」と、詩穂の母親は嬉しそうににっこり笑った。たぶん本当に喉が渇いていたのだろう。愛想笑いができない分、正直でわかりやすいといえばわかりやすい。それでも好きにはなれないが。

喫茶店に入ると、母親二人に壁際のソファ席を勧め、自分は向かいの椅子に腰かけた。

「息子さんと二人でお買い物なんて、仲がいいんですね」

そう言って詩穂の母親は、隣席の母を覗き込むようにして見た。その目つきが何か言いたそうで気になる。

この息子はいい歳をして母親に洋服を選んでもらっているなどと誤解されたら困る。それが詩穂の耳に入るかもしれない。そんなこんなが頭に思い浮かんだので、僕は言った。「今日は母と仏壇を見に来たんですよ、仏壇を」と、仏壇の部分を強調した。洋服じゃなくて仏壇なんだと。

「仏壇、ですか？」と、詩穂の母親が問い直した。

「そうなんです」と母が続けた。「主人の実家のお墓を東京に改葬しようかって話になってるんです。そのついでに仏壇も新調したらどうかって」

「なるほど、改葬されるんですか」

「そうなんですよ。鹿児島は遠くてね。だから東京に」と、既に母が言ったことなのに僕は繰り返して言った。これでもう自分は鹿児島の墓守ではなくなるのだと、詩穂にも伝えてもらいたかった。

「そういえば、お宅のお嬢さんは地味婚を望んでおられると聞きましたが？」と母が余計なことを言いだした。

「ちょっと母さん」

何もここで蒸し返さなくてもいいじゃないかと思うと腹立たしかった。母はいまだに納得していなかったのか。

「地味婚？　ああ、そう言えばそう言ってたような」と、詩穂の母親は興味なさそうに答えた。

「まっ、どっちにせよ、二人の好きなようにやればいいんじゃないですか？　親が口出すことじゃないし。そもそも二人とも三十過ぎてるんだし」

その言葉が母は気に入らなかったらしく、何も言い返さず紅茶をごくりと飲んだ。その一方で、僕はほっとしていた。今、詩穂の母親は二人が結婚する前提で話をした。ということは、二人の間がうまくいっていないだとか、もう別れたいなどと、詩穂は親に報告していないということだ。それがわかっただけでもお茶に誘った意味があった。

まだ脈はある。二年もつき合ってきて結婚も決まったのに、ここに来て別れるなんて絶対に避けたかった。

「でもね、結婚という人生の節目は大切にした方がいいと思うんですよね」と、母は諦めきれないらしい。

「詩穂さんはバージンロードを歩くのが嫌だと言ってたよ。父親から夫に引き渡すなんて、まるで女性をモノ扱いしてるって」と、僕は母を黙らせるために言った。

「へえ、あの子、いつの間にそんなウーマンリブみたいなこと言うようになったんだろ。とはいえ、女なら誰だってバージンロードって言葉自体が鳥肌ものですけどね。ねえ、奥さん」

詩穂の母が、うちの母に同意を求めた。だが、うちの母はまるで聞こえなかったかのように、頷きもしなかった。そんな母の態度に気づかないのか、詩穂の母親は「それより仏壇、どうだったんです？　いいのが見つかったんですか？」と尋ねた。

「なかなか楽しかったですよ」と、母は仏壇の話になると、いきなり表情が明るくなった。「仏壇屋さんに行ったのは初めてだったんですけどね、最近はコンパクトな仏壇の売れ行きがいいらしいんですよ」

実際に気に入ったものが三点ほどあり、パンフレットを持ち帰って検討することになった。

「それよりね、お寺のことで色々あって大変だったんですよ」と、母は何を思ったか、鹿児島の本堂建て替えの寄付金のことや、改葬費用が高額なことを話しだした。

きっと母は誰でもいいから話を聞いてもらいたかったのだろう。父に話せば何を言いだすかわからないから、正直に話すことができないのだ。

「母さん、何もそこまで詳しく話さなくても」と思わず口を挟んでいた。

「え？　あら、私ったら恥ずかしいわ。お金のことばかり言って」

「そんなことありませんよ。お墓のことなら、うちも他人事じゃないですから」と、詩穂の母親が言った。

「松尾家のお墓はどちらに？」と、母が尋ねる。

「新潟です。今はまだいいとしても、もっと歳を取ったら、お墓参りに行けないと思うんです」

「わかります。遠い所にあるとほんと大変ですよね」と母が言う。

「それで、さっきの話に戻りますけど、鹿児島のご住職から請求された改葬にかかる費用というのは、おいくらだったんですか？」

不躾な質問なのに、母は意外にも嬉しそうな顔をした。

「それがね、吹っかけられているとしか思えない額なんですよ。例えば……」

母は改葬にかかる費用を包み隠さず話した。項目ごとの料金をすべて正確に覚えていたのには驚いた。それほど母にとって深刻な金額なのだろう。

聞き終えた詩穂の母親は、「それはひどい」と言って両手で口を押さえた。

「でしょう？　やっぱりひどいと思いますよね？　私の感覚、決して間違っていないですよね？」と、母は念を押した。墓の話になると、父は母をケチで非常識で下品な女といったふうに扱う。だからなのか、いったい何が正しいのか母はわからなくなり、自分に自信を失いかけていたのかもしれない。

「間違ってなんかないですよ。そんな金額あり得ないでしょう。改葬するだけでそんなにかかるなんて非常識ですよ」

詩穂の母親から非常識などという言葉が飛び出すとは思わなかった。日頃のあなたの言動も相当ですけどね、と心の中で言った。

「ですけどね、うちの夫はそれくらいかかっても仕方がないって言うんです」

「仕方がないで済まされる金額じゃありませんよ」

「ですよね？　そう思いますよね？　嬉しいわあ。わかってくれる人がいて」

「だって一気に預金が目減りして、私なら老後の生活が心配になりますもん」

「そう、そこなんですよっ」

六十代女性二人は意気投合し、親しげに見つめ合った。

そのとき、詩穂の母親がこちらを見た。まるで僕の存在に初めて気づいたかのように。

「悟さん、おばさん同士の愚痴大会が聞きたくなければ先に帰ってもいいわよ」

なんと、詩穂の母親は僕に向かってそう言った。まるで邪魔者扱いだ。

絶句してしまったが、母は全く気にならない様子で、「魂抜きとか魂入れとかね、主人の前では言えないけれど、本当に嫌になっちゃいます」と言った。

「そんなの迷信ですよ。抜いたり入れたりできるんなら、その魂ってものを見せてみろって、今度住職に言っておやりなさいよ」と詩穂の母親は言った。

出たよ。いつもの非常識発言が。

一瞬にして母の顔つきが親しみから軽蔑に変わるはず……と思っていたら、母はいきなり腹を抱えて笑いだした。「面白い人だわ。ほんと面白い。詩穂さんのお母さんて、うふふ」

ひとしきり笑ったあと、母は真顔になった。今日の母は百面相のようだ。様々な難題が押し寄せてきて、情緒不安定になっているのか。

「でも本当のところ、いったいどうすればいいのやら。いえね、お金がないってわけじゃないんですよ。ですけどね、そんなことにお金が出ていくのが我慢ならないんですよ。どう転んでも多額の費用がかかりそうで、墓を残すも地獄、改葬も地獄ってね、笑い話にもならないわって悟と話してるんです」

母が打って変わって沈んだ声で言い、冷めた紅茶を一口飲んだ。

「そんなの簡単ですよ」と詩穂の母親は言った。

「簡単？　何かいいお考えがあるんですか？」と、母は紅茶のカップを置き、詩穂の母親の横顔を期待に溢れた目で見つめた。

「僕だっていいアイデアならあるよ」と口を挟んでいた。詩穂の母親が考えている程度のことなら僕だって考えていると示したかった。これ以上舐められたくないから先に言ってしまわなければと焦った。

「悟のアイデアって何なの?」と母が尋ねた。

「例えば、墓石の解体業者や石材店は、もっと安いところをネットで探せばいいと思うんだよ。周辺の墓を傷つけないよう重々注意してほしいと頼めばいいさ。何も住職が指定した業者じゃなくてもいいんだから」

「そういうことすると、住職がいい顔しないわよ」

「母さん、もう住職の顔色を窺うのはやめようよ」

「そうは言うけど、お父さんが何て言うか」

「だから親父にいちいち報告しなきゃいいんだってば」

母子《おやこ》の会話が続く中、詩穂の母親は口を出さずに、ゆっくりとカフェオレを飲んでいるのが気になった。何を考えているのだろう。

「あら、すみません。こんな内輪の話を聞かせてしまって」と、詩穂の母親の不気味な沈黙に気づいたのか、母は早口で続けて言った。「悟、もうこの話はよしましょう。恥ずかしいわ。言いだしたのは私だけど」

「恥ずかしいことじゃないですよ。詩穂にも関係あることですし」

ここで再び確信した。詩穂と僕が結婚するのは決定事項だと思っているらしい。やはり、まだ脈はある。

「さっきのお話だと」と、詩穂の母親が話しだした。「本堂の建て替えがきっかけで檀家がどんどん減っているってことですよね。もともと檀家の数が少ない田舎のお寺であれば、どうせ次の買い手も現れないでしょう？　だったらお墓は放っておいてもいいんじゃないですか？　そしたら墓石の解体や更地にする費用が浮きますよ」

やはり詩穂の母親は品がない。費用さえ浮けばいいってものではないのだ。放っておけば寺側に迷惑をかける。詩穂の母親のようなズル賢い人間は、そもそも信頼だとか信用だとかの目に見えない人間関係の価値をどう考えているのか。

「つまりね、東京で新しくお墓を建てて、ご主人の代からの遺骨を納めればいいんですよ」と詩穂の母親が言った。

「それでは主人が納得しません。墓石はともかくとして、ご先祖様の遺骨をそのまま置き去りにするなんてことは、とてもじゃないけど」

「だったら夜中にこっそり行って、遺骨を取り出せばいいじゃないですか」

「えっ？」

「はっ？」

母と僕の声が揃った。

詩穂の母親の顔つきからして、冗談で言ったのではなさそうだった。思った以上に変な性格らしい。

「そんな無茶なことできませんよ。法律的にも無理なんです。だってね」と言いながら、母はバッグの中から手帳を取り出してメモを見ながら続けて言った。「まず初めに、鹿児島の市役所に出向いて、改葬許可申請書ってものを提出しなきゃならないんです。その手続きを踏んで初めて市から埋葬・埋蔵・収蔵証明書を出してもらえるんですよ。だから東京の墓地に改葬するためには、その証明書が必要なんです。勝手に掘り起こすなんてことはできないんです」

「ええ、ですからね、その証明書をもらってから遺骨を掘り出せばいいんですよ」

「あ……なるほど。そう言われてみれば確かに。なんでそんな簡単なことを思いつかなかったのかしら」と母が言ったので驚いた。

「母さん、なにバカなこと言ってるんだよ」

「だって、悟……」と母が言いかけたとき、「悟さんはまだ若いからわからないんだよ」と、詩穂の母親が割って入った。

「わからないって、何がですか？」

「老後の生活だよ。背に腹は代えられないっていう切羽詰まった気持ちだよ。年金は毎年削られていくし、医療費の負担は増えていくし、悟さんのお父さんは既に定年退職して今は働いてないんだし、お母さんも家にいる。となればお金は出ていくばっかりで心もとないものなんだよ。そんなときに世間体だとか常識だとか構ってる場合じゃないんだってばっ」

どうして僕が詩穂の母親に叱られなければならないのか。

詩穂と結婚したあと、こんなとんでもない女性が僕の義理の母になるかと思うと想像しただけで嫌になる。詩穂と結婚したい気持ちは今も変わらないが、それでもなんとかしてこの母親との関わり合いは最小限にしたい。

パソコンで仕事をしているとき、ふと思いついて「松尾悟」と打ってみたことがあった。ものすごい違和感があったから、すぐに削除した。絶対に嫌だという拒否感はどうしようもない。そのうえ、こんな変人の母親と同じ名字になって松尾家の一員になるなんてぞっとする。

21　松尾五月　61歳

康子と二人で区民ホールへ向かった。

今日は大倉天次郎が説明会を開いてくれる日だ。

会場は思ったより広かった。舞台もあるし、客席は階段形式になっていて、二百席以上はありそうだ。

早めに着いたつもりだったが、既に半分以上の席が埋まっていて、その九割近くが女性だった。年齢層は幅広いが、半数以上が若い女性だ。

「天次郎の表情の動きを、間近でしかと確かめたい」と私は言った。

「だったら最前列に座ろうよ」と康子が言い、二人で通路を前へ前へと進んでいった。

舞台にはホワイトボードが設置されていて、その横で市議の丘千夏が大きなマイクを持ち、「あ、あ、聞こえますか」と声を発している。そして、その隣のパイプ椅子には、見覚えのある女性が座っていた。

「ねえ康子さん、あの女の人、誰だっけ」

「朝の情報番組によく出てるでしょ。弁護士の堂本真理《どうもとまり》だよ」

「へえ、なんだか本格的だね。弁護士まで呼んでいるとはね」

こぢんまりした集まりだと思っていたので、規模の大きさに驚いていた。市議の丘千夏の力の入れようが伝わってくるというものだ。こちらが声掛けする以前から、選択的夫婦別姓について何か思うところがあったのだろうか。

そのとき、背後の席から女性の話し声が聞こえてきた。

「引き際を知らない人間ってかっこ悪いわね」

「まさに老害よ」

「でも、息子に継がせてないだけマシかも」

「それはそうね。だけど、よくものこのこ出てくる気になったわね。糾弾されるってこと、わかってないのかしら」

「引退してから暇を持て余してるのよ、きっと」

天次郎は何年も前に国会議員を引退したはずだが、今なお与党のドンと言われているらしい。

そのとき、丘千夏がマイクを持って中央に立ったのが見えた。

「開始時刻になりましたので始めさせていただきます。わたくし本日の司会を務めます市議会議員の丘千夏と申します。今日は大勢の方にお集まりいただきまして、誠にありがとうございます。本日の議題は、選択的夫婦別姓制度についてです」

そう言ったあと丘千夏は、弁護士である堂本真理の紹介をしてから続けた。「最後に質問コーナーがございますので、遠慮なくどんどん質問なさってください。それでは元衆議院議員の大倉天次郎さんのご登場です。拍手でお迎えください」

舞台の袖から天次郎が両手を上げて手を振りながら現れた。満面の笑みだった。

「みなさん、こんにちは」

客席から一斉に「こんにちは」と元気な声が返ってきて、天次郎は一層気を良くしたように見えた。

「最初に言っておきますけどね、俺はさ、選択的夫婦別姓については大、大、大反対なんだ。これはね、みなさんが何をおっしゃろうともね、絶対に譲れないんだよ」

広島訛《なま》りのしわがれ声で、天次郎はいきなり本題に入った。その途端に会場中から「ええっ」「なんでよ」と、一斉に声が上がった。

そのとき早くも「質問でーす」と、よく通る声が後ろの方から聞こえてきた。振り向いて見てみると、四十歳前後と見える女性が高々と手を挙げている。

丘千夏は戸惑った表情で「少々お待ちください」と言いながら天次郎に歩み寄り、何やら耳打ちしている。まだ始まったばかりなのに質問を受けていいものかどうかを確認しているのだろう。

天次郎が鷹揚に頷いているのが見えた。

「ご質問、どうぞ」と丘千夏が言うと、アルバイトらしき男の子がマイクを持って走ってきた。高校の制服を着ていて動作が機敏だ。近づくにつれて丘千夏に瓜《うり》二つだとわかった。どうやら息子を動員したらしい。

「どうぞ」とマイクを渡す声が聞こえ、アルバイト男子は邪魔にならないよう、すぐ横の階段形式の通路に腰を下ろして両手で膝を抱えて身を縮こまらせた。

「質問します。この国では男女どちらかが名字を奪われなければ結婚できない制度になっています。そういうのは今や地球上で日本だけなんです。言い換えますと、妻と夫がお互いに対等なままでは結婚できないってことなんですよ。世界標準から何十年も遅れていて、そのことを恥ずかしいと思う日本人男性も昨今は増えてきたようですが、先生はそれについてはどうお考えですか？」

「まあ、まあ、そう熱くなりなさんな」と宥める天次郎は、今にも噴き出しそうな顔をしていた。今の質問がおかしくてたまらないらしい。

天次郎の心の内が容易に見てとれた。楽しくて仕方がないといった余裕の表情をしている。頭の悪い女が感情的になって喚《わめ》いている。可愛いものだ。ちょろいものさ。どうやら俺の出番だ。一級市民であるオレ様が、二級市民の女どもを諭してやらねばならない。きっと、そう思っている。

これと似たような光景は、過去に何度も見たことがある。とはいえ、もう三十年以上も前の話だ。今や天次郎のような男性は少数派になったのではなかったか。この会場の中で、天次郎だけが時代から取り残されているように見えた。

天次郎は人情家だと言われてきた。広島訛りの独特のイントネーションで、演歌か浪花節《なにわぶし》を思わせるような、ねちっこい話し方をする。東大を出ているのにインテリっぽくないし、田舎者丸出しでクールでもシャープでもない。そんな庶民らしさが受けた時代があったのだろう。

「あのね俺はね、名字を変えたくない女性がいるなんて、ついこの前まで知らなかったのよ。そんなの俺だけじゃなくてね、長老の政治家たちはみんな驚いてるわけよ。だってさ、俺たちの嫁さんはみんな大和撫子《やまとなでしこ》だから」

そう言うと、ふふふと楽しそうに笑い、自慢げな顔つきで会場を見渡した。

ああ、ズレている。

封建時代の家長かよ。

古くて話にならないよ。

まるで昭和時代にタイムスリップしたかのようだ。

彼が「大和撫子」と言った途端に会場中がざわめき出していたが、康子は何も言わずに足元の暗がりをじっと見つめていた。

「ねえ、五月さん」と、康子は顔を上げてこちらを見た。「天次郎本人はわかっていないようだね。天次郎みたいな爺さんたちが死ぬのを今か今かと私たちが待っているってことを」

見ると、康子は殺し屋のような鋭い目つきをしていた。

「大和撫子って何なのよ。想像以上の世間知らずだわ。こんな爺さんと議論する価値あると思う？　時間の無駄でしょ」

康子は、人生何度目かの絶望と諦めの境地に陥ってしまったようだ。講演はまだ始まったばかりだというのに。

「私も康子さんと同じ気持ちだよ。憎まれっ子世にはばかるって、まさに天次郎のことだね」と私は続けた。「だけど、ああいう爺さんたちは、残念ながら長生きするよ。だって楽しそうによく笑うし血色もいい。ヤツが死ぬのを待っていたら、日本の結婚難も少子化も解消しないね。うちの娘たちが可哀想だよ」

「だけど……ここで負けるわけにはいかない」と、康子は低い声で言った。

「それはそうだけど、でも、どうすればいいのやら」

「諦めたら負けだよ。五月さんの娘たちのためにも何とかしないと」

「そうだね。このままだと日本はダメになるね」

国会議員でもない自分たちが焦ったところで何ができるのか。国会議員の半分が女性ならば、とっくの昔にこんな法案は通っているはずなのだ。

そのとき、「よろしいでしょうか」と、後方から女性の声が聞こえてきた。振り向くと、七十歳くらいの上品な女性が手を挙げていた。アルバイト男子がマイクを持って走っていく。

「私は長年イギリスに住んでおりました。向こうでは名字が自由に選べるんです。それどころか創作することもできるんですよ。そのうえ十八歳になったら自分の名字も下の名前も変えることもできます。そんな自由な制度の国でも、生活するうえで何の支障もないようでした。天次郎先生は、そういった海外の事情をご存じでしょうか」

「はいはいはい。あのね、ここは日本なの。ね？　だから今ここで、イギリスの話をしても仕方がないの」

教え諭すような天次郎の声音はいかにも優し気だった。こちらまで屈辱感でいっぱいになる。

「ストレス溜まりまくり」と、私は小声で康子に言った。

「五月さん、爆発しないように気をつけてね」

「考えてもみなさいよ、子供が可哀想だろ？」と天次郎は言い、いきなり子供の泣き真似《まね》をした。「学校でいじめられるんだよう。お前は母ちゃんと名字が違うじゃないかって殴られたんだよう」

もう我慢できない。

次の瞬間、私は立ち上がって大声で叫んでいた。

「いじめないように指導するのが学校の教育じゃないのかっ」

「ちょっと五月さん、落ち着いてよ」

康子が私の袖を力任せに下に引っ張ったので、よろけながら椅子にどすんと尻《しり》もちをついた。

「あのね、家族の名字がバラバラなら気持ちもバラバラになるんだよ」と、天次郎は最前列に座っている私を見て言った。

何に腹が立つかって、天次郎が終始にやにやしていることだった。

こっちは娘たちの人生がかかってるんだよ。

みんな真剣な思いで参加しているのに、ふざけるな！

私の袖をつかんで放さない康子の手を引きはがすために、大きく腕を振った。そして再び立ち上がって叫んだ。

「子供と親の名字が違うって？　はあ？　それで不幸になった例があるのかっ。あるんならここで言ってみろっ」

「ちょっと、五月さんたら」と、康子がまたしても袖を引っ張る。

そのときだった。「国会議員がバカばっかりだから少子化になるのよっ」と、さっきのイギリス帰りの婦人が言い放った。上品な女性だと思っていたからびっくりした。

「そうだ、そうだ」と、あちこちから声が上がった。

「離婚や再婚で、親と名字の違う子供なんかざらにいる世の中なのよっ」

「名字の違いくらいで家族の信頼がなくなるなんて、そんなバカげたことあり得ないでしょっ」

「名字が同じでも仲が悪い家族なんて山ほどいるわよっ」

「お前みたいな世間知らずの国会議員が日本の癌なんだよっ」

誰も敬語を使わなくなってきた。怒髪天《どはってん》を衝《つ》くほどの怒りを覚えているのは私だけじゃなかったらしい。天次郎もこれほど反論をされるとは思ってもいなかったのだろう。にやにや笑いが消えていた。

マイクを持ったアルバイト男子が右往左往しているが、マイクがなくてもよく聞こえる大声ばかりだった。

「私はね、結婚する前は高木《たかぎ》富江《とみえ》って名前だったのよ。それが結婚して富田《とみた》富江になったんだよ。どうしてくれるのよっ」

「私は結婚して吉田《よしだ》ヨシ子になったんだよっ」と、もう一人が叫んだ。

私は不覚にも噴き出してしまい、次の瞬間、安田康子から肘鉄を食らわされた。

そのとき、最前列の並びに座っていた男性が手を挙げて立ち上がった。たぶん天次郎と同世代だろう。その姿を見てやっと味方が現れたと思ったのか、天次郎はほっとした表情になった。

男性は老齢で大きな声が出せないのか、マイクが届くのを待っている。アルバイト男子が、だだだっと階段状の通路を駆け下り、長い腕を思いきり伸ばしてマイクを渡した。

「内藤《ないとう》と申します。先生は同じ名字なら一体感があるとおっしゃる。そうであれば、どうして離婚する人が三分の一もいるんでしょう」

その言葉で、天次郎は再び真顔になって俯いたが、次の瞬間すっと顔を上げて怒鳴った。「こんなとこ来るんじゃなかったよっ。まったく礼儀知らずばっかりだ。俺はね、国会議員を十期も務めたんだぞ」

「国会議員を偉いと思っているのは、今や国会議員だけじゃないかと私は思いますよ」と、マイクを持ったまま内藤と名乗る男性はゆったりした調子で続けた。「私は以前から不思議に思っていたんですが、夫婦別姓はあくまでも選択制であって強制じゃないのに、どうして反対するんですか？　別姓が嫌な人は今まで通り同じ名字にすればいいだけの話なんです。国民の多くが賛成しているんですよ？　未婚女性に限れば約九割が賛成だというアンケート結果もあります。もしかして国会議員になると、他人の人生をも決める権利があるなどと自惚れるようになってしまうんでしょうか」

そのとき天次郎は大きな溜め息をついた。マイクを通して「はあー」とはっきり聞こえるほどわざとらしかった。

「みなさん、何か誤解しておられませんかねえ」と、天次郎は得意のねちっこい言い方をした。

「法律では結婚するときに夫か妻の名字を自由に選べるようになっているんですよ。法律ではきっちり男女平等となっておる。違いますか?」

そう言って会場をゆっくり見渡した。

「結婚しても名字を変えたくないと思うんであれば、それは夫となる男性に訴えるべきであって、国に不満をぶつけるのはお門違《かどちが》いというもんでしょう」

会場がしんとなったからか、天次郎は勝ち誇ったように、にやりと笑った。

「私もつい最近まで先生と同じ考えでした」と、内藤老人が続ける。「孫娘が名字のことで結婚を躊躇《ちゅうちょ》する姿を見て、私は今まで間違っていたことに気づいたんです。どちらの姓を名乗ってもいいと法律で決められているのは確かです。ですが実際は九十六パーセントが夫の姓を選んでいる。これは平等なんかじゃない。私や先生のような頭の古い男性が日本の民度を下げているのではないかと思うようになったんです」

「内藤さんとおっしゃいましたかね、あなた、本気で言ってるの? 男が名字を変えるなんて、男のプライドがズタズタになりますよ。そこはどうお考えなんです?」と、天次郎は内藤老人に質問した。

「今や共働きが普通の世の中ですよ。それをご存じですか?」と内藤老人は天次郎に尋ねた。

互いに質問し合っている。

「女房に働かせる男が増えて、いったい日本の男の侍魂《さむらいだましい》はどこへ行ったのやら。男のプライドは家族を養うことで保たれてきたんですよ。最近の若い男ときたら、まったく情けない」

天次郎はおおげさに嘆いてみせながら畳みかける。「そもそも国家の恩恵を受けたいなら国のルールに妥協しないといけませんよ。そうでしょ？　それにね、子供が生まれるたびに子供の名字をどっちにするかを夫婦で争うことになるけど、そんなことでいいんだろうかねえ」

「そんなプライベートなことまで国会議員に心配してもらう必要ないよっ」と、後ろの方から女性が叫んだ。

「ひと言よろしいでしょうか」

壇上からの落ち着いた声は、弁護士の堂本真理のものだった。

司会者の丘千夏が「堂本先生、お願いします」と静かに言った。

「子供の名字は戸籍筆頭者の名字を名乗ると法律で決められています。そのことは、夫婦の別姓が認められるようになったとしても変わりません。子供が生まれるたびに争うなんてことはありえないです」

「あ？　そうだったか？」と、天次郎はとぼけたような顔で言った。

「あんたみたいなジジイが死なない限り日本はよくならないんだよっ」

「私たち抜きで私たちのことを決めないでよっ」

「そうだ、そうだ」

あちこちから声が聞こえてくる。どうやら世の中には、私以上にはっきりものを言う女がいるらしい。

「嫌だねえ、最近の女は。慎《つつし》みってものがないよ。昔の女はもっとわきまえてたものだけどねえ。もう俺、そろそろ帰ってもいいかな？」

「お前は何様なんだっ」と、若い男性の叫び声が聞こえてきた。

「これはオフレコでお願いしたいんだけどね、女がこれ以上生意気になるのが俺たち男は不安なんだよ。古き良き日本国が音を立てて崩れてしまう予感がするんだ。この秩序正しい立派な日本国がいったいどうなってしまうのかとね」

「あんたの不安はわかったよ。だけどね、もうあんたの出る幕じゃないんだよ。時代は変わったんだよっ」と、別の若い男性の声が響き渡った。

「男性の意見とは思えないねえ。それでも君は男なの？」

天次郎は心底呆れたような顔をして天を仰いでいる。芝居がかっているが、声にはさっきまでの元気がなかった。女がキャンキャン吠《ほ》えたところで相手にする気にもならないが、男に面と向かって非難されると心にぐさりと突き刺さるのかもしれない。

今や有名人ならSNSなどで非難や中傷を浴びるのは日常茶飯事だ。だが天次郎の世代のほとんどがパソコンもスマホも使えないから、非難されているのを知らないのではないか。そして側近たちも、本人の機嫌を損ねないよう、悪いことは耳には入れずに今日まで来たのだろう。

「今日はここまで。はい、おしまい」

そう言うと、天次郎はさっさと舞台の袖に向かって歩き始めた。

「えっ、本当にお帰りになるんですか」

司会の丘千夏が天次郎の背中を見送りながら戸惑っている。

二時間の予定だったのに、三十分で終わってしまった。

「それでは……あのう、今日はこれで終わりにいたしますね。みなさん、ご足労ありがとうございました」

丘千夏の言葉を合図に、客席にいた聴衆は一斉に立ち上がり、それぞれに帰り支度をして出口へぞろぞろと向かった。

「早い話が、女は我慢しろってことだよね」と、康子が言う。

「我慢できない女は生意気だって言いたいんだね」

「どうしてこうも他人の家のことまで規制したがるんだろうね、まったく」と、康子は憤慨した面持ちのまま続けて言う。「さっきね、中学を卒業した日のことを突然思い出したの。PTAから卒業生全員に印鑑をプレゼントしてくれたのよ。大人になったときに実印としても使えるようにって、立派な代物だった」

「へえ、気が利いてる。実用的でいいね」と、私は感心して言った。

「私もね、ずっとそう思ってた。だけど、男子の印鑑は名字で、女子のは下の名前だったの。きっと結婚しても使えるようにっていうPTAの配慮だったんだろうね」

二人で出かけたあとは、帰りにカフェに寄るのが恒例だが、今日に限っては真っ直ぐ家に帰って、魔女作りに専念したかった。

「私、もう考えるのやめるよ。だってこれ以上、夫婦別姓問題を考えたって仕方ないもん。時間と頭脳の無駄遣いだよ。あーやめた、やめた」と、私は怒って言った。

「天次郎ってのは、人の話を聞く気なんて最初からこれっぽっちもないんだね」

「なんなの、まったく」

もう考えるのはやめたと言ったばかりの口で、私は蒸し返していた。「俺の言うことをみんな大人しく聞いてりゃいいって感じだった」

「側近にちやほやされ続けるとああなっちゃうのかね。自惚れすぎだよ。みっともないったらありゃしない」と、康子は吐き捨てる。

「最後の方は男の人に批判されたからか、なんだか必死だったようにも見えたけど」

「それは私も感じた。でも、俺は一歩も譲らないぞって気迫もあった。お国のためなら女が犠牲になっても構わないと思ってるよ、きっと」と、康子が言う。

「お国のため……まるで戦時中みたい」

「たぶん、その時代から考えが変わってないんだと思う」

「女が偉くなることが不安なんだろうね。女を学校に通わせない国がいまだにあるでしょう？つまり、あれと同じ穴のムジナなのかな」と私は言った。

「女を脅威に感じているのかな？　本当は賢いって気づいているとか？」

「みんながみんな賢いわけじゃないのにね。それは男も同じでしょう？」

「自分より賢い女の存在を一人たりとも認めたくないんだろうか」

「だとしたら男も生きづらいね。あ、雨だ」と言って康子が立ち止まり、空を見上げた。

「自分より下の身分の者がいないと安心して自分を保っていられないとか？」

そう言いながら、私は手製の西陣織のトートバッグの中から折り畳みの傘を出した。

「周りと比べてばかりで人生を楽しめるんだろうか」

「たった一度の人生なのにね」

「ああ、やっぱりしばらく忘れたい。早く帰って魔女の大量生産に精を出そう」

「うん、そうしよう。頑張るぞ」

そのあとは寄り道せずに帰宅し、二人で黙々と魔女作りに専念したのだった。


その夜、牧葉から電話があった。

「この前、夜中に湘南《しょうなん》に行ったのよ」

いつになく声が華やいでいた。

「夜中に？　湘南？　いったい何しに？」

「やだ、お母さんったら。湘南といったら決まってるでしょ。海を見に行ったのよ」

「だよね。海だよね。だけど、夜中に？」

「そうよ、夜の海だよ。気持ち良かったあ。潮騒《しおさい》を聞きながら海風に吹かれて」

「でも夜中だよね。いったい誰と行ったの？　車で行ったの？　誰の車で？」

思わず矢継ぎ早に尋ねてしまった。もう四十歳近い娘だが、やはり心配だった。

「若い男性がうちの部署に配属されてきたのよ。だから、その人の車で」

牧葉が会社の話をするのは珍しいことだった。

会社の人間関係についての悩みを聞かされたことは今まで一度もない。妹の詩穂にだけは、ときどき愚痴っているようだが、それによれば、妻子ある男性上司から言い寄られることが日常茶飯事だという。私に似れば良かったものを、なんせ元夫に似て超絶美人だから苦労が絶えない。それでも順調に出世しているところを見ると、うまくあしらっているのだろう。きりりとした顔立ちの美人に睨まれたら、上司もすごすごと引っ込むのだろうか。

「ねえ、お母さん、若い男ってパワフルだよ」

「牧葉だってまだ若いじゃないの。三十代なんだし」

「三十代といっても後半だよ。夜中に海を見に行こうなんて、とっくに思わなくなってた。やっぱり若い男はフットワークが軽くていいよ。久々の青春だった」

「やあねえ、若い男がいいだなんて牧葉も歳を取ったもんだよ。もうオバサンの領域だよ」

「それは言える」

そう言って、牧葉はアハハと楽しそうに笑った。

牧葉の笑い声が、昼間の鬱積《うっせき》を吹き飛ばしてくれるようだった。名字の問題で結婚につまずき、一生独身を通すことになりそうな娘だが、こうやって快活に笑うこともあるのだ。とはいえ、天次郎への怒りは消えない。あのにやにや笑いを思い出したくないのに、ふとした拍子に何度も思い出してしまうのだった。

22　松尾壱郎　89歳

最近になって住職は忙しくなったと聞いた。寺の近くの県立高校で、社会科の講師として働きだしたからだ。非常勤とはいえ、週に五日も働いているらしい。だが働きに出るのも無理はない。檀家たちのほとんどが年金暮らしとなり、我々の少ないお布施では生活が成り立たないのだろう。

檀家総代の妻がどこからか仕入れてきた噂によると――。

住職は前職のメガバンク勤務時代の蓄えを切り崩しながら生活していたのだが、預金が底をつきそうになり働きに出ることにした。昨今はどこもかしこも教師不足だし、住職の立派な学歴が功を奏して、すぐに採用が決まったが、授業一コマ千三百円という安さだ。勤め始めてまだ二週間ほどだが、優しくて親しみやすい先生だと生徒の間でも評判がいい。生徒から悩みや進路を相談されることもあり、帰りが遅くなる日もある——ということだそうだ。

寺に行けばいつでも住職と話ができると思っていたから残念だった。だが、生徒の間で評判がいいと聞くと、身内のことのように誇らしくなる。それでもやっぱり墓じまいの相談には乗ってもらいたかった。多忙な中、きっと迷惑に違いないと思いながらも、恐る恐る電話してみた。

——土日なら空いておりますので、遠慮なくどうぞ。

いつもの屈託のない調子だったので、久しぶりに寺を訪ねることにした。

寺に向かう途中、老舗《しにせ》の和菓子屋の前でふと足を止めた。たまには手土産を持っていこうと考えたのだ。今までは喜子が買ってきてくれたから、この店の中に入るのは実に二十数年ぶりだった。住職はこういった和菓子を喜んでくれるだろうか。まだ四十代の若さだからクッキーの方がいいかもしれない。そう迷いながらも、和菓子を何種類か買ってみた。

門をくぐると、住職が庭を掃《は》いていた。

「お待ちしておりました。こちらへどうぞ」

いつもの和室に通され、持参した包みを渡した。

「あら、何でしょう。お菓子かしら」

そう言って包みを解《ほど》いた途端に、住職は若い娘のような歓声を上げた。

「まあ、きれい。練り切りじゃないですか。私、大好物なんです」

「それはよかった」

「裏手の茶室へ移動していただいてよろしいですか？　こんな上等のお菓子に粗茶は似合わないですから」

茶室へ入り、久しぶりに正座すると、身が引き締まる思いがした。

静謐の中、住職が炭火を熾《おこ》し、鉄瓶に湯を沸かすのを見ているうちに心が穏やかになってきた。果たして俺は今までの人生で、この住職のように人に安心感を与えてこられただろうか。みんな俺に近づくたびに緊張を覚えていたのではないか。弟や妹たちも俺には寄ってこない。そう考えると、また落ち込みそうになったので、何でもいいからしゃべることにした。

「高校の講師をやっておられると聞きましたが」

「そうなんですよ。金欠になっちゃいましたので」と言って、住職はハハハと明るく笑った。

「申し訳ないです。我々は檀家として本来ならもっと……」と言いかけたとき、住職は遮るようにして言った。

「学校はとっても楽しいんですよ。教師なんていう柄じゃないし、私には最も適さない職業だと思っていましたから、自分でも意外でした」

楽しいと聞いて、少し肩の荷が下りた気がした。

「しかし金欠と聞きますと、やはり我々檀家としては……」

「住職が生活に窮することはよくあることなんですよ。誰しも寺院経営学を学んだことがないですから」

「なるほど、寺院の経営学、ですか。それは僧侶が生活していくうえで最も大切なことなのに、誰も教えてくれないとなると……」

「私はたまたま教員資格を持っていて、そのうえ昨今はどこもかしこも教師不足ですから、本当に運が良かったんです」

湯が沸き、鉄瓶から湯気がもうもうと立ちのぼった。

「で、今日は墓じまいの相談でお見えになったんでしたよね？」

持参した生菓子を食べながら、住職が青磁の茶碗に抹茶を点《た》てる所作を眺めた。茶筅《ちゃせん》をしっかりと前後に振ると、見る間に泡が細かくなっていく。

「私の代で墓じまいをすると思うと、つらい気持ちになります。とはいえ、このまま墓を残したら子供らに迷惑がかかる。そう思って、悩みに悩んだ末にやっと墓じまいを決心したと思ったら、姉が反対しましてね」

「そうでしたね。奥様の樹木葬のあと会食したときは、お姉さまが墓じまいに反対なさっておいででしたね」

「そうなんです。もう、どうしたらええのやら」

「誰しも墓じまいを躊躇するのは当然です。お墓は先祖に感謝して供養を行う場所ですから」

住職は腕を伸ばし、抹茶を膝の前に置いてくれた。いい香りが立ちのぼってくる。

「いただきます。抹茶をいただくのは喜子が亡くなって以来です」

熱い抹茶が喉元を通り過ぎた。

「墓じまいをするのがおつらいなら、そのまま置いておかれたらどうですか」

「でも、そんなことをしたら、子供らに迷惑がかかります」

「子供に迷惑をかけたくないという考えが、昨今は行き過ぎているように思います。老後や死後に少しだけ子や孫に頼ることが、そんなにいけないことでしょうか」

「私は親に墓守を託されたときは誇りに思いました。迷惑どころか自尊心に繋がったように思います。だが、今の時代はどうでしょうなあ」

「お子さんたちとは、よく話し合われたんですか？」

「一応ちらりと話してはみたんですが、膝を交えてしっかり話し合ったかと問われると……」

「どうして話し合わないのですか？」

「どうしてって……いま改めて考えてみると、今まで自分一人でなんでもかんでも決めてきました。誰にも相談せん人生だった。そういった癖がなかなか抜けんもんで」

「今度じっくり話し合ってみられたらどうでしょう。それで結論が出なければ、しばらくこのままにしておかれるのが良いと思います。墓じまいはいつでもできますから。それに、どっちにしろ……」と、住職は言いかけて黙った。

「どっちにしろ？　何でしょうか」

「昨今の墓事情を考えますと、墓じまいやら永代供養やら合祀墓などをわざわざ選択しなくとも、日本全国の多くの墓が事実上の永代供養に移行しつつあると思うんです」

「つまりそれは、どの家もそのうち墓守がいなくなる、という意味ですね」と、俺は確認してみた。

「そうです。公営でも民営でも、管理料を滞納すれば通知が行きます。墓前と官報に『無縁墳墓等改葬公告』が出されて、一年以内に申し出がなければ墓石は撤去されて、骨は合祀墓に移されるんです。都市部ではすぐに墓所を更地に戻して新規募集をしますが、過疎地では募集したところで応募はありません。山間部の町では、半数近くが無縁墓になっていると聞いたこともあります。そういった、墓地の需要がない場所では、無縁墓もそのままです。つまり、放っておいても、寺院の境内墓地では事実上の永代供養が進行してるんですよ」

「寂しいことですなあ。それにしても、こうも墓とは厄介なものだったとは」

「昔のように土葬だったら楽だったかもしれませんね」と、住職は自分の分の抹茶を点てながら言った。

「そういや私が子供の頃は土饅頭《どまんじゆう》をあちこちで見かけたもんです」

当時の光景を思い出していた。棺桶《かんおけ》も遺体も年数とともに朽ちていくから、その上に盛った土も時間が経てば陥没したものだ。そうなると、大きな石を置いておくと危ないから、目印として木の墓標を建てておくだけだった。

「その時代は、お墓よりも家の仏壇が供養の対象だったと聞いたこともあります」と住職は言った。

「だから東日本大震災のとき、位牌だけ持って逃げた年寄りが多かったんですな。こうなってみると、位牌に魂が宿っていると信じる方が便利かもしれません。なんといっても位牌は小さくて軽いですから」

「そうですね。位牌さえ手許《てもと》にあればいいという考えならば、ぐっと話は簡単になりますね。高齢になって墓参りができなくなっても、自宅の仏壇に線香をあげるだけで心が安らぐでしょうから」

先祖に感謝し、故人と向き合って手を合わせる対象がどうしても必要だという考えから、お墓や位牌がなくてはならないものになったのだろう。父母の世代の中には、太平洋戦争で若くして戦死した息子を偲《しの》び、たとえ骨はなくても、せめて魂だけは家族のもとに帰ってくると信じたい人も多かったのではないか。魂が帰ってくれれば、ご先祖様たちが息子たちを見守ってくれるはずだという、祈りにも似た思いに縋ったのだろう。

「あんな大きな墓誌まで建てた俺は愚か者です。ご丁寧にも墓地の周囲を大理石で囲って、ひとり悦に入ってたんですからね」

「仕方がないですよ。墓じまいのことまで考えてお墓を建てる人なんていませんもの。誰だって、この先もずっとあるものだと信じて建てるんでしょうから」と、住職は慰めるように言ってくれた。

「うちのご先祖たちは、草葉の陰からびっくり仰天して今の時代を見ているかもしれませんなあ。子孫が墓じまいをするなんて考えたこともないでしょうからね。時代の移り変わりとは、こうも昔の常識を覆《くつがえ》してしまう」

「この世は諸行無常ですから」と、住職が言う。

「そうでしたな。その言葉は慰めになります」

「もう一服、いかがですか」

「いただきます。久しぶりに抹茶を味わうと、なんか、こう、しみじみと妻を思い出します。妻が健在だった頃の生活が懐かしくてたまりません」

そんな素直な気持ちを吐露《とろ》できるのは住職の前でだけだった。仏の道に入った住職に訴えれば、今は仏となってしまった妻に、自分の言葉が直通で届くような気がしていた。

生きているうちに感謝の言葉を口にすべきだったと人は言うかもしれない。そんな言葉は結婚以来一度も口にしたことはなかった。だが、妻にことさら感謝する気持ちなどなかったのも事実だ。妻として嫁として当然の仕事をこなしてきただけで、それは役割分担だったはずだ。自分は金を稼ぐ役割を負っていたが、妻から感謝の言葉を聞いたことなど一度もない。夫婦というものは、そういうものではなかったのだろうか。

「先週、町の本屋に行ったんですが、墓じまいの本がたくさん置いてありましたよ」と、住職は言った。

「どうやらそうらしいですな。東京におる次男も、そういった本を買ったらしいです」

慎二の次女の詩穂には婚約者がいるらしいが、長男で墓を継ぐことになっているのだという。鹿児島にある墓を、東京へ改葬するか、それとも墓じまいするかで揉めていると聞いた。

「ときどきテレビでも墓じまいの特集をやっていますでしょう。やはり世間の関心も高いのでしょうね」

「次男に聞いた話だと、墓じまいにしろ、改葬にしろ、多額の費用がかかるとか。業者を呼んで墓石を撤去して更地にする費用ならわかりますが、魂抜きだとか魂入れだとかに高額な布施を要求されるのが納得できないとかで」

「そりゃあ納得できないでしょう」と、住職は二服目を点てる手を止めて、顔を上げてこちらを見た。

「住職は、納得できなくて当然だとお考えなんですか？　どのあたりが？」

「だって墓石に魂を入れるなどというのは、本来の仏教の教えから大きく逸脱していますもの。仏教の教えは色即是空《しきそくぜくう》ですよ」

「色即是空、というのは……どういう意味だったかな」

「この世の物すべての形は仮のもので、本質は空であり、決して不変ではないという意味です」

「クウ、ですか」

「つまり、目に見えるものや形あるものは刻々と変化していく。この世に変わらない物はないということです」

「なるほど。墓石のような形あるものはすべて仮のものだということですな」

住職は二服目の茶を点て終えると、「どうぞ」と、こちらの膝の前に置いてくれた。そして俺の目を見ながら、「奥様を樹木葬になさいましたが、木が枯れることもありますよ」と、平然と言い放った。

「えっ、そんな……」

「もしかして、未来永劫枯れることはないと思っておいででしたか?」

「いや、さすがに未来永劫とまでは……考えてみれば、単なる樹木に過ぎないわけで、でも、そうは言っても、やはり……」

正直言って、枯れることなど想像もしていなかった。

「それが仏教の根本教理なんですよ」と住職は続けた。「空き家問題などと同じだと思うんです。三世代同居は激減していますし、それどころか二代続けて住み続ける家族でさえ少なくなっています。子供は進学や就職や結婚で、市町村や県を越えるようになって、親だけが家に残される。お墓も家と同じで、親が良かれと思って用意しても、一代限りになることもあるでしょう」

「なんとも寂しいもんですなあ。時代が変わるっていうのは。子供の頃の生活や風習を否定されたような気分になります。家はまだしも墓も一代限りとは」

「昔は寿命が短かったですし、生きている間の生活は貧しくてつらかった。だから死後は天国や浄土に生まれ変わることを強く願ったんだと思いますよ。ですけど今は長寿になったし、生活も豊かになりましたから、来世に期待をかける考えがなくなったんだと思います」

「本当に日本人は変わってしまいましたのう。最近の流行りの神社仏閣巡りにしても、まるで御朱印のコレクション目的のようだし、四国八十八ヶ所巡りにしても、健康目的のウォーキングみたいになっとる。信仰心とは関係のないレジャーに過ぎんですわ。まったく情けない」

「それでもいいんじゃないでしょうか。コレクションやらウォーキングやらの楽しみに変えてしまったとしても、身体の芯に何かしら神仏の厳《おごそ》かな空気が響くんじゃないかしら」

「なるほど。そうかもしれませんなあ。神社やお寺の境内を歩くだけでも、心の中がしんとして、何と言いますか、ふと来し方を振り返ってしまったりしますからのう」

そう言うと、住職はゆっくりと頷いた。

「それに俺も人のこと偉そうに言えんのですわ。子供の頃と比べたら、信仰心がぐっと薄くなった気がしとるもんでね」と、正直に言った。

「外国でも宗教の信者は激減しているそうですよ」と、住職は続けた。「どの宗教にも奇跡が起こったという言い伝えがありますが、科学が発達したことで、そんな物語を信じる人は少なくなりました」

「そりゃあそうでしょうなあ」

「ヨーロッパでは、日曜日に教会のミサに列席するのは年寄りばかりだと聞いています。日本の神社仏閣と同じように、教会を維持することが難しくなっていて、売却される教会もあるそうですよ」

「えっ、教会を売るんですか？　なんとまあ」

「日本も似たようなものですよ。神主が常駐していない神社はかなりの数にのぼりますでしょう。寺だって檀家離れが深刻です。戦後に巨大教団に発達した新興宗教なんかも、軒並み信者の数を減らしているようですよ」

「それは知りませんでした。住職と話すと勉強になります」

「人々は何千年も前から世の中が変わるのを経験してきたんじゃないでしょうか。だからこそ、諸行無常や色即是空という言葉が生まれたんだと思います」

「なるほど、そうでしょうなあ。で、住職、さっきの話に戻りますが、このまま松尾家の墓を放っておいても本当にいいんでしょうか。住職に迷惑をかけることもあると思うのですが」

しつこいとは思ったが、もう一度聞かずにはいられなかった。過疎化で草ぼうぼうの墓がどんどん増えていったら、この寺はどうなってしまうのか心配だった。

「お墓どころか、この寺が丸ごと朽ちていく未来も遠くないと私は考えています。私がいつか死んだあと、この寺を継ぐ僧侶が現れると思いますか？」

「いえ、それは……」

この住職が来てくれるまで、五年も空き寺のままだった。檀家も少ないし、この住職のように勤め人時代の貯金を食いつぶし、果ては働きに出なければ生活ができないとなれば、誰が好き好んで住職を引き受けるだろう。

人口の多い町の大きな寺なら当分は生き残れるだろうが、更に年月が過ぎれば、京都や奈良の有名な寺以外は存続できないのではないか。外国からたくさんの観光客が来て拝観料を落としてくれる神社仏閣だけが残る未来がやってくるかもしれない。あの法隆寺でさえ、クラウドファンディングで支援を募っていると聞いた。

帰り道、坂を下りながら、気持ちが楽になっていることに気がついた。

墓じまいをしてもいいし、しなくてもいい。

ご先祖様に申し訳ないと思う必要もない。

子孫に詫《わ》びる必要もない。

振り返れば、親から褒められたい一心で生きてきたような気がする。日頃は意識していなかったが、心の片隅では親の期待に応《こた》えることばかり考えてきたのではないか。結婚した後は、嫁というものは舅や姑に気に入られるようにすべきだと考え、そうするよう喜子に仕向けてきた。自分が親から褒められたいがために喜子を犠牲にしてきた一面を、今更だが認めざるを得なかった。

だが、もしも墓じまいをするとなれば……この世のすべての柵《しがらみ》から解き放たれる気がした。

それを想像しただけで、いきなり開放的な気分になった。身体の中を風がひゅうっと吹き抜けたような爽やかな気分だ。

その風は、喜子が亡くなってからずっと胸に鎮座していた暗くて重いものを吹き飛ばしてくれた。

喜子には申し訳ないことだが。

23　松尾五月　61歳

今日は久しぶりに牧葉が帰ってくるという。

――ボーイフレンドを連れていくからね。

そんな珍しいことを言うものだから、朝早くから家の隅々まで掃除機をかけて、玄関の三和土《たたき》も雑巾《ぞうきん》で拭《ふ》いたのだった。

何もわざわざ「ボーイフレンド」などとぼかさなくても「鈴木哲矢を連れていく」とはっきり言えばいいのに、今さらといった感じがして気恥ずかしいのだろうか。

哲矢から連絡が来て再会したことは、詩穂から既に聞いて知っていた。哲矢は、結婚後の名字について考えを改めたらしい。

十年近く前のことになるが、彼には何度か会ったことがある。牧葉との結婚が決まり、あとは披露宴や新居などを決めるだけといった段階だった。それなのに名字をどちらにするかで言い争いになり、結局は破談になった。その当時の重苦しい空気を思い出すたび、いまだに心が抉《えぐ》られる思いがする。それもこれも、もとはと言えば、私があんな男と結婚したからだ。

夫は、いつもの休日用のよれよれのスウェットの上下ではなく、アイロンのきいたスラックスにツイードのジャケットを羽織っている。今度こそ牧葉の結婚がうまくいくようにとの願いがあるのだろうか。そうなると、私だけ普段着というのも不釣り合いだから、シックなロングワンピースを着てみた。鏡の前に立つと、家で着るには大げさな感じがしたので、康子が作ってくれた上品なエプロンをつけると、ちょうどいい感じになった。

玄関のチャイムが鳴った。

「来たぞ」と言ってこちらを見る夫の表情に緊張が見えた。

短い廊下を玄関に向かいながら、口角を何度かきゅっと上げ下げして笑顔を作る練習をした。

そして、おもむろにドアを開けると……。

あれ？

牧葉の後ろに立っているのは鈴木哲矢ではなかった。哲矢よりずっと若い男だった。

私が目で問うと、「この人は会社の後輩なの」と、牧葉が答えた。

「初めまして。槙島柳と申します」と、若い男は緊張した面持ちのまま頭を下げた。

「なんだ、そうだったの。まっ、とにかく上がんなさいよ」

恋人ではなくて後輩を連れてきたのだという。それがわかった途端に、緊張の糸が切れて一気に気が楽になった。

そうとわかっていれば、ここまで徹底的に掃除しなかったのにと、損した気分になった。そのうえ朝っぱらからフルメイクをし、久しぶりにマスカラも塗った。こんなことなら眉毛を描き足すだけでよかった。

リビングに行くと、夫はジャケットを脱いでいた。玄関先での会話が聞こえたのだろう。肩こりをほぐすように肩を大きく回している。

「適当に座ってちょうだい。なに飲む？　ビール？　それともコーヒー？」

「二人ともコーヒー、私が淹れるよ」と、牧葉がキッチンに入っていく。

キッチンに並んで立ち、二人でコーヒーの用意をした。

「あの人、例の湘南のお兄さんでしょ。夜中に海までドライブに連れて行ってくれたっていう」

「うん、そうだよ」

牧葉が手土産に持ってきてくれたワッフルを皿に並べていると、リビングから大きな笑い声が聞こえてきた。夫はいつも機嫌の良い男だが、娘たちが彼氏を連れてきたときだけは、苦虫を噛《か》み潰したような顔になるのだった。だが、会社の後輩だとわかったことで、気軽に話ができるのだろう。

「で、今日はなんでうちに連れてきたの？」

「ボルダリングの帰りなのよ。この近所にジムがあるの」

後輩に誘われてボルダリングを始めたことも、いつだったか詩穂経由で聞いたことがあった。日頃の運動不足が解消できるし、ストレスも発散できるとかで、気持ちも明るくなったと聞いていた。

「お母さん、この腕、見てよ。筋肉ついたのよ」

そう言って、牧葉はシャツの袖をまくり上げた。

「ほんとだ。すごいね」と、私は牧葉の二の腕を人差し指でつんつんと突いてみた。娘が楽しそうだと、こちらまで嬉しくなってくる。

「このコーヒー豆、マンデリンだね」

「よくわかるね。牧葉は相変わらず鼻が利くね」

父親に殴られて鼻を骨折したことなど忘れてしまいたくなる。

「詩穂から聞いたんだけど、鈴木哲矢と九年ぶりに会ったんだって？」

「うん、会った」

「それで？　結婚を前提にまた縒《よ》りを戻した、とか？」

「ううん。それどころか決定的に嫌いになった」

「えっ、どうしてそうなるの？」

鈴木哲矢は名字を松尾に変える決心がついたのではなかったのか。牧葉は彼を嫌いになった理由を言わないまま話題を変えた。

「お母さん、私は若い男の方が気が楽でいい。槙島くんはボルダリングも上手くてね、疲れ知らずで頼もしいんだよ」

「若い男がいいだなんて、牧葉ったらまたまた中年のオバサンみたいなこと言って」

「アハハ、確かにそうだ」と、牧葉は楽しそうに笑った。

四人分のコーヒーを盆に載せてリビングに行くと、夫がティッシュで目頭を押さえていた。泣いているのかと思ったら、腹が捩《よじ》れるほど笑っているのだった。

「どうしたの？」

「なんだか笑いのツボが同じっていうか、すっとぼけた上司の話を次々と聞かせてくれたもんだからさ」

「あら、私も聞きたかった。あとで教えてね」

私がそう言っただけで、夫はいきなり噴き出した。さっき聞いたばかりの話を思い出したらしい。

コーヒーカップをテーブルに並べると、槙島は「自己紹介させてください」と言い、打って変わって真面目な表情になった。

「僕は槙島柳と申しまして、牧葉さんの部下で二十九歳です。母と妹の三人家族ですが、就職したのをきっかけに家を出て、今はアパート暮らしをしています。大学は東都大学の経済学部です。母は五十四歳で、ずっとマルヤ貿易に勤めています。妹は帝信病院で臨床検査技師をしています」

初対面なのに、ずいぶんと詳しいところまで話すものだ。改めて見てみると、ボルダリングの帰りに寄ったというわりには、服装もきちんとしている。

もしかして……牧葉の彼氏だったりして？

ボーイフレンドを連れてくると牧葉は言ったが、ボーイフレンドというのは、どっちの意味なのだろう。日本では「男の友だち」といった軽い意味だが、英語圏では、はっきりと恋人を指す言葉だと、どこかで聞いたことがある。

いや、まさか。だって今、槙島は二十九歳と言ったじゃないの。ということは、牧葉より九歳も年下なのだ。

それにしても、槙島はご丁寧にも母親と妹の勤め先まで明かしたが、父親については一切触れなかった。亡くなったのなら亡くなったと言うだろうから、何か事情があるのかもしれない。

牧葉と同じ会社に勤める人間に会ったのは初めてだった。会社での牧葉はどんな雰囲気なのだろう。四十歳近い美人で独身、そしてはっきりものを言う性格となれば、敵も多く、苦労が絶えないのではないか。だが、槙島という好青年がそばにいてくれると知り、ほんの少し安堵していた。

「実はね、結婚しようと思ってるの」と、牧葉ははにかんだような顔で言った。

「ええっ？　やっぱり？　へえ、そうきたか」と私は言った。

やっぱりそうだったのか。だよねえ。そうじゃなきゃ、わざわざ家に連れてこないよねえ。牧葉、なかなかやるじゃないの。

「結婚て？　鈴木哲矢くんと？」と、夫が尋ねた。

「やだ、お父さん、違うわよ」と牧葉が慌てて言う。

「だったら、誰と？」と、夫がきょとんとした顔で牧葉を見る。

「バカねえ、この槙島くんに決まってるじゃないの」と言ったのは私だ。

「ええっ、嘘だろ？」と、夫は驚きの声を上げた。そんな夫を無視して私は言った。「結婚したら、槙島牧葉、になるんだね」

鈴木牧葉という、幼い頃の名前に戻らなくてよかった。

「違います」と、槙島が口を挟んだ。「だって、まき、しま、まき、ば、なんておかしいでしょう。『まき』が二つですよ。だから僕が松尾姓になります。松尾柳になります」

「つまり、松と柳だな。いいかもしれんぞ」と、夫が能天気な顔で言った。

結婚して三十数年になるが、いまだに夫の思考回路が理解できない。ただ、牧葉と槙島の結婚に反対でないことだけはわかる。

「だけど、槙島くんの親御さんはどうおっしゃってるの？　息子が名字を変えるなんて言語道断じゃない？」と、尋ねてみた。

「母は大反対でした」と、槙島は過去形で言う。

「ということは、今は反対していないってことなのか？」と夫が問う。

「説得したんです。僕の壮大な目的を説明して」

「壮大な目的って？」と私は尋ねた。

「槙島くんはね、『夫が名字を変える会』の会員なのよ」

「なによ、それ」

「話せば長いんですが」と、槙島は話し始めた。

きっかけは、会社の二歳上の先輩が去年結婚し、妻の名字を選択したことだった。切れ者のうえに後輩にも優しいので、日頃から尊敬していたという。その先輩が婚姻届を出しに行ったとき、区役所の職員は妻に向かって改姓の手続きについて説明を始めた。そのとき先輩が、名字を変えたのは自分の方だと言うと、職員は「あ、やってしまった」という顔をして、「大変失礼いたしました」と謝罪を繰り返し、気まずい空気になった。社内でも男性が名字を変えたことに関しては、迂闊《うかつ》に触れてはいけない雰囲気があり、「可哀想に」という目で見られることが少なくないという。

「実は、伯父も大反対しています。せっかく男に生まれたのに、なにも好きこのんで女の添え物にならなくたっていいだろって。『妻』という単語は、『刺身のつま』から来たんだぞって」

「そんな言い方って……刺身のつまだなんて」と、私は思わず口走っていた。

頭の中で、天次郎のにやにや笑いが浮かんだ。

「伯父が言うんです。自分たちは祖父の世代とは違って女性を差別していない。たまには皿も洗うし、子育ても少しは手伝ったし、洗濯だってするんだって。だけど、名字だけは往生際悪く絶対に変えようとはしません。普段は意識していなくても、心の奥底では女は男の添え物だ、人生の主人公は俺だっていう価値観が根強く生きていて、要は、祖父の時代と大きくは変わっていないんですよ」

「ほう、なるほどね。槙島くんて考え方が新しいんだ」と、皮肉っぽい言葉が私の口を衝《つ》いて出ていた。そんな厭味《いやみ》ったらしい感情が顔にもろに出てしまったのか、槙島はハッとした表情で私を見た。

だってさ、鈴木哲矢が初めてうちに来たときだって、今の槙島くんと似たような感じだったもん。それなのに、いざ結婚となったら、牧葉のトラウマよりも自分の名字を死守することを選んだんだよ。

「僕の考えがそうなったのは、たぶん、うちの親父がロクでなしだったからです。母が一家の生活を支えてきたので」

「と、いうと？」と、夫がソファから身を起こした。

「親父はギャンブル好きで、大きな借金を作った挙句に蒸発してしまったんです。僕が中学生のときでした」

槙島は言葉を選ぶように、ゆっくりと話し始めた。

夫の生死がわからない状態が三年以上続けば離婚が認められると知り、母親は捜索願を出してから年月が過ぎるのを首を長くして待ち、三年経った日に速攻で離婚の申し立てをしたという。一度でも父親からメールや電話などがあれば、生存確認ができたとみなされ、年数がリセットされてしまうから、頼むから連絡してくるなと、祈るような気持ちで暮らしていたという。

「離婚後も母は旧姓には戻しませんでした。本当は旧姓に戻りたかったらしいですが、思春期の僕や妹の名字が変わるのを可哀相だと思ったからだと聞いています」

槙島はそう言うと、コーヒーをごくりと飲んでから続けた。「古い考えの人間が国を牛耳《ぎゅうじ》っている限り、今後も法律は変わらないでしょう。だけど夫が積極的に妻の名字に変えていったら、選択的夫婦別姓の問題は残るとしても、少なくとも不平等の問題はなくなります。この輪を広げて、結婚時に九十六パーセントが夫の名字に変えるのを五十パーセントに下げるのが最終目標なんです」

「槙島くんの原動力は母への愛だね」と、夫は感心したように言った。

「本当にそれでいいの？　後悔しない？」と私は確かめるように尋ねた。

「後悔するかどうかは、今の時点ではわかりません」と、槙島は正直に答えた。

「そりゃそうだ」と、夫は大きく頷きながら言った。槙島を見つめる優し気な目つきからして、既に槙島を相当気に入っているのが見てとれる。

「名字が変わると想像以上に不便なのよ。人間関係も変化するしね」と、私は脅すように言ってみた。

「覚悟しています。妻の名字に変えた先輩たちは、みんな不便だと言ってますから。パスポートも運転免許証も銀行も……もうありとあらゆるものを名義変更しなくちゃならなくて面倒でたまらないって。僕はたまたま『ヤナギ』という下の名前が名字みたいだからか、子供の頃からヤナギと呼ばれることが多かったし、今も会社でみんなにヤナギと呼ばれています。だから結婚して名字が変わっても、それほど影響は受けませんけど、他の先輩たちは、友人や上司からニヤニヤしながら新しい妻の姓で呼ばれるんだそうです。ニヤニヤするってのもどうかと思いますけどね」

「さっき言った『夫が名字を変える会』の会員は何人いるの？」と尋ねてみた。

「最初は八人だったんですけど、今では五百人近くになりました」

大リーグで活躍している日本人選手や、ＩＴ企業の若い社長たちの何人かが賛同して、結婚するときに妻の名字を選択したのがきっかけで大幅に増えたのだという。

「昔から時代を変えていくのは若いやつらだと決まってる。ビートルズの真似をして長髪にしたときは不良呼ばわりされたもんだ」

「社会のうねりを感じるわね。槙島くんたちは闘ってるんだね」

「闘っているってほどのことでもないです。軽いノリの男も結構いるし」

「俺は嬉しいよ。うちは娘二人だから、松尾姓が俺の代で消えると諦めていたからね。コーヒーじゃなくてビール飲もう」と夫は言い、勢いよく立ち上がってキッチンへ入っていった。

「お父さん、私も手伝う」と、牧葉が夫のあとをついていく。

自分の心の中に、予想外の喜びが込み上げていた。牧葉が自分と同じ姓のままでいてくれることがこれほど嬉しいものだとは思わなかった。

夫がトレーに缶ビールを何本も載せて戻ってきた。

「うちは新潟に墓があってね、ついこの前も親父に墓を将来どうしたらいいか相談されたばかりなんだよ。跡継ぎができて良かったよ」

「えっ、お墓、ですか？　すみませんけど僕、お墓には全然興味ないです」

「興味ないって言われても……」と、夫の動きが止まった。

「牧葉さんと結婚して松尾姓になったとしても、松尾家の墓を守っていこうという強い思いは正直言って、ないです。かといって、僕の実家の墓にも思い入れはないですが」

「そうなのか？　お墓に興味ないのか？」と夫が残念そうに言う。

「だって人類始まって以来何億人だか何兆人だか知らないですが、生まれては死ぬの繰り返しで、いちいちお墓を作っていたら世界中お墓だらけになって貴重な土地がもったいないじゃないですか」

「同感」と私はすかさず言った。

「ですよね？　お母さん」

お母さんと呼ばれて妙に嬉しかった。鈴木哲矢や中林悟にそう呼ばれたときは、まだ結婚もしていないのに気安く呼ぶなと腹立たしい思いがしたが、槙島なら許せる。

「つまり君は、名字は松尾に変えてもいいが、松尾家の墓に入るのは嫌だってことか？」

「そうではありません。お墓なんてどうでもいいんです。ですが、法律を遵守《じゅんしゅ》しないと、残された家族に迷惑をかけますから、散骨でも樹木葬でも永代供養の共同墓地でも松尾家の墓でも、とにかく簡単でカネのかからない方法であれば何でもいいです」

「……そうか、なるほど」と、夫は納得できたような、できないような顔で缶ビールのプルタブを引いた。

「そのうちどこからか、父が亡くなったと連絡が来るかもしれません。だけど僕も妹もわざわざ父のために墓を用意する気にはなれませんし」

「うん、そうだろうね」と、夫の顔には同情が表れている。

「共同墓地で十分だと思っていますが、万が一、父のために墓地を買うようなことになったとしても、そこに僕は一緒に入ろうとは思いません。父一人の個人墓でよいと思っています」

「個人の墓か。そういう考え方だといろんな問題が解決するかもしれないな」と、夫は言った。夫なりに、新潟の墓じまいをあれこれ考えていたのだろう。

牧葉を見ると、穏やかな微笑みを浮かべて、夫と槙島の会話を聞いている。私の視線に気づき、牧葉はにっこりと笑った。

――女の子だから仕方がない。

そんな何世代にも亘る諦めの鎖を断ち切ることができる。

とはいえ、広い世間の中で、自分たちだけの細い鎖だが。

24　門倉《かどくら》秋彦　66歳

ナナが死んだ。

肺癌の診断が下ったときは、既にあちこちに転移していて、あっという間だった。

ひとりぼっちの家は静まり返っていて、この広い世界に自分一人が取り遺されたような気分になる。寂しさよりも、どうしようもない虚しさが込み上げてくるのだった。

納骨が終わった今でも、ふとした拍子に呼びかけてしまいそうになる。

――ナナ、今夜何食べようか。今日の予定は？

だけど、もういないのだ。死んだというよりも、忽然《こつぜん》と消えてしまった、といった感覚が今も続いている。

ナナは都立青山霊園に葬った。ナナの両親が眠る門倉家の墓だ。

都立霊園の抽選は高倍率で、何度応募しても当選せず、十年以上応募し続けている人も少なくないと聞いた。

だが、門倉家の墓地と同じ広さだと一千万円以上もする。最も安いところでも四百五十万円以上だ。民間だと墓地の値段は地価と比例するだろうから、都立であっても当然といえば当然だ。これが仮に安価であったならば、抽選に外れた人は当たった人間だけがひどく幸運に思えて妬《ねた》ましくなるだろうし、都の税収で運営されていることを思うと、ズルい人間だと勘違いしそうになるだろう。そう考えていくと、高い使用料設定は納得できた。

義父が亡くなって以降、古美術商としての売り上げが見る間に落ちていった。そのうえ、ナナの最先端治療のためになけなしの預金を取り崩した。それでも足りなくなり、屋敷を抵当に入れて銀行から金を借りた。

つい先週、銀行の担当者と相談した結果、屋敷を売って借金を清算することになった。屋敷がなくなっても、自分一人だけなら古美術店の二階でなんとか生活できそうだ。二階には倉庫を兼ねた小さな部屋がある。水回りを少しリフォームすればなんとか住めるだろう。

それにしても、ナナが亡くなってから急激に太ってしまった。そのことを、周りの人はどう見ているだろうか。昨日も取引先の男が、僕の全身を上から下まで舐めるように見たのだった。

あれは葬式が終わった翌日のことだった。夜ベッドに入ってから吉野家《よしのや》の牛丼《ぎゅうどん》が頭に浮かび、なかなか寝付けなくなった。明日の昼は絶対に食べに行こうと決心すると、やっと眠りについた。その翌朝は、目が覚めた瞬間からそわそわして落ち着かなかった。昼になるのを待ちきれず、午前十一時には駅前の吉野家に着いてしまった。久しぶりに食べた牛丼と紅ショウガは、思った以上に旨《うま》かった。そうなると、今度は夜になるのが待ちきれず、まだ日が沈む前だというのに居酒屋に入り、これまた久々の枝豆と唐揚げと刺身を肴《さかな》に日本酒を飲んだ。

なんて旨いんだろう。

ナナには悪いが、生魚は玉ねぎとマリネするんじゃなくて、ワサビと醬油で食べる方が何倍も美味しいよ。二十歳の頃からクールで都会的な香りの男に憧《あこが》れていたけれど、舌だけは今でも田舎もんらしい。

妻を喪《うしな》ったばかりだというのに、好きなものを自由に食べられる幸福感が湧き上がってくる。周りから「いつも仲がいい」と言われ続けてきたし、自分でも相性の良いカップルだと思ってきた。

そしてとうとう、念願だった炬燵《こたつ》と土鍋《どなべ》を買った。堂々としたイタリア製の暖炉のある広いリビングのど真ん中に炬燵を置き、鍋に肉と野菜を適当にぶち込んでポン酢で食べるのだが、これが実に旨い。

そんな日々を送っているうちに、結局僕は門倉家の人間にはなりきれなかったのだと思うようになった。食べ物や生活スタイルを本来の自分好みに徐々に戻していく中で、ナナを亡くした寂しさよりも解放感が勝ってきていた。

翌日は晴天だったこともあり、ふと思い立ってナナが眠る青山霊園に散歩がてら足を運んだ。家から歩いて十分程度だから、気軽な気持ちで立ち寄ることができる。

途中で花屋により、ナナの好きなカトレアとカラーを買った。

霊園内は緑が豊かだ。その広大な敷地の中に佇《たたず》んでいると、自分が都心のど真ん中にいることを忘れてしまう。

門倉家の墓に花を供え、心の中で告白した。

――ナナ、ごめんな。牛丼なんか食べちゃって。楽天《らくてん》で炬燵まで買っちゃったよ。

帰りにカフェに寄り、今後のことを考えた。

母を樹木葬にしたことがきっかけで、墓じまいのことを考えるようになっていた。自分たち夫婦には子供がいないから、僕が死んだら、管理料を払う人間がいなくなる。そんなことは、何十年も前からわかっていたことだ。

ナナが最期まで墓のことに触れなかったのは、癌が治ると信じていたからだろうか。だけど仮に病気にならなかったとしても、僕とは七歳の年齢差があるのだから、最後に残されるのは僕かもしれないと考えて、遺言で指示するなり、先手を打っておいてほしかった。

僕が死んだら門倉家には親族がいなくなる。この墓を放っておいていいものだろうか。僕が元気なうちにカタをつけておいた方がいいのではないか。

熱いコーヒーを飲みながら、スマートフォンで「青山霊園　墓じまい」と検索してみた。墓じまいをしたら付設の納骨室に入れてもらえると書かれている記事を見つけた。だが、そこも永遠に使用できるわけではなくて、二十年後には地下の共同埋葬室へ移されるという。

人気の霊園だから、墓じまい後はすぐに次の使用者が決まるだろう。一千万円以上が都の税収になるのだ。だったら僕が元気なうちに墓所を返還した方がいいのではないか。

僕の遺骨は海に撒いてもらいたい気持ちもあるが、そんな面倒なことを既に若くもない光代や慎二に頼むわけにもいかない。かといって、それほど親しくもない姪《めい》や甥《おい》に頼むのも図々しすぎる。

だったら、どうすればいいのか。

今のところ健康だし、長生きしたい気持ちも年々強くなってきているが、そうはいってもこの先どうなるかはわからない。

――ナナ、僕はどうすればいいのかな。

心の中で呼びかけたが、返事はなかった。

25　中林順子　63歳

改葬するには、総額三百万円から五百万円ほどかかると住職から言われている。だがそのことは、いまだ夫には言い出せずにいた。

もしも夫が改葬費用のことを知ったならば、きっとこう言うだろう。

――どう転んでも高額なら、わざわざ東京に墓を持ってくる必要はない。

そう言って怒鳴るのが目に見えるようだった。

夫が渋々ながらも東京への改葬を了承したチャンスを逃したくなかった。それというのも、いつの間にか私の心の中では、費用の多寡の問題だけではなくなりつつあったからだ。とにもかくにも、今後あの住職とは一切関わり合いたくない気持ちでいっぱいだった。

改葬費用をふっかけざるを得ない状況が、あの住職個人のせいだけでないことは承知している。戦後の日本は兄弟が少なくなり、今は少子化が加速し、信仰心も薄れつつあるから、他に職業を持たない住職が経済的に行き詰まる事情はわかっているつもりだ。そのうえ本堂建て替えともなれば、多額の寄付を募らざるを得ない。だが、だからといって、人を馬鹿にしたような居丈高《いたけだか》な態度を許せるかといったら、それはまた別問題だ。

もうこうなったら、鹿児島から東京へ改葬することは絶対に譲れない。

でも……改葬費用で預金がごっそり減るのも嫌だった。

いったいどうすればいいのか。なんとか安く済ませる方法はないものか。詩穂の母親の言うように、夜中に遺骨を掘り起こしに行くしかないのだろうか。

悟は、最近見たドキュメンタリー番組の話をしてくれた。インドのある村では家族が亡くなると、村民全員を家に呼び、三日三晩食事と酒を振る舞うらしい。その費用のために借金苦に陥る人が少なくないのだという。どこの国でも冠婚葬祭で見栄を張るというのは共通のようだ。いま死守すべきなのは見栄でもプライドでもなく、老後の生活なのだ。そこを夫はわかっていない。いや、わかろうともしないのだ。

宗旨替えで檀家数が減ったことに関して、夫はこう言った。

――三口じゃなくて四口か五口にするまでのことだ。

こうなると、費用の多寡の問題ではないなどと、格好つけてばかりもいられない。

最も簡単なのは、これまで通り墓は鹿児島の寺から動かさず、寄付は一口百万円だけで勘弁してもらうことだ。だが夫は百万円では納得しないだろう。頑固でプライドの高い夫を説得できる自信は欠片もないし、この方法だと住職とのつきあいが続くことになる。

あーあ。

悶々としながら夫の書斎に掃除機をかけているときだった。ふと見ると、本棚に墓じまいの本が三冊も並んでいた。私が知らない間に研究していたらしい。夫が知識を得たとなれば、この先は口先でごまかすことができなくなる。

嫌な予感がした。

その夜、夫の機嫌はすこぶる良かった。巨人が勝ったからだ。

「ねえ、あなた、鹿児島のお墓は永代供養にして、私たちの代からは東京にお墓を持ったらどうかしら」

試行錯誤した末に思いついた案だった。夫も妥協できるぎりぎりの線ではないかと考えた。永代供養の手続きを先にしてしまえば、寄付から逃れられるかもしれない。

「永代供養？」

そう尋ねた夫は、いきなり不機嫌になった。

「私はいい案だと思うんだけど」

「お前、それがどういうことか知ってるのか？　永代と名がついても、要は年数の期限つきで、一代限りの供養なんだぞ」

「えっ、そうなの？」

「永代という言葉を聞いて、お前は未来永劫供養してもらえると思ってたんだろ」と、夫は馬鹿にしたように言った。

「そりゃあ私だって、未来永劫とまではいくら何でも……でも、一代限りって？」

「俺一代で終わりってことだ。俺が死ぬまでのせいぜい二十年かそこらだ。その後は合祀墓に入れられるんだ」

一代限りで十分だと思う自分は冷たい人間だろうか。だが、夫の祖先など会ったこともないし、自分とは血縁関係がないのだから仕方がないと思う。

「そもそもお前は、永代供養の契約料がいくらか知ってるのか？」

「いえ、知りませんけど」

「百二十万円が相場だと本に書いてあったぞ」と、夫は得意げに言った。

やはり夫は墓じまいに関して詳しくなっている。このまま私や悟に任せておくと、私のいいようにされてしまうといった不信感でもあったのか。

それにしても……ああ、いやだ。どういう方法でもやっぱり百万円以上のお金が出て行ってしまうじゃないの。

そのとき、二階から降りてくるリズミカルな足音が聞こえてきた。

「腹減った。何か食い物ある？」と言いながら悟がリビングに入ってきて、そのまま横切ってキッチンへ歩いていく。

冷蔵庫を開けたり閉めたりする音がしたと思ったら、チーズと竹輪を持ってリビングに戻ってきた。

「もしも永代供養にしたら、俺が死んだあと墓はどうなると思う?」と、夫は話を続けた。「墓石は産業廃棄物だから粉砕する必要があるんだ。幼い頃から馴染みのある墓石が解体されるんだぞ。このつらさがお前にわかるのか」

夫は墓じまい関係の本からいろいろ学んだらしい。

「例えば大きな墓だと、一軒家を解体するのと同じくらい、つまり数百万円かかることもあるらしいぞ」

「だけど」と、悟が口を出した。「粉砕されたあとは、道路工事でアスファルトの材料として使われるんだってさ」

「だから何だ」

「え? だからさ、無駄にはならないってことだよ」

「そんなことはどうだっていい。愚か者めが。永代供養は却下する」

「だったら、鹿児島の墓をどうするつもりなの」

「今のまま寺に置いておけばいいんだ。簡単なことだ」

「このまま置いておけば、本堂建て替えの費用を寄付しなくちゃならないんですよ」

「寄付するまでのことだ。少なくとも五百万円は寄付しなくちゃならないだろう」

「ええっ、それは絶対反対です。だって老後の資金が……」

「うるさいっ。俺の稼いだ金だっ。今すぐ通帳と印鑑をここに持ってこい。俺が明日銀行に行って振り込んでくる」

「嫌ですっ。絶対に嫌です。五百万円なんて」

「女が口を出すことじゃないっ」

「ちょっと落ち着きなよ。墓のことで殺人事件なんて起こされたらたまんないよ」

「何を言ってるんだ、お前は」

「ついこの前、親父は東京に改葬することに賛成したじゃんかよ」

「気が変わったんだ」

「実は僕、グッドアイデアを思いついたんだけど」と悟は言いながら、交互に齧っていた竹輪とチーズをテーブルに置いた。

「そのグッドアイデアっていうのは？」と、私は一縷《いちる》の望みを託した。

「鹿児島の叔父さん夫婦に墓も実家も譲ってあげればいいんだよ」

「あっ、なるほど。それはいいアイデアかも。三七緒さんはまだ墓を買ってないって言ってたもの。分家だからお金がかかって大変そうだったわ」

「なにふざけたこと言ってる、長男は俺なんだ。雄二は次男だぞ」

　愚か者はあなたよ。

「長男だからって何なのよ。数年早く生まれたってだけのことじゃないの」

　猛烈に頭に来ていた。これほどはっきりと夫を馬鹿にしたことは過去にない。

「なんだっ、その言い方は」

「まあまあ二人とも落ち着きなよ。それよりあの実家は誰の名義なの？　お祖父ちゃんやお祖母ちゃんが亡くなったあと、親父の名前に名義変更したの？」

「それは、まだだ」

「名義変更しないと罰金を取られるようになるらしいよ。政府の空き家対策の一環だって」

「そうなの？　知らなかったわ。だったらこの際、雄二さんの名義に変更してしまえばいいわよ。あなたは相続放棄するってことにして。あんな古い家なんて要らないって三七緒さんが言い出したら困るけど」

「あんな家っていう言い草はなんだっ」と怒鳴る夫の目が吊《つ》り上がっている。

「あんな家でも二束三文なら売れる可能性はあるよ」と、悟は臆せずに続ける。「どちらにせよ、地元の不動産事情を知っている叔父さん夫婦に任せればいいさ。売ったお金の一部を本堂建て替えの費用に充ててもいいんだし」

なんて素晴らしい我が息子。

「なあ親父、百年単位で考えてみなよ。遺骨や墓地の継承者が不明になるのって当然のことだろ。それをわざわざ無縁とか言っちゃって問題にしなくてもいいんじゃないのかなあ」

即座に言い返すかと思ったら、夫は意外にも腕組みをして黙り込んだ。

「だったらお前は墓はどうあるべきだと考えているんだ。ちゃんと考えがあって言ってるんだろうな」と、夫は悟を脅すように言った。

「もうこうなったら、公が役割を果たすべきだと僕は思う」と、悟は堂々と言った。

「オーヤケ？　例えば？」と私は尋ねた。

「自治体が福祉の一環としてやればいいと思う。誰もが後顧《こうこ》の憂《うれ》いなく公営墓地に眠れるっていうような公共事業をやってもいいんじゃないかな。一代限りの墓でもいいし、個人墓でも合祀墓でもいいから」

「大賛成だわ。もしもそれが実現したら、どれだけ気が楽かしれないわ。そうすべきよ。もういろんなことが時代に合わなくなってきているもの」

「……そうか、その考え方は確かにいいかもしれないな」と、夫は思いのほか素直に認め、宙を見つめた。

「雄二さん夫婦に相談してみましょうよ。明日早速、三七緒さんに電話してみるわ。あなた、いいわよね？」

「なあ親父、譲ってあげなよ。今までだってさんざん世話になってきたんだし」

「そうはいっても……」と、夫は迷っているように見えた。絶対に譲れないといった固い表情ではなくなっていた。

「雄二さんのところは孫が三人もいるのよ。それも男の子ばかり」

「だよねえ。ヤッちゃんもタッちゃんも結婚するの早かったもんなあ。俺と違って、二人とも子供の頃からイケメンだったもん」

「孫が三人……それも男ばかり……」と、夫はつぶやいた。

「叔父さんに譲れば、少なくとも何世代か先まで墓は安泰だよ」と、悟が追い打ちをかける。

「それに東京に墓を作れば、親父が死んだあと墓参りもしやすいし」と、悟は以前言ったことを再度強調した。

「そうよ。きっと私は毎週お墓参りに行って、あなたに近況報告するに決まってるわ」と、私は心にもないことを言った。

「そうか。なら、そうするか」と、夫は納得したようなことを言うが、歯切れが悪い。

この調子なら、いつまた気が変わるかもしれない。だから早めに雄二夫婦の了承を得て、後戻りできないようにしてしまわなければ。

我が家のお墓の問題は、いったいいつまで続くのか。

もういい加減、決着をつけてしまいたい。

「それよりお前たちの婚約指輪のことだが」と、夫は何を思ったか急に話題を変えた。

「またその話かよ。指輪は要らないって何度も言っただろ」

「まだそんな我儘を言っているのか」

「だって……実は、詩穂とはもう別れたんだよ」

そう言った悟の表情は暗かった。

詩穂にふられたのだろうか。こんないい子をふるなんて信じられない。

「別れただと？　もっと早く言えよ。指輪はどうなるんだ」

「今まで何回も断ってきただろ」

「あんな女性とは別れてよかったのよ」と、私は悟を慰めたい一心で言った。悟をふった詩穂が憎くてたまらなかった。

「悟、結婚なんて焦る必要ないわ。詩穂さんみたいに、指輪は要らないだの、地味婚がいいだのって、そんな非常識なことを言う我儘な女性は悟には似合わないもの。もっと普通の女の子の方が、悟も幸せになれると思う」

「そんなこと当たり前だろ」と夫が言った。「悟、もう金輪際、ややこしい女はごめんこうむりたい。東京に墓を作ったら、墓守はお前しかいないんだからな。まともな嫁をもらわないと困ったことになるぞ」

「はいはい、わかってるよ。地味婚だけならまだしも、男の名字を変えさせようとする女なんて、もううんざりだよ」

言葉の割には、悟の表情は清々しているとは言い難かった。

だけど、ふられたショックや悲しみよりも、腹立ちが勝っているように見えて、少し安心した。

26　松尾壱郎　90歳

盆でも正月でもないのに秋彦が帰省するのは珍しいことだった。

ナナが亡くなったときはショックだった。病状を聞いていたから覚悟はしていたものの、自分より先に息子の連れ合いが逝くとは考えもしなかった。神も仏もあったものじゃない。

三人の子供の中では秋彦が最も疎遠だった。慎二夫婦は毎年盆と正月には帰省するし、光代は近所に住んでいるからちょくちょく訪ねてくる。だが秋彦は、数年に一度の割合でしか帰省しなかったし、帰ってきても一泊だけしてすぐに東京に戻っていくのが常だった。

それなのに今回は、帰省してきて既に一週間が経つ。昨夜も二人で遅くまで酒を飲んだ。妻に先立たれた者同士という仲間意識が芽生えたようだ。長生きすると、子供との関係が刻々と変化していくのを経験できて面白い。

秋彦は二階に寝泊まりしている。さっきから、がたがたと音が聞こえてくるが、家具でも動かしているのだろうか。

「こんにちはあ。お父さん、いる？」

玄関先から光代の潑溂《はつらつ》とした声が聞こえてきた。

「おう、いるぞ」と返事をしながら玄関まで出ていった。

光代は玄関先に突っ立ったまま、秋彦の靴を指さし、囁くような声で「兄さん、まだいるの？」と尋ねた。

「悪かったな。まだいるよ」と言いながら、秋彦が階段を降りてきた。

「やだ、兄さんたら相変わらず地獄耳ねえ」

それには返事をせず、秋彦は「その茄子《なす》、どうするんだ」と、光代が腕に掛けている籠《かご》を見つめて尋ねた。

「たまにはランチでも作ってあげようかと思ってね。茄子と挽き肉の和風スパゲティよ。兄さんも食べる？」

「うん、食べたい」

「イタリアンじゃなくて和風だけど、いい？」

「うん、イタリアンより和風のやつが食べたい」

三人で台所に立った。秋彦はいそいそと大鍋に湯を沸かし、俺は光代の監視のもと、茄子を輪切りにする。

「お父さん、分厚すぎるってば。幅は一センチくらいにしてって言ったでしょ。それじゃなかなか火が通らんよ」

「すまん、すまん」と、謝りながらも、楽しくて仕方がなかった。

ここに喜子と慎二がいれば、どんなにいいだろうと思う。

「そういや秋彦、二階から大きな物音が聞こえてたけど、何してたんだ？」

「箪笥を隣の部屋に移動させたんだよ。自分の部屋を作ろうと思って」

「えっ？　兄さん、こっちに帰ってくるの？」

フライパンで挽き肉を炒《いた》めていた光代が、手を止めて秋彦を振り返った。

「今はまだ東京で仕事があるから、当分は二拠点生活だけど、東京での仕事は先細りしてるし、体力的にも厳しくなってきたから、ゆくゆくはこっちに帰ってこようと思ってる。この皿でいい？」

「それじゃない。右のもっと大きいの三つ。兄さん、私すごく意外だよ。兄さんは都会が大好きなんだと思ってた」

「都会も田舎も一長一短だろ。でも僕はこっちの墓に入ろうと思ってる」

「え？　だって都立のなんとか霊園に門倉家のお墓があるんでしょう？　ナナさんもそこに入ってるんでしょう？」

「実は、死後離婚の手続きを取ったんだ。父さん、フォークはどこ？」

「上の引き出しだ。それより死後離婚って、何だ」

「早い話が、名字を松尾に戻したってことだよ」

「えっ？」

「何、それ」

びっくりして、光代と二人で秋彦をまじまじと見つめてしまった。

「……そうか。そうだったのか。お前は門倉秋彦から松尾秋彦に戻ったのか」

「そういうこと。親父と同じ名字になったんだ」

「門倉家の財産はどうなるの？　父さん、フライパンに早く茄子を入れてってば。違うよ、全部だよ。全部いっぺんに」と、光代が怖い顔で睨む。

「死後離婚しても財産はそのまま引き継げるんだよ」と秋彦が言う。

「そうなの？　引き継げるの？　そっくりそのまま？」

聞けば、東京の家を売りに出したら、すぐに買い手がついたという。引き渡しの期日までに家の中を空っぽにしなければならないから、そこで使っていた家具の大半は売り払うが、愛着があるものは、この家に運び入れたいという。

「だったら……私も旦那《だんな》が死んだあと、そうしようかな」

「光代、お前も死後離婚するのか？」

「うん、そうしたい。お父さんは反対？」

「いや、反対はしない。光代の自由にすればいいよ。松尾家代々の墓に秋彦と光代と慎二夫婦が入ってくれると、俺も寂しくないし」

「兄さん、もうそろそろ引き上げて。アルデンテじゃないと」

「ちょうどいい頃合いだよ。アルデンテだ」

「アルデンテって何だ？　アンデルセンなら知っとるが」

「お父さん、悪いけど私は松尾家の墓には入らんことにした」

「えっ？　嫁ぎ先の墓も実家の墓も嫌だとなると、お前はどこの墓に入るんだ？」

「お母さんのおらん墓には入りたくない」

「だったらどうするんだ」

「実はね、お母さんの樹木葬のすぐ隣の敷地をへそくりで買っちゃったんだ」

「ええっ、いつの間に」

「お父さん、飲み物を用意してよ。グラス三つ出して」

「へえ、お袋の隣にねえ。面白いもんだな」と、秋彦は感心したように頭を左右に振りながら続けた。「人それぞれ、好きなようにするのが一番いいんだろうな。こっちに帰ってきたら、家庭菜園を始めようと思ってるんだ」

「ええっ、兄さんが農業を？」

「そんなに驚くことかよ。いま本を読んで勉強中だ。光代も手伝ってくれるよな？」

「考えとく。さあ、できた。食べましょう」

「うまそうだな」

三人でテーブルを囲んだ。

「いただきまあす」

「野菜たっぷりで身体に良さそうだ」

「旨いっ」

「こんなので良かったら、またちょくちょく来てあげる」

喜子がいなくなってから、家の中は火が消えたようだったが、今後は賑《にぎ》やかになりそうだ。

「秋彦は婿養子になったことを後悔してたのか？」

「えっ、どうして？」

「だって、名字を松尾に戻したくらいだから」

「後悔なんてしてないよ。こんな田舎もんの僕が、あんな都会のど真ん中で、夢のようなハイカラな暮らしができたんだ。ナナのお陰で楽しい人生だったよ」

「そうか、それなら良かった。ここで第二の人生を始めるんだな」

「そうだよ。最近は、人生二毛作って言葉が流行ってるんだぜ」

「兄さん、今度イタリアン作ってよ」

「よし、とびきり美味しいパスタ作ってやるよ。あ、そういえば、大型台風が来るとか言ってたけど、どうなったかな」

そう言いながら、秋彦がテレビを点けた。

見ると、大倉天次郎がアップで映っていた。

「この人、まだ生きてたんだね」と光代が言う。

「もうとっくに政界を引退したはずだがな」

「ずいぶん怒ってるみたいだぞ。何かあったのか？」

――大倉先生、ご感想をお聞かせください。

大勢の取材陣が天次郎にマイクを向けている。

――俺が間違っていたとは思わん。俺はいつだって正しいことしかしてこんかった。なんせ俺には信念がある。正しい家族観を全うして政治をやってきたんだ。

「何のこと言ってんの？」

天次郎は、顔を真っ赤にして怒りをむき出しにしている。

――俺が死ぬのを今か今かと待っている国民があんなに大勢いるとは知らなんだ。もう俺は完全に隠居する。二度と人前には出てこんからな。

そう言い捨てると、憤然とした面持ちで去っていく。

そのとき、テレビ画面の上部にテロップが流れた。

――選択的夫婦別姓法案が通過しました。

「ああ、そういうことだったか」

「やっと通ったのね。今更って感じだけど」

「それにしても遅いよなあ。もっと前なら、僕だってこんなに何度も手続きしなくてよかったのにさ。運転免許ひとつとっても松尾から門倉、そしてまた松尾に戻る。ああ面倒くせえ」

「ご苦労だったな。もう手続きは全部終わったのか」

「まだ保険の手続きが残ってるよ。あとパスポートと年金も。いまだにネットで手続きができないから、事務所まで行かなきゃならないんだ」

「私が結婚して松尾から竹村になった時代と変わっとらんね。もう四十年も前のことだけど、あのときもたいへんだったよ。いったい何回、住所と名前を書かせる気かって」

「この法案が通って、慎二のとこの娘たちもきっと喜んでるだろうな」

「牧葉ちゃんは、名字ごときで人生狂わされちゃったもんな」と、秋彦はしんみりと言った。

――お墓の在り方も変化していくでしょうね。

アナウンサーの声に、一斉にテレビの方を見た。

お笑いタレントや評論家が討論している。

――今までは結婚によって二つの名字が一つに統合されてきた。つまり二分の一に減ってきたわけですが、今後は名字を変えない人が増えるでしょうね。そうなると、墓守になる人が増える、ということになりますよね。

――そうですね。昭和時代からは兄弟姉妹が少なくなりました。そうなると夫側のお墓は存続できるけれども、妻側の墓を継ぐ人がいなくて墓じまいしなければならないことが多かったわけですからね。

時代はどんどん変わっていくらしい。

そして、それを止めることは誰にもできない。

この先、どうなっていくんだろう。

できれば二百歳くらいまで生きて、世の中の変遷を見てみたいものだ。

――諸行無常ですよ。

住職の声が耳元で聞こえた気がした。

27　松尾詩穂　33歳

駅前でフルーツタルトを二つ買い、姉が住むマンションに向かった。

もうすぐ父の誕生日なので、プレゼントを一緒に考えてほしいと頼まれたのだ。姉は結婚を来月に控えているから、何か記念に残るものを父にプレゼントしたいという。

玄関ドアが開くと、出迎えてくれたのは姉の笑顔だった。以前のような静かな微笑みではなくて、十代の女の子のような弾《はじ》ける笑みだったから、こちらまで気分が上がる。

「詩穂の好きな海鮮焼きそばを作ってあげる」と、姉は言った。

「ほんと？　ラッキー。食べたいと思ってたところだったんだ」

部屋の中はすっきりと片づいていた。新居に引っ越すために、不要な家具や衣類を処分したのだという。

姉が結婚する相手が、まさか私より年下の男性になろうとは考えたこともなかった。実家に帰ったときに会ったが、明るくて親しみやすい人だった。義兄というよりも、男友だちができたような気分だ。

「今回ばかりはお父さんの誕生日プレゼントを奮発したいと考えてるの」

「そうなの？　私はいつも通り和菓子で済まそうと思ってたんだけど」

「最近になって、しみじみ思うの。お父さんは私を大切に育ててくれたんだなあって」と言いながら、姉は冷凍シーフードをザルに上げた。

「大切に？　へえ、そうかなあ。例えば、どんなところが？」と尋ねながら、私は姉に命じられた通りに白菜を切っていく。

「だって私はお母さんの連れ子だよ？　それなのに、お稽古《けいこ》ごとや塾に行かせてくれたうえに、大学浪人までさせてくれたんだよ」

「そんなの普通のことじゃん。お姉ちゃんて、今までそんな水臭いこと考えてたの？」

「だって最近は連れ子を虐待するニュースが多いじゃない」

「ああいうのは特殊な例でしょう?」

「そりゃそうかもしれないけど」と言いながら、姉はフライパンに火を点け、ごま油を注ぎ入れた。そこに切ったばかりの白菜を投げ込む。

「お父さんにノートパソコンをプレゼントしようと思うんだよね。詩穂はどう思う? オイスターソース、冷蔵庫から出してくれる?」

「パソコン? 奮発するねえ。十万円じゃきかないでしょう?」

「今まで世話になったと思ったら安すぎるくらいだよ。そこのシーフードも入れてちょうだい」

と言いながら、姉は焦げ付かないよう忙《せわ》しなく菜箸でかき混ぜている。

隣からシーフードを投げ入れたあと、麺をほぐしながら入れた。

「だってお父さんのノートパソコン、古くて可哀想なんだもの」

「だよねえ。重くて大きいもんね。今どきあんなの使っている人いないよ。実は私も前から気になってたんだよ」

「さあ、できたわ。食べましょう」

二人で向かい合って熱々の焼きそばを頬張《ほおば》った。

三玉もあったのに、二人でぺろりと食べ終えたあとは、持参したタルトを箱から出した。

紅茶を飲んでいると、姉のスマートフォンの着信音が聞こえた。姉は画面に浮かび上がった文字をちらりと横目で見ただけで手に取ろうともせず、思いきり顔をしかめた。

「誰からのＬＩＮＥなの？　そんな怖い顔しちゃって」

「鈴木哲矢よ」

「えっ？　あの人からまだ連絡が来るの？」

「私が結婚することを知り合いから聞いたらしいのよ。うちの支社に哲矢の大学時代のサークル仲間が勤めているから、そこからの情報だろうけど」

「で、彼は何て？」

「例の法案が通過したでしょう？　お互いに名字を変えなくてよくなったからもう一度考え直してくれって」

「柳くんと結婚が決まってるのに、今更そんなこと言ってくるの？」

「柳と会ったこともないくせに、柳の悪口言うのよ。若い男は頼りないに決まってるって。きっと後悔する日が来るって」

「ええっ、マジで？」

気づかない間に大声を出していた。「鈴木哲矢って、そんなこと言う人だったの？　かっこわる」

「もうこれ以上私にかっこ悪いところを見せないでほしいのよ」

「柳くんは二十九歳でしょう？　決して若くないし、私が見たところでは、思慮深くてしっかりしてるけどね」

「ありがとう。哲矢はいちゃもんつけたいだけなのよ。で、詩穂の方はどうなの？　悟くんから連絡はないの？」

「あったよ。例の法案が通ったから考え直してくれないかって」

「やっぱり？　思考回路が哲矢と同じだね。それで？　どう返事したの？」

「きっぱり断ったよ。もう名字がどうのこうのって話じゃないよ。名字とお墓のことがきっかけで、ヤツが似非《えせ》フェミニストだったことがわかって、もうほんと、うんざりなんだよね」

「そっか。それでいいのね？　私の影響を受けたんじゃないかと心配だったんだけど」

「影響は受けたよ。でも、いい影響だったと思ってる」

「そう言ってくれると、姉としてはほっとするよ」

「それよりお姉ちゃん、結婚祝いは何がいい？」

「何も要らない。その気持ちだけで十分だよ」

「ホットサンドメーカーが欲しいって言ってたことあったよね？」

「うん、欲しい」

「でも、さっき気持ちだけで十分だって言ったよね」

「そんなこと言ったっけ？」

次の瞬間、二人同時に噴き出していた。

28　松尾五月　62歳

朝からいい天気だった。

空気がからっとしていて、気持ちのいい風が吹いている。

だからだろうか、行ってみたくなったのは。

「俺も行く」

「シンちゃんも？　なんで？」

「だって俺、一回も行ったことないんだぜ。一回くらいサツキンの両親に挨拶したいよ」

「ほう。シンちゃんて、お涙頂戴《ちょうだい》のドラマみたいなこと言うんだね」

「せっかくの晴れた休日だし、久しぶりに海も見たいし、な？」

両親の墓は横須賀にある。港が一望のもとに見下ろせる丘の上の霊園だ。

両親の遺骨を合同墓に納めたとき、私は高校生だった。あれ以来、一度も訪れていない。

父の居眠り運転が原因で車線を大きくはみ出し、トラックと正面衝突した。助手席に乗っていた母親もろとも即死だった。トラックの運転手も足の骨を折った。共済保険から保険金が五百万円下りたが、それまで疎遠だった伯母が急に現れ、「私が預かってあげる」と言って持ち去ったまま連絡が取れなくなった。だから墓を作れなかった。

でも仕方がなかったのだ。世間知らずの子供だったし、一人っ子のうえに親しい親戚もいなかったから相談相手さえいなかった。あのときの私は、この広い世の中に独りぼっちだった。

合同墓だと、誰が誰の遺骨だかわからなくなり、二度と取り出すことができない。それを考えると、どこにも埋葬せずに、骨壺を手許に置いたままでもよかったのではないか。そう思い、発作的に激しい後悔の念に襲われる、ということが二十代後半まで続いた。

そんなときは、いつも自分に言い聞かせた。

――単なるカルシウムだぞ。魚の骨とどこが違う？　お父さんもお母さんも私の心の中ではまだ生きている。それだけで十分じゃないか。

当時、親戚たちは冷たかった。両親を亡くした高校生を厄介者とみなし、誰も引き取りたくないようだった。そんなとき、彫りの深い俳優みたいな顔をした男に優しくされた。笑うと目が優しそうだった。それが牧葉の父親だ。

合同墓に入った両親は、今どうしているだろう。見も知らぬ人たちと同じ墓の中で仲良くやっていけているだろうか。

父さんはたぶん大丈夫。働き者で、見るからに誠実さがにじみ出るような人だったもの。だからこそ休憩も取らずに働きすぎて居眠り運転をしてしまったんだよね。でも母さんはきっとダメだ。だってあの性格だもの、周りの人と喧嘩しまくってると思う。

次の瞬間、ふっと幸福感に包まれた。

だって両親は、こんなに清々しい場所に眠っているのだ。

青い海が見渡せる。

こんなにきれいな風景が他にある?

「そろそろ帰る」と、私は言った。

「えっ、いま来たばかりじゃないか」

「うん、でも、もう帰る」

押し入れの奥にそっとしまってある段ボール箱を、開けたくてたまらなくなっていた。そこには幼い日のアルバムや、父の腕時計や、母が大切にしていた安物の宝石箱や花柄のハンカチがしまってある。不思議なことに、ハンカチからは今も母の匂《にお》いがするのだった。寂しくてたまらなくなったときは、父のセーターを着て、母のハンカチの匂いを嗅《か》ぐ。高校生のときからずっとそうしてきた。六十代になった今も卒業できない。

「この看板、あちこちにあるね」と、夫が白い立て看板を指さした。

――墓地利用向上のため、無縁墳墓等について改葬することになりました。墓地使用者は本公告掲載の日から一年以内にお申し出ください。なお期日までにお申し出のない場合は、無縁仏として改葬することになりますのでご承知ください。

「墓守がいなくなったお墓がいっぱいあるみたいね」

「そうだな」

だったら、やっぱり、これでよかったんだよ。

どうせいつの日にか無縁仏になる運命なのだ。

それに、高校生だった私には、これが精いっぱいだった。

「もう『科学の子』の時代だもんね」

「なんだよ、サッキン、今更そんなこと言って」

「『鉄腕アトム』の主題歌にも、そういう歌詞があったよね」

「それって、もう半世紀も前だぜ」

いいんだ、これで。

後悔するな、私。

――おい、五月、昨日じゃなくて明日を見るんだ。

父さんなら、きっとそう言ってくれるはず。

――骨なんて単なるカルシウムよ。ばかばかしいったらありゃしない。

母さんは変わり者だったから、きっとそう言うはず。

大丈夫だよ、私。

私の胸には、父さんと母さんの思い出がいっぱい詰まってるんだから。

参考文献

『令和版 墓じまい・改葬ハンドブック』大橋理宏／監修　主婦の友社
『捨てられる宗教　葬式・墓・戒名を捨てた日本人の末路』島田裕巳　ＳＢ新書
『「墓じまい」で心の荷を下ろす　「無縁墓」社会をどう生きるか』島田裕巳　詩想社新書
『夫婦別姓　家族と多様性の各国事情』栗田路子　冨久岡ナヲ　プラド夏樹　田口理穂
片瀬ケイ　斎藤淳子　伊東順子　ちくま新書
『日本のふしぎな夫婦同姓　社会学者、妻の姓を選ぶ』中井治郎　ＰＨＰ新書
『これからの仏教　葬儀レス社会　人生百年の生老病死』櫻井義秀　興山舎

初出
「小説トリッパー」二〇二三年春季号～秋季号
装幀　大岡喜直（next door design）
装画　中島陽子

垣谷美雨（かきや・みう）
2005年「竜巻ガール」で小説推理新人賞を受賞してデビュー。テレビドラマ化された『リセット』『夫のカノジョ』『結婚相手は抽選で』『定年オヤジ改造計画』や、映画化された『老後の資金がありません』のほか、『懲役病棟』『あきらめません！』『もう別れてもいいですか』『代理母、はじめました』など著作多数。

墓《はか》じまいラプソディ

2023年12月30日　第1刷発行
2024年1月10日　第2刷発行

著　　者　垣谷美雨
発 行 者　宇都宮健太朗
発 行 所　朝日新聞出版
〒104-8011　東京都中央区築地5-3-2
電話　03-5541-8832（編集）
　　　03-5540-7793（販売）

印刷製本　中央精版印刷株式会社

ISBN978-4-02-251954-2
定価はカバーに表示してあります。